BASTEI
LÜBBE

Von Eva Völler sind bei BASTEI LÜBBE erschienen:

16183 Wenn der Postmann nicht mehr klingelt
16195 Neulich im Bett
16205 Schade, daß du ein Monster bist
16211 Vollweib sucht Halbtagsmann
16216 Beiß mich
16221 Das Chaosweib
12835 Scharfe Schüsse
16234 Ich schnapp mir einen Mann

Über die Autorin:

Eva Völler, Jahrgang 1956, war Richterin beim Landgericht Darmstadt. Heute arbeitet sie als selbstständige Rechtsanwältin – wenn sie nicht gerade Bücher oder Drehbücher schreibt. Ihr viel gelobter Roman *Wenn der Postmann nicht mehr klingelt* erhielt den FRAUEN-GESCHICHTENPREIS 1996.

Eva Völler

Kurz und herzlos

Roman

BASTEI LÜBBE

BASTEI LÜBBE TASCHENBUCH
Band 16243

1. Auflage: April 2003

Vollständige Taschenbuchausgabe

Bastei Lübbe Taschenbuch ist ein Imprint
der Verlagsgruppe Lübbe

Originalausgabe

Umschlaggestaltung: Tanja Østlyngen
Titelbild: Fotex/EMG
Satz: Kremerdruck GmbH, Lindlar-Hartegasse
Druck und Verarbeitung: Nørhaven Paperback A/S, Viborg
Printed in Denmark
ISBN 3-404-16243-9

Für T. – du weißt, warum!

1. Kapitel

Der Makler lächelte verbindlich, während er das Objekt anpries.

»Das kriegen Sie in der ganzen Stadt nicht. Beste Lage, komplett sanierter Altbau, Dachterrasse – und das bei dem Preis!«

Josie räusperte sich. »Ja, der Preis, das ist sozusagen der springende Punkt ...«

Marius fiel ihr ins Wort. »Wir nehmen sie. Die Wohnung ist ein Traum.«

Das war sie wirklich. Cremefarbene Textiltapete und poliertes Parkett in allen Zimmern, bis auf die komplett eingerichtete Einbauküche, die war bis zur Decke mit poliertem Marmor gefliest, ebenso wie das Luxusbad, in dem sie gerade standen.

»Lass uns das noch mal überdenken«, sagte Josie, die im Geiste ihren Kontostand und ihre monatlichen Einkünfte überflog und dabei zu einem wenig erfreulichen Ergebnis kam.

Marius musterte die Wanne, in der bei ausreichendem Wasserstand ungefähr sechs Leute gleichzeitig baden konnten. »Ist das ein Jacuzzipool?«

Der Makler schüttelte den Kopf, sein Lächeln wurde, wenn irgend möglich, noch breiter. Er war im Begriff, heute viel Geld zu machen. Diese Wohnung war schon so gut wie an den Mann gebracht.

»Nein, aber ein vergleichbares Fabrikat. Hat sogar bessere Testnoten gekriegt.«

»Wo?«, wollte Josie wissen.

Doch Marius und der Makler waren schon zurück in die Diele gegangen, um das Schriftliche zu erledigen, was in dem Fall besagte, dass Marius eine Absichtserklärung unterschrieb. Mit dieser Erklärung galt er verbindlich als Mitglied der meterlangen Liste, auf der sich die unzähligen anderen Leute tummelten, die ohne mit der Wimper zu zucken jeden Monat ein Vermögen an Miete verschleudern konnten. Doch der Makler hatte bereits versichert, dass die Sache mit der Liste eine reine Formalität sei. Es war so gut wie sicher, dass sie die Wohnung bekommen würden.

»Können Sie uns vielleicht mal für zehn Minuten allein lassen?«, fragte Marius. »Wir möchten die Atmosphäre dieser Wohnung einmal ganz privat und ungestört auf uns einwirken lassen.«

»Nicht nötig«, sagte Josie besorgt. Der leicht lüsterne Unterton in Marius' Stimme war ihr nicht entgangen.

Doch der Makler war bereits an der Tür. »Selbstverständlich. Ich habe sowieso noch im Haus zu tun. Schauen Sie sich nur in Ruhe alles an.«

»Das tun wir«, sagte Marius. Er wartete, bis die Wohnungstür ins Schloss gefallen war, dann drängte er Josie gegen die Wand und küsste ihren Hals.

»Habe ich dir schon gesagt, dass du heute toll aussiehst?«

»Ja, heute Morgen. Muss es jetzt schon wieder sein?«

»Unbedingt. Denk dran, ich habe dich drei Wochen

lang nicht gesehen. Da habe ich Nachholbedarf. Ich liebe dich, mein kleines süßes Zauberhäschen.«

»Ich liebe dich auch.« Josie fühlte, wie ihr warm ums Herz wurde. Er sagte immer so nette Dinge zu ihr! Und er hatte so unglaublich blaue Augen. Und dieses Grübchen in seiner rechten Wange, wenn er lächelte … Sie konnte immer noch nicht fassen, dass dieser tolle Mann ihr gehörte! Dass er mit ihr zusammen leben wollte! Dass er sich demnächst sogar offiziell mit ihr verloben wollte!

Leider wollte er auch ständig Sex mit ihr, seit er aus dem Urlaub zurück war.

Josie versuchte es mit Diplomatie. »Wieso können wir nicht warten, bis wir bei dir sind? Deine Eltern sind doch heute Abend nicht da, da wären wir ungestört!«

»Es ist doch viel netter, wenn es ganz spontan ist.«

»Ich weiß nicht … Der Typ kommt garantiert gleich wieder! Und dann stehen wir hier …«

»Egal.« Marius ließ seine Hände wandern. »Im Stehen ist es doch geil! Ich beeil mich auch. Wetten, dass wir vorher fertig sind?«

Daran hatte Josie keinen Zweifel. Marius war in diesen Dingen ein Experte. Ob stehend, sitzend oder liegend – Josie war sicher, dass er jeden Geschwindigkeitsrekord unterbieten konnte, der jemals beim Sex aufgestellt worden war.

Er zerrte ihren Rock hoch, schob sich in Position und kam gleich zur Sache. Josie starrte über seine Schulter auf die weiße Wand neben der Wohnungstür. »Ich finde die Wohnung echt zu teuer, Marius.«

»Aaah«, keuchte Marius in Josies linkes Ohr. »Lass dich gehen, Baby!«

»Auch wenn du drei Viertel von der Miete bezahlst, wie wir's ausgemacht haben – das eine Viertel ist mir immer noch zu viel. Ich weiß nicht, wo ich die Kohle hernehmen soll. Okay, ich könnte mir noch einen zweiten Job suchen. Das ginge aber dann nur morgens, weil ich ja abends schon arbeite. Also müsste ich die Vorlesungen ausfallen lassen. Mit anderen Worten, ich müsste meine gesamte zukünftige berufliche Laufbahn ruinieren und Tag und Nacht schuften, bloß um diese blöde Wohnung bezahlen zu können. Können wir uns nicht vielleicht einfach was Preiswerteres suchen?«

»Umpf«, stöhnte Marius dumpf. Er hatte Josies Bluse aufgeknöpft und die Nase zwischen ihren Brüsten vergraben. »Gott, du bist ja so scharf! Diese Titten …«

»Ich müsste praktisch alles, was ich nebenher verdiene, für die Wohnung ausgeben. Kannst du mir sagen, wovon ich dann noch leben soll?«

»O ja«, stieß Marius abgehackt hervor, »ja, jaaa!«

»Eins scheinst du immer wieder zu vergessen: Ich habe keinen reichen Chefarzt als Vater, der mir das Studium finanziert und mir einen dicken Porsche bezahlt. Oder drei Wochen Urlaub auf den Malediven.«

»Oooh«, machte Marius. Und dann gab er dieses asthmatisch klingende Fiepen von sich, an dem Josie erkannte, dass es nur noch ein paar Sekunden dauern würde.

Eins, zählte sie stumm, während sie ihren Ärger darüber, dass er ohne sie in Urlaub gefahren war, gegen den Frust abwog, den der Abschluss dieser Wohnungssuche ihr bescherte. *Zwei, drei, vier …*

Bei zehn war es so weit. Im Prinzip war es also wie immer. Nur dass diesmal eine Kleinigkeit anders war als sonst, denn bei fünfeinhalb ging die Wohnungstür auf.

»Es war so peinlich«, sagte Josie. »Er hat's nicht mitgekriegt, weil er ja mit dem Rücken zur Tür stand.«

»Hast du's ihm nicht gesagt?«, fragte Berit.

»Natürlich habe ich's ihm gesagt. Ich habe es ihm sogar ins Ohr gebrüllt.«

Berit legte den Kopf schräg. »Warte. Lass mich raten. Er hat's mit einem Orgasmus verwechselt.«

Josie zuckte die Achseln. »Was auch immer. Jedenfalls hat dieser blöde Makler noch den ganzen Schluss gesehen.«

»Wie viel?«, fragte Berit lakonisch. »Zwei Sekunden, drei?«

»Vier. Oder sogar fünf.«

Berit kicherte. »Das ist echt lange. Jedenfalls für Marius.«

»Ich kann das nicht besonders komisch finden.«

»Ich auch nicht. So langsam frage ich mich, warum du ihn nicht endlich in den Wind schießt. Du kennst ihn doch jetzt lange genug. Glaubst du etwa, er ändert sich noch?«

»Ich liebe ihn doch«, sagte Josie empört. »Die Sache mit dem Sex ist für mich absolut zweitrangig, das habe ich dir schon oft gesagt. Er kann ja nichts dafür, dass es bei ihm immer so schnell geht. Es ist organisch.«

»Nein, dafür gibt's ein anderes Fremdwort, und das lautet *egoistisch*. Oder hat er sich jemals dafür interessiert, was du davon hast?«

»Er fragt mich jedes Mal, ob ich gekommen bin«, hob Josie hervor. »Das hat er gestern Nachmittag auch wieder gemacht. Ich finde nicht, dass das egoistisch ist.«

Berit runzelte kommentarlos die Stirn. Josie sah es nicht. Sie hatte momentan ganz andere Sorgen, und die lagen in männlicher Gestalt vor ihr, mitten auf einem stählern glänzenden Tisch, stumm und reglos, aber so übermächtig in ihrer Präsenz, dass es Josie den Atem raubte. Ihre Hände begannen zu zittern. Trotzdem überwand sie sich und nahm das bereitliegende Skalpell.

»Los«, munterte Berit sie auf. »Ein Schnitt, und du bist dabei.«

Josie schluckte heftig. »Ich kann's nicht tun.«

»Es ist nur ein blöder Sack«, zischte Berit. »Jetzt mach schon! Schneid rein, bevor er merkt, was hier los ist! Mist, ich glaube, jetzt fällt es ihm auf! Da, sieh mal, er macht schon so ein komisches Gesicht!«

Josie stöhnte, schloss die Augen und legte mit kraftlosen Fingern das Skalpell zur Seite. »Es geht nicht. Ich kann ihn nicht einfach kastrieren.«

»Mensch, der braucht das Teil doch nicht mehr!«

Josie biss die Zähne zusammen. Als ob sie das nicht selbst wüsste! Warum konnte sie diesen verschrumpelten Auswuchs nicht amputieren? Der Besitzer würde ihn nicht vermissen. Er hatte sogar ausdrücklich die Erlaubnis zu einem derartigen Eingriff erteilt. Er hatte seinen Körper der Wissenschaft vermacht, bevor er gestorben war, was man ihm nicht hoch genug anrechnen konnte. Die wenigsten Menschen waren heutzutage zu dieser selbstlosen Geste bereit, weshalb auch ein ständiger Mangel an verfügbaren Körperteilen herrschte, sodass die Studenten sich die Präparate jedes Mal teilen mussten.

Anstatt dankbar für dieses gut erhaltene Exemplar zu sein, konnte Josie nur daran denken, wie grässlich es stank.

Rechts von ihr summte es elektrisch auf. Durch einen Türspalt konnte Josie einen Blick in den benachbarten Raum erhaschen. Dort war einer der Assistenten damit beschäftigt, eine Leiche zur Präparation vorzubereiten. Er sägte einer alten Dame säuberlich den Schädel auf. Josie fing an zu würgen.

»Komm, ich mach's«, meinte Berit. »Das wollte ich sowieso schon immer mal tun. Wer weiß, wann diese Gelegenheit wieder kommt.«

Berit setzte entschlossen ihr eigenes Skalpell an, obwohl Professor Wiedelmann heute ausdrücklich darauf bestanden hatte, dass Josie unbedingt ebenfalls präparieren sollte.

Dann blickte sie kurz auf. »Shit. Das war's. Er hat's gesehen.«

Professor Wiedelmann ging an den anderen Seziertischen vorbei und kam quer durch den Raum zielsicher auf sie zu. Mit gerunzelter Stirn blieb er bei Josie und Berit stehen.

»Wie lange nehmen Sie jetzt an den Übungen teil, Frau Strehlitz?«

Josie tat so, als müsse sie rechnen. In Wahrheit wusste sie genau, dass es acht Wochen waren. Acht Wochen, in denen ihr regelmäßig das Frühstück wieder hochkam, bis sie klugerweise aufgehört hatte, vor den Anatomiestunden etwas zu essen. Im Leben einer jeden Frau gibt es Tage, die absolut ungenießbar sind. In Josies Fall waren es nicht nur die bewussten Tage, die ungefähr alle vier Wochen auftraten und sie in Lustlosigkeit und schlechter Laune versinken ließen, sondern auch jeder einzelne Tag, den sie im Anatomiesaal zubringen musste.

Für Josie gab es keinen größeren Horror als praktische Anatomie. Sie verfluchte den Tag, an dem sie entschieden hatte, Medizin zu studieren. Nicht, dass sie den Beruf nicht mochte. Sie hatte schon immer gern Ärztin werden wollen. Schon als kleines Mädchen hatte sie es faszinierend gefunden, ihren Puppen die Gliedmaßen auszurenken und sie anschließend nach allen Regeln der Kunst zu verarzten. Tobias, ihr Bruder, behauptete gelegentlich, dass er noch heute an den Nachwirkungen des frühkindlichen Traumas litt, das Josie ihm verpasst hatte, als sie seinem Teddy fachmännisch mit einem Tranchiermesser den Kopf amputiert und in dem faserigen Zeug, mit dem er gefüllt war, nach einem Gehirn gestochert hatte. Damals hatte sie nicht im Traum daran gedacht, was für eine unüberwindliche Hemmschwelle es einmal für sie darstellen würde, in einen menschlichen Körper zu schneiden.

Ihre Kommilitonen hatten es zu Anfang ebenfalls nicht leicht gehabt. Manche hatten sogar fast sechs Wochen gebraucht, bis sie ihren Ekel überwunden hatten. Auch Berit, sonst ein Musterbeispiel an Abgebrühtheit, war es bei ihrem ersten Testat übel geworden. Doch im Unterschied zu Josie hatte sie es durchgestanden und genug Punkte dafür eingeheimst, um bei der nächsten Prüfung keine Angst um ihr Gesamtergebnis haben zu müssen. Ihr machte die praktische Anatomie mittlerweile nicht mehr das Geringste aus. Es war ganz einfach ein Job, der erledigt werden musste, damit sie ihren Schein bekam.

»Schaffen Sie es nicht?«, fragte Professor Wiedelmann.

»Sie wollte es gerade tun«, behauptete Berit.

»Nein, das wollte ich nicht«, widersprach Josie matt. Wie gelähmt betrachtete sie den männlichen Torso, der vor ihr auf dem Tisch lag. Wieso zum Teufel konnte sie nicht wie alle anderen Studenten das machen, was für die Prüfung in praktischer Anatomie unumgänglich war, nämlich sezieren und präparieren?

Ihr Blick huschte nach rechts, zum Nebenraum. Der Assistent klappte gerade den Skalp der alten Dame mitsamt Schädeldach nach vorn und holte das Gehirn heraus. Josie schloss die Augen und schwankte von einem Fuß auf den anderen.

»Wenn Sie es nicht sehr bald hinkriegen, ist der Kurs für Sie gelaufen«, erklärte Professor Wiedelmann. Sein Tonfall war nicht unfreundlich, doch in Josies Ohren klang seine nächste Äußerung wie ein Todesurteil.

»Sie haben Ihr erstes Testat abgebrochen. Beim nächsten sollten Sie besser in Form sein, sonst könnte es eng für Sie werden. Ohne bestandenen Anatomieschein können Sie keine Ärztin werden.«

»Ich weiß«, gab Josie verzweifelt zurück. »Ich will's ja tun. Aber es klappt nicht.«

»Es ist nichts dabei, Sie müssen es nur einmal schaffen, dann geht es immer wieder! Schauen Sie hin – daran ist nichts Ekliges. Es ist nur ein Hoden.«

Mit seiner behandschuhten Rechten ergriff er das

oval geformte, graublaue Corpus Delicti, hielt es hoch und schlitzte es mit dem Skalpell sanft auf.

»Entschuldigen Sie mich«, presste Josie heraus.

Sie schaffte es gerade noch bis zur Toilette.

Berit balancierte ihr Tablett zwischen den Tischen hindurch. »Da vorn ist noch was frei.«

Josie folgte ihrer Freundin, ohne nach rechts und links zu blicken. Für diesen Tag war ihr die Laune gründlich verdorben. Sie wusste nicht mal, was sich auf ihrem Teller befand. Bei der Essensausgabe hatte sie wahllos auf irgendetwas Vegetarisches gezeigt. Seit ziemlich genau acht Wochen war sie gegen alle Arten von totem Fleisch allergisch.

»Nächste Woche lass ich mich exmatrikulieren«, erklärte sie.

Berit schwenkte vor Josie ein und belegte den freien Tisch, den sie entdeckt hatte. Kritisch beäugte sie das halbe Hähnchen, das sie sich ausgesucht hatte.

»Das sieht ziemlich labberig aus. Ich hätte doch lieber den Broccoliauflauf nehmen sollen.«

»Ich hör mit dem Studium auf«, wiederholte Josie.

»Den Teufel machst du. Lass dich bloß von dem Wiedelmann nicht abkochen! Der wollte dir nur Angst einjagen.«

»Das war nicht nötig. Die habe ich sowieso. Ich weiß nicht, wie ich die Testate schaffen soll.« Josie probierte einen Bissen von ihrem Essen, dann verzog sie das Gesicht. Dieser Auflauf sah aus wie Broccoli. Aber das war nur Tarnung. Geschmacklich ging das Ganze eher in Richtung feuchte Pappe.

Josie seufzte und spielte mit ihrer Gabel. »Ich habe es jetzt lange genug versucht, um zu kapieren, dass es mit dem Medizinstudium nicht funktioniert.«

»Du spinnst. Das wäre verrückt. Du bist in allen Fächern Spitze. Wer schreibt denn immer die besten Klausuren? Sogar in Chemie? Du hörst auf keinen Fall auf.«

»Was bleibt mir denn übrig? Ohne die Anatomie kann ich es vergessen.«

»Klar. Anatomie muss sein. Ist eklig, aber wichtig. Wenn du nicht mal toten Leuten was abschneiden kannst – wie sollst du es dann bei lebendigen schaffen?« Berit rollte ihr Besteck aus der Papierserviette und säbelte dem Hähnchen einen Schenkel ab. »Ich wusste es. Ist nicht mal richtig gar. Ärgs, wie eklig! Kann gut sein, dass da Salmonellen drin sind!«

Josie verdrehte die Augen zur Decke und schob ihren Teller weg. Zuerst die Anatomie und jetzt dieser schlaffe, künstlich aussehende Flattermann! Der Appetit war ihr vergangen.

»Du kapierst das anscheinend nicht richtig, Berit. Ich schaffe es nicht. Zuerst dachte ich, es wäre vielleicht nur eine Frage der Zeit. Ich habe mir eingebildet, dass ich es hinkriege, ganz einfach deswegen, weil alle anderen es schließlich auch packen. Aber das ist jetzt acht Wochen her, und es ist keinen Deut besser geworden. Alle haben es geschafft. Nur ich nicht.«

»Du brauchst einfach ein bisschen länger. Und den richtigen Ansatz.«

Berit beugte sich vor und fuchtelte mit dem fettig glänzenden Hühnerbein. »Ich habe nämlich die Lösung für dich. Eigentlich wollte ich schon vorhin mit dir drüber reden, aber ich wollte dich erst in Ruhe auskotzen lassen.«

»Danke«, meinte Josie. »Es geht doch nichts über eine gute Freundin.«

»Die beste«, erwiderte Berit ohne falsche Bescheidenheit. »Ich habe einen Termin für dich gemacht, bei Klaus.«

Klaus war Berits Therapeut. Berit war seit ungefähr einem Jahr bei ihm in Behandlung, und sie behauptete regelmäßig, dass sie unglaubliche Fortschritte erzielte. Sie hatte zwar immer noch keinen festen Freund, aber sie war bereit und offen dafür, in jeder Hinsicht. Sagte sie jedenfalls.

»Ich habe auch schon über eine Therapie nachgedacht«, sagte Josie. »Ich habe sogar letztens schon versucht, mir eine verschreiben zu lassen.«

»Echt? Das hast du mir gar nicht erzählt. Wann denn?«

»Vor drei Wochen.«

»Du bist extra deswegen beim Arzt gewesen und hast mir nichts davon gesagt?«

Josie wand sich. »Ich war nicht extra beim Arzt. Ich habe Marius' Vater gefragt, als ich Marius von zu Hause abgeholt habe, um ihn zum Flughafen zu fahren.«

»Und was hat er gesagt?«

»Das willst du nicht wirklich wissen.«

»Und ob ich das will!«

Josie stach erbittert mit der Gabel in ihren Broccoliauflauf. »Er sagte: Josefine, Sie sind doch eine so entzückende, junge Person, wieso wollen Sie Ihr reizendes Köpfchen mit Dingen voll stopfen, die Sie nur belasten? Warum erlernen Sie nicht einen wirklich interessanten Beruf, bei dem Sie viel herumkommen und andere Menschen kennen lernen? Bei dem Ihr wundervoll geformter Körper und Ihre anmutigen Bewegungen perfekt zur Geltung kommen? Warum werden Sie nicht Stewardess?«

»Das ist der Hammer«, meinte Berit. »Wie kam er denn auf diese blöde Idee? Hattest du ein Kostüm und Pumps an oder so was?«

»Nein, es ist ihm eingefallen, als ich die Gepäckzettel an Marius' Koffer befestigt habe.«

Berit grinste. Josie konnte daran allerdings nichts Komisches finden. Marius' Vater war zwar ein bundesweit bekannter Schönheitschirurg, aber wenn er überhaupt so etwas wie Feingefühl besaß, so beschränkte sich dieses vermutlich auf die Handhabung seiner Kanülen bei der Liposuktion oder die Schnittführung bei all den großen und kleinen Faceliftings, die er jede Woche durchführte.

»Hast du keine Angst, dass Marius mal genauso wird wie sein Vater? Ich meine, jetzt, wo du mit ihm zusammenziehen willst – da musst du doch darüber schon nachgedacht haben.«

»Er will ja keine plastische Chirurgie machen, sondern Radiologie«, sagte Josie, als wäre das eine ausreichende Antwort auf Berits Frage.

Berit konnte sich denn auch eine entsprechende Erwiderung nicht verkneifen. »Ja, weil das mindestens genauso viel Kohle bringt. Und jetzt reden wir nicht mehr davon, sonst ärgere ich mich bloß.«

Sie standen beide auf und brachten ihre kaum

berührten Teller zum Laufband, dann verließen sie die Mensa und gingen nach draußen. Sie hatten beide noch Hunger, aber nicht unbedingt auf das Mensaessen, also beschlossen sie, rasch zu ihrem Stammitaliener zu fahren. Die Nachmittagsvorlesung fing erst in einer Stunde an, die Zeit reichte gerade für eine ordentliche Portion Spaghetti Carbonara. Bei Luigi kostete das Essen fast dreimal so viel wie in der Mensa, aber es schmeckte dafür hundertmal besser. Grund genug, hin und wieder einen Abstecher dorthin zu machen und sich etwas Gutes zu tun.

Josie reckte sich und holte tief Luft. Für Mai war es sehr warm, fast schon sommerlich heiß. Sie zog den Pullover aus und band ihn sich um die Taille.

»Ich hätte bestimmt schon längst eine Therapie angefangen, aber ohne Rezept muss ich es selbst zahlen, und das kann ich mir unmöglich leisten. Außerdem müsste es schnell gehen. Ich kann nicht ewig auf irgendwelche Behandlungstermine warten.«

»Deshalb habe ich ja auch mit Klaus geredet. Er ist ein Spitzentherapeut! Und er hat wahnsinnig viel Ahnung von Körper- und Verhaltenstherapie.« Berit machte eine eindrucksvolle Pause. »Und das Beste ist – es würde dich nicht mal was kosten!«

Damit gewann sie schlagartig Josies ungeteilte Aufmerksamkeit. »Du meinst – überhaupt nichts? Gar nichts?« Josie lehnte sich misstrauisch zurück. »Oder lässt er sich in Naturalien bezahlen?«

Berit war empört. »So einer ist Klaus nicht. Er ist so lieb, so sensibel, so einfühlsam, so … so …«

Josie hob die Hand. »Schon gut, ich glaub's ja. Aber

ich weiß zufällig auch, was für ein Auto er fährt und was für Klamotten er trägt.«

»Du kannst einen Menschen nicht nach seinem Äußeren beurteilen«, rügte Berit.

»Aber ich kann am Äußeren eines Menschen erkennen, ob er knapp bei Kasse ist. Vor allem an seinem Auto. Vergiss nicht – ich fahre dieselbe Marke.«

Sie steuerten auf Josies Wagen zu, ein betagter Fiat Panda, dessen Rostflecken auch nicht durch die vielen Abziehbildchen zu kaschieren waren, mit denen Josie das gute alte Stück großzügig beklebt hatte.

»Klaus hat die Praxis erst seit einem Jahr, es ist ganz normal, dass er noch keine schwarzen Zahlen schreibt.«

»Wie kann er es sich dann leisten, Leute umsonst zu therapieren?«

»Wenn du bei ihm in Therapie gehst, würdest du an seiner Fallstudie teilnehmen«, erklärte Berit. »Genau wie ich. Anonym natürlich.«

»Will er ein Buch schreiben?«

»Er arbeitet an einer Aufsatzreihe.«

Während der Fahrt zur Pizzeria erläuterte Berit ihrer Freundin Klaus' Konzept. »Er hat sich schon während des Studiums viel mit Phobien befasst, es ist sozusagen sein besonderes Fachgebiet. Deshalb bin ich ja damals auch bei ihm gelandet.«

»Also hör mal, ich glaube nicht, dass man deine Penisphobie mit meiner Angst vorm Sezieren vergleichen kann.«

»Meiner Meinung nach ist es sogar sehr gut vergleichbar«, widersprach Berit.

Doch Josie hörte ihr nicht mehr zu, weil der Motor

des Panda wieder dieses merkwürdige Geräusch von sich gab, das sie seit ungefähr einer Woche beunruhigte.

»Sag mal, hörst du das auch?«

»Was?«

»Na, dieses komische Tuckern.«

Berit lauschte und nickte dann. »Klingt eher wie ein Rasseln. Oder Schleifen.«

In jedem Fall klang es teuer. Eine Reparatur konnte Josie sich momentan nicht leisten. Nicht, wenn sie mit Marius diese sündhaft teure Altbauwohnung beziehen würde.

Immerhin war sie über Berit an eine kostenlose Therapie gekommen, das war zumindest ein Silberstreif am Horizont.

»Danke für den Termin«, sagte sie.

»Keine Ursache. Dafür musst du mir hinterher alles erzählen.«

Das verstand sich für Josie von selbst. Gute Freundinnen hatten keine Geheimnisse voreinander.

Im Anschluss an die Nachmittagsvorlesung fuhr Josie nach Hause. Sie war müde und schlecht gelaunt. Ihre Stimmung wurde nicht besser, als sie ihre Mutter in der Diele stehen sah. Hanna hatte sich zum Ausgehen zurechtgemacht, und es sah ganz danach aus, als hätte sie heute noch Größeres vor. Das feuerrot gefärbte Haar fiel ihr in wilden Locken über den Rücken, und ihre Wangenpartien waren mit Glitzerpuder bestäubt, ebenso wie das großzügige Dekolleté. Sie drehte sich vor dem Spiegel. »Wie sehe ich aus?«

»Du hast meine neue Jeans an«, sagte Josie missmutig.

»Ja, toll, oder?« Hanna strich sich mit beiden Händen über die Hüften. »Passt mir wie angegossen. Diese Kiwi-Dät und der ganze Sport haben sich echt bezahlt gemacht.«

»Ich habe sie noch nicht ein einziges Mal angehabt«, beklagte Josie sich.

»Dann hast du Glück, denn wenn du sie das nächste Mal anziehst, passt sie dir viel besser, weil sie dann schon eingetragen ist.«

»Wo gehst du hin?«

»Ach, ich habe mich doch für diesen Single-Tanzkurs angemeldet.« Hanna prüfte mit angefeuchtetem Finger die Haltbarkeit ihres Lippenstifts, dessen Malventon exakt zu ihrem T-Shirt passte. Quer über dem Busen prangte in silberfarbigen Lettern der Aufdruck: *Bad Girl.*

Josie fragte sich, was Marius' Eltern wohl sagen würden, wenn sie Hanna kennen lernten. Bis jetzt war es noch nicht dazu gekommen, aber irgendwann würde es sich nicht mehr vermeiden lassen. Schließlich würde sie in weniger als zwei Wochen mit Marius zusammenziehen. Er war der Mann, den sie heiraten wollte und den sie sich als Vater ihrer Kinder auserkoren hatte. Er sah genauso aus, wie sie sich schon als Kind immer ihren Traummann vorgestellt hatte. Groß, sportlich, schlank, blond, blendend weiße Zähne. Er war souverän, freundlich, aufmerksam und höflich. Er machte ihr Komplimente am laufenden Band. Außerdem fuhr er Porsche und hatte steinreiche Eltern. Wen kratzte es schon, dass er im Bett nicht gerade ein

Ass war? Josie fand sogar, dass sie im Grunde großes Glück hatte. Er war wenigstens immer in drei Minuten fertig, sodass sie nur ein Minimum an Zeit verplempern musste. Daniel, ihr erster fester Freund, hatte immer mindestens eine halbe Stunde dafür benötigt, ohne dass es Josie auch nur das Geringste gebracht hätte. Nach ihren Berechnungen hatte sie mit Daniel insgesamt etwa hundert Stunden von der kostbaren Zeit ihres Lebens vergeudet, denn sie war ungefähr sieben Monate mit ihm befreundet gewesen – und er hatte es täglich tun wollen. Um mit Marius auf diesen Schnitt zu kommen, würde sie viele Jahre brauchen, ein weiterer Aspekt, der unbestreitbar für diese Beziehung sprach.

»Eigentlich ist es ein Tanzkurs für Ehepaare, Paare und Singles«, erzählte Hanna. »Aber bei der Anmeldung hieß es, man würde es dort auf jeden Fall so einrichten, dass es für jeden einen Tanzpartner gibt. Wie seh ich aus?«

»Toll«, sagte Josie. Im Grunde war das die schlichte Wahrheit. Hanna war zweiundvierzig und sah kaum älter aus als Anfang dreißig. Da sie sich außerdem kleidete wie ein Teenager, wurde sie oft für Josies Schwester gehalten – und an Tagen wie heute, wenn Josie überarbeitet und abgespannt war, sogar für ihre *jüngere* Schwester.

Josie selbst fühlte sich selten wie das Kind ihrer Mutter. In ihren Augen war Hanna der schöne Schmetterling, sie selbst bloß eine Raupe. Eine Zeit lang hatte sie sich sogar eingeredet, dass ihre Eltern sie als Baby adoptiert hatten. Das war die einzige brauchbare Erklärung dafür, dass sie so wenig mit

Hanna gemein hatte, vor allem charakterlich. Im Übrigen beschränkte sich die Familienähnlichkeit auf ein paar Sommersprossen und – hier gab es allerdings unbestreitbare Parallelen – einen großen Busen. Josie empfand das eher als peinlich und mied meist allzu enge Oberteile, während Hanna stolz auf ihre speziellen körperlichen Vorzüge war und sie bei jeder Gelegenheit gerne als das bezeichnete, was sie in ihren Augen waren: *dicke Titten*.

Hanna wackelte mit dem Hintern. »Kann man schon sehen, dass ich seit acht Wochen Fitness mache? Wie sieht mein Arsch aus?«

»Mama, musst du immer solche Worte sagen?«

Hanna grinste. »Seit wann stört dich das?«

Ja, seit wann? Josie zog es vor, nicht genauer darüber nachzudenken. Immer, wenn Hanna Worte wie *Titten* oder *Arsch* von sich gab (was täglich mindestens einmal vorkam), stellte Josie sich das Gesicht von Marius' Mutter vor. Wenn Marius in bestimmten schwachen Momenten ordinär wurde, so lag das bestimmt nicht an seiner Mutter. Über Elisabeth Seckbachs perfekt geschminkte Lippen drang zur Bezeichnung besagter Körperteile sicherlich niemals ein Wort, das unanständiger war als *Oberkörper* oder *Hüftbereich*.

Josie ging auf ihr Zimmer, warf die Aktentasche aufs Bett und zog sich für ihren Putzjob um.

Zwischendurch schaute Hanna zu ihr herein. Sie hatte sich ausgiebig mit *Emporio* besprüht und frisches Rouge aufgelegt. »Ich bin dann gleich weg.«

»Hat Tobi was gegessen?«

»Keine Ahnung. Ich glaube nicht.«

»Du könntest ihm noch ein Brot machen«, sagte Josie mit erhobener Stimme.

»Er könnte sich selbst eins machen«, erklärte Hanna mit sonnigem Lächeln.

Josie gab keine Antwort. Hanna focht es nicht weiter an. Sie warf ihrer Tochter ein Luftküsschen zu und verschwand trällernd in Richtung Wohnungstür.

2. Kapitel

Josie ging ins Wohnzimmer, wo Tobias mit Kopfhörern vor dem PC saß und in die Tasten hackte. Auf dem Monitor wechselten in schneller Folge die bunten Bilder irgendeines blutrünstigen Internetspiels.

Josie fuhr ihrem Bruder durch die Haare, die noch heller waren als ihre eigenen. Hanna, deren Haar ziemlich dunkel war, hatte oft erzählt, dass Tobis Vater ein Schwede gewesen sei. Ab und zu hatte es auch eine Version gegeben, derzufolge er Däne oder Holländer war. Josie war davon überzeugt, dass Hanna überhaupt nicht wusste, wer Tobi gezeugt hatte. Es gab weder Fotos von seinem Vater, noch existierten irgendwelche anderen Andenken. Im Leben ihrer Mutter hatte es ein paar ziemlich wilde, schräge Zeiten gegeben, und Josie war froh, dass sie nicht alle davon bewusst mitbekommen hatte. In diesem Jahr durchlebten sie eine eher ruhige Phase. Hanna ging ins Fitnessstudio und hatte einen Tanzkurs gebucht, dagegen gab es nicht das Geringste einzuwenden. Außerdem hatte sie nach längerer Arbeitslosigkeit seit einiger Zeit endlich wieder einen festen Job; sie arbeitete sechs Stunden am Tag im Callcenter eines Telefonnetzbetreibers und schaffte es irgendwie seit drei Monaten, mit ihrer freundlichen, samtweichen Stimme von ihrer mangelnden Kompetenz abzulenken. Alles in allem kamen sie einigermaßen zurecht. Sie lebten ohne großen Komfort, mussten sich aber auch nicht allzu sehr einschränken. Die Wohnung war preiswert, vier Zimmer sozialer Wohnungsbau, die definitiv schon bessere Tage gesehen hatten. Bad und Küche waren winzig, aber dafür hatte jeder sein eigenes Zimmer.

Hanna hatte kein Auto, machte sich die Haare selbst und kaufte ihre Klamotten in Second-Hand-Läden, wenn sie nicht gerade die neuen Sachen ihrer Tochter eintrug.

Josie sorgte weitgehend für sich selbst. Sie ging an fünf Tagen die Woche von sechs bis zehn Uhr abends arbeiten, den Rest ihres Unterhalts bestritt sie durch die Waisenrente. Im Unterschied zu Tobi wusste sie, wer ihr Vater gewesen war. Es gab ein von ihm eigenhändig voll geklebtes Album mit netten Hochzeits- und Babybildern, auf denen er zusammen mit Hanna oder Josie zu sehen war. Er hatte gut ausgesehen, drahtig, mit strohblonden Haaren, immer ein bisschen sonnenverbrannt von der Arbeit als Maurer. Manchmal glaubte Josie, tief in den entfernten Winkeln ihres Gedächtnisses den Zipfel einer Erinnerung an ihren Vater erhaschen zu können, doch das war natürlich ein Trugschluss. Er war gestorben, als Josie drei Jahre alt gewesen war. Hanna hatte später oft davon erzählt, weil Tobi als kleiner Junge ganz verrückt auf die Geschichte gewesen war. Er hatte immer wieder und in allen makabren Einzelheiten hören wollen, wie Josies Vater an der Baustelle, wo er zuletzt gearbeitet hatte, ein Mörteleimer auf den Kopf gefallen war – vielleicht zum Ausgleich dafür, dass er von seinem eigenen Vater nichts weiter wusste, als dass dieser (vielleicht) aus einem skandinavischen Land stammte.

Josie schob den Kopfhörer von Tobis Ohren. »Hast du schon was gegessen?«

»M-m«, sagte Tobi. Offensichtlich wartete er nur darauf, dass sie wieder verschwand, um in Ruhe weiterspielen zu können.

»Ich bring dir rasch ein Brot, dann geh ich arbeiten. Hast du schon deine Aufgaben gemacht?«

Anstelle einer Antwort schnaubte er nur. Josie ging seufzend in die Küche. Sie sollte es ganz einfach sein lassen. Mit sechzehn Jahren war er alt genug, um allein in der Schule klarzukommen, obwohl seine Noten zurzeit alles andere als glänzend waren. Ihr selbst war das Lernen immer leicht gefallen, doch Tobi hielt Hausaufgaben grundsätzlich für ein verzichtbares Übel. Entsprechend waren in der letzten Zeit seine Noten ausgefallen. Wenn er so weitermachte, würde er wahrscheinlich die elfte Klasse wiederholen müssen, eine Aussicht, die ihn indessen nicht allzu sehr zu schrecken schien.

Josie machte ihm ein paar Brote und brachte sie ihm an den PC.

»Bleib nicht so lange online, die letzte Telefonrechnung war mal wieder extrem.«

Tobi gab ein grunzendes Geräusch von sich, das ebenso gut Zustimmung wie Ablehnung bedeuten konnte.

»Ach ja«, meinte Josie, »in zwei Wochen ziehe ich übrigens aus.«

Das ließ ihn herumfahren. »Echt?«

Sie nickte. »Marius und ich haben uns für eine Wohnung entschieden. Ich muss nur noch ein bisschen was mit dem Geld klären, mit vielleicht noch einen Zusatzjob suchen, dann klappt es.«

»Geil«, sagte Tobi. »Dann nehme ich dein Zimmer.«

Josie zuckte zusammen. »Wieso? Du hast doch selber eins.«

»Deins ist aber größer. Und es riecht besser.«

»Bei dir würde es auch besser riechen, wenn du dich öfters duschen würdest.«

Tobias biss ungerührt in ein Brot. »Den PC lässt du aber hier, oder?«

»Sekunde mal. Es ist *mein* PC.«

»Aber dieser Dings hat doch bestimmt einen, oder?«

»Dieser Dings heißt Marius«, sagte Josie ärgerlich. Erst gestern hatte Hanna gefragt, ob sie und *Martin* bei der Wohnungssuche Fortschritte machten. Wozu hatte Marius sich erst vorletzten Sonntag die Mühe gemacht, sich hier zum Kaffee einzufinden, um sich mit ihrer Familie bekannt zu machen, wenn sich zwei Wochen später kein Mensch mehr an ihn erinnerte?

»Von mir aus«, sagte Tobi. »Du kannst doch auch auf seinem PC schreiben, oder?«

»Können und wollen ist nicht dasselbe«, belehrte Josie ihren Bruder.

Während der Fahrt zur Arbeit musste sie an ihre eigenen Worte denken, die in ihrem Fall gleich mehrfach zutrafen.

Sie wollte Ärztin werden und konnte nicht die nötigen Übungen in praktischer Anatomie absolvieren, weil schon der Anblick eines Seziertisches sie an den Rand eines Nervenzusammenbruchs brachte. Sie wollte mit Marius in eine teure Wohnung ziehen, konnte aber das nötige Geld nicht aufbringen. Sie wollte einen zusätzlichen Job suchen, konnte dafür aber nicht genug Zeit erübrigen. Sie wollte ein Auto, das ohne dubiose Nebengeräusche fuhr, doch daran war momentan erst recht nicht zu denken.

Josie hatte einen Nebenjob, um den sie nicht gerade beneidet wurde. Daran änderte auch die hochtrabende Bezeichnung nichts, die sich irgendein Witzbold für diese Arbeit ausgedacht hatte. Die Firma, für die Josie auf Teilzeitbasis jobbte, hatte sich auf die Reinigung von Bürogebäuden nach Feierabend spezialisiert und machte gutes Geld damit. Das meiste davon steckte sich der *Cleaning Director* in die Tasche, ein kleinerer Anteil wurde an die *Cleaning Manager* ausgeschüttet, und der schäbige Rest wurde auf die *Cleaning Assistents* verteilt. Josie hatte es im Laufe des letzten Jahres immerhin geschafft, sich vom *Cleaning Assistent* zum *Cleaning Manager* hochzuarbeiten, mit anderen Worten: Sie leitete eine Reinigungskolonne. In ihrem Fall bedeutete das die Befehlsgewalt über zwei *Cleaning Assistents*, die erst vor ein paar Monaten aus der hintersten Ecke von Sibirien gekommen waren und kein Wort Deutsch verstanden. Außerdem kamen sie mit Josies Gestik nicht besonders gut zurecht und brauchten ziemlich häufig Verschnaufpausen, die sie meist vor dem Haus verbrachten, wo sie dann auch gleich praktischerweise eine rauchen konnten. Josies neue Personalhoheit bestand daher seit ihrer Beförderung im

Wesentlichen darin, doppelt so viel zu putzen wie früher, obwohl sie gerade mal ein Viertel mehr verdiente.

Das Gebäude, für dessen Reinigung sie gemeinsam mit den beiden Russinnen nach jedem Bürotag zu sorgen hatte, befand sich in einem Industriegebiet. Wenn sie um sechs Uhr mit dem Putzen anfingen, waren die meisten Angestellten schon gegangen. Im Laufe der darauf folgenden Stunde räumten dann meist noch die letzten Bummler und Überstundenhengste das Feld – bis auf einen.

Auf dem Namensschildchen an seiner Bürotür im zweiten Stock stand F. Friedrichs. Josie nannte ihn bei sich *Fritz*. Er war ein dürrer kleiner Kerl um die vierzig, der kaum noch Haare auf dem Kopf hatte. Josie hatte keine Ahnung, wofür er zuständig war, aber anscheinend brachte sein Aufgabenfeld so viel Arbeit mit sich, dass er es selten schaffte, vor halb neun das Büro zu verlassen.

An diesem Abend war er auch wieder länger da als alle anderen. Er hockte wie immer vor seinem PC und tippte wie besessen.

Wie an jedem Abend schaute Josie kurz zu ihm herein. »Guten Abend. Mal wieder viel zu tun?«

Er blickte kurz auf und zeigte zwei Reihen schlecht überkronter Zähne. »Ja, wie immer.«

Josie blickte ihn mitleidig an.

»Okay, wir putzen Ihr Büro dann später, wie immer.«

Er nickte kurz und vertiefte sich wieder in seine Arbeit.

Josie holte den Putzwagen mit den Reinigungsutensilien aus dem Hauswirtschaftsraum am Ende des

Ganges und machte sich auf die Suche nach den Russinnen. Die beiden waren nirgends zu sehen, doch im Treppenhaus roch es verdächtig nach Zigaretten.

»Swetlana?«, schrie Josie in voller Lautstärke. »Katharina?«

Nichts. Die beiden hatten sich vermutlich wieder nach draußen verzogen, sodass Josie ebenso gut gleich anfangen konnte zu putzen, bevor sie noch länger wertvolle Zeit damit vergeudete, ihre Assistentinnen zu suchen. Sie fing an Ort und Stelle an und machte im Treppenhaus sauber. Danach putzte sie ein paar Büros. Von Swetlana und Katharina fehlte immer noch jede Spur. Wenn das so weiterging, würde sie ein ernstes Wort mit dem *Cleaning Director* reden müssen. Vorausgesetzt, sie konnte ihn irgendwann telefonisch erreichen. Meist ging nur der Anrufbeantworter dran. Josie hatte ihren Chef bisher nur zweimal gesehen, einmal bei ihrer Einstellung und das zweite Mal bei der Beförderung. Er war ein windig aussehender Typ mit Goldkettchen um den Hals und Gucci-Schuhen an den Füßen, der garantiert noch nie einen Wischmopp in der Hand gehabt hatte, obwohl er behauptete, bis letztes Jahr selbst noch *Cleaning Manager* gewesen zu sein. Immerhin überwies er pünktlich ihren Lohn.

Als sie den Wagen über den Gang schob, sah sie durch die angelehnte Tür von Fritz' Büro, dass sich dort niemand mehr befand. Anscheinend hatte er inzwischen doch Feierabend gemacht. Doch er hatte offensichtlich vergessen, den Computer auszuschalten. Der Monitor leuchtete noch. Von plötzlicher Neugier gepackt, ging Josie die paar Schritte zum Schreibtisch. Halb und halb hatte sie erwartet, die bunte Oberfläche einer Porno-Website zu sehen, doch es gab nur ein paar neutrale weiße Fenster mit laufender Schrift.

Ein Geräusch ließ sie herumfahren. Fritz stand in der offenen Tür.

Josie räusperte sich peinlich berührt. »Ich dachte, Sie wären schon weg und hätten vergessen, Ihren Rechner auszumachen.«

Fritz war, wenn irgend möglich, noch verlegener als Josie. Er lief dunkelrot an. »Ich mache das nicht immer«, stammelte er. »Nur heute. Nur mal ganz kurz.«

»Was denn?«

Fritz deutete mit abgewandtem Gesicht auf seinen Monitor. »Das da.«

»Was ist das überhaupt?«

»Ein Chatroom. Das ist mein Hobby. Ich chatte gerne. Nur ein bisschen, nur so zur Entspannung. Macht Spaß. Haben Sie's auch schon mal ausprobiert?«

Josie schüttelte den Kopf. »Sie meinen, Sie sprechen mit wildfremden Leuten im Internet?«

Fritz nickte. »Es ist aufregend. Man lernt ständig neue Leute kennen und erfährt Dinge.«

»Was für Dinge?«

»Na, lauter private Sachen. Das glauben Sie gar nicht, was die Leute einem im Chat alles so erzählen. Das würden die im *Real Life* noch nicht mal ihrem besten Freund erzählen!«

»Und Sie selbst – machen Sie das auch?«

»Ja klar. Ist doch total anonym. Niemand weiß, wer

ich bin oder wie ich heiße. Im Chat habe ich einen *Nickname*, da heiße ich Rocky. Das ist sowieso mein Idol, von Sly Stallone habe ich alle Filme gesehen.«

Josie beugte sich näher zum Bildschirm, bis sie die Schrift lesen konnte.

rocky: ich bin 28 jahre alt, 1.85 m groß, athletisch und schwarzhaarig. und du?
vanessa: ich bin 23, 1.70 m groß und auch schlank. ich habe langes blondes haar und blaue augen. bist du verheiratet?
rocky: nein, ich bin solo. und du?
vanessa: ich auch. willst du cs?
rocky: wenn du willst
vanessa: erzähl mir erst mal, was du zu bieten hast
rocky: ich habe eine ganze menge drauf, baby
vanessa: was denn so?
rocky: wie wär's für den anfang mit 20 cm?

Ab da war der Dialog nicht jugendfrei. Josie war fasziniert. Fritz hatte eine Menge Fantasie. So, wie er sich und seine männlichen Attribute beschrieb, war Tarzan gegen ihn ein armes, impotentes Würstchen. Josie konnte nur mühsam ein Kichern unterdrücken. Fritz fuhrwerkte hastig mit der Computermaus herum und ließ das Dialogfenster verschwinden.

»Sie werden doch nichts davon erzählen, oder?«

Josie schüttelte den Kopf. »Keine Angst. Aber fällt es denn hier im Büro nicht auf, dass Sie das machen? Ich dachte immer, man kann so was anhand der Einwahldaten nachvollziehen.«

»Ich bin ja derjenige, der hier in der Firma für diesen ganzen EDV-Kram verantwortlich ist«, gab er zu. »Und abgesehen davon machen es sowieso alle. Nur halt zu Hause.«

»Warum schaffen Sie sich denn keinen PC für zu Hause an?«

»Ich habe dort schon einen.«

Josie nickte. Natürlich hatte er einen. Und außerdem wahrscheinlich eine Frau, die ihm die Hölle heiß machen würde, wenn sie wüsste, was er mit Vanessa im Chat trieb.

»Was heißt *cs*?«, wollte sie wissen.

Fritz wand sich. »Cybersex.« Eilig setzte er hinzu: »Aber das mache ich nur, wenn die Frau es will, Ehrenwort! Ich bin nicht so einer!«

»Was für einer?«

»Einer von denen, die sich nur wegen Sex im Internet rumtreiben.«

Josie war ziemlich sicher, dass er doch *einer von denen* war.

»Woher wissen Sie eigentlich, ob Vanessa nicht lügt?«

Fritz' Kinn klappte nach unten. »Äh ... Was?«

»Vielleicht ist sie schon über sechzig und wiegt hundertneunzig Pfund. Es könnte auch sein, dass sie erst zwölf ist und gerade mit ihrer Freundin vorm PC sitzt und sich halb tot lacht.«

Dazu fiel Fritz auf die Schnelle nichts ein. Aber der

bestürzte Ausdruck in seinen Augen ließ vermuten, dass ihm diese Vorstellung einiges Kopfzerbrechen bereitete.

»So, dann muss ich mal wieder los«, meinte Josie höflich. Sie blickte auf die Uhr. Halb acht, und es waren erst drei von fünfzehn Büroräumen sauber. Und weit und breit nicht das kleinste Zeichen in Sicht, dass Swetlana und Katharina heute noch vorhatten, außer Rauchen irgendetwas zum Bruttosozialprodukt beizutragen.

»Wiedersehen«, sagte sie.

»Eins wollte ich Ihnen schon die ganze Zeit mal sagen«, rief Fritz ihr nach.

Josie blieb stehen. »Was denn?«

»Sie sind eine ganz hervorragende Putzfrau. Ich habe noch nie 'ne Frau gesehen, die so klasse putzen kann wie Sie. Ich finde, dass Sie das wissen sollten!«

»Vielen Dank«, sagte Josie. »Sie haben mir echt den Abend gerettet.«

Am nächsten Morgen verkündete Hanna beim Frühstück, dass sie vorhatte, ihren Job bei dem Callcenter aufzugeben.

Josie ließ den Toast, von dem sie gerade abbeißen wollte, wieder sinken. »Ich höre wohl nicht richtig. Gerade jetzt, wo alles so gut läuft? Wo du ausnahmsweise mal finanziell Boden unter den Füßen hast? Kannst du mir vielleicht sagen, wie du dir das vorstellst? Glaubst du etwa, dass du mit den paar Euro Arbeitslosengeld auskommst?«

Tobi mischte sich ein. »Josie hat gesagt, dass sie in zwei Wochen auszieht.«

Hanna war überrascht. »Davon hast du mir ja gar nichts erzählt, Süße!«

»Weil das hier sowieso keinen interessiert.«

Hanna war beleidigt. »Aber Josie, wie kannst du das sagen? Natürlich interessiert es mich. Du weißt doch, wie sympathisch ich Magnus finde!«

Josie zählte stumm bis drei, dann sagte sie: »Wenn du diesen Job auch wieder hinschmeißt, kommst du mit dem Geld nicht mehr aus. Denn sobald ich hier ausgezogen bin, werde ich selbstverständlich auch nichts mehr zur Miete dazugeben. Die Wohnung, die Marius und ich uns ausgesucht haben, ist teuer genug.«

»Aber der Typ hat doch Geld wie Heu«, ließ Tobi sich vernehmen. »Wieso zahlt der nicht die Miete?«

»Er zahlt sowieso schon das meiste davon.«

»Er könnte aber auch alles bezahlen.«

»Davon halte ich nicht viel.«

Josie verschwieg dabei den Umstand, dass Marius auch nicht viel davon hielt. Er war der Meinung, dass Josie sich minderwertig vorkommen würde, wenn er die ganze Miete übernahm. »Ich will nicht, dass du dich wie eine ausgehaltene Frau fühlst«, hatte er zu diesem Thema gesagt. Josie hätte nichts dagegen gehabt, sich wie eine ausgehaltene Frau zu fühlen. Es wäre eine gänzlich neue, höchst willkommene Erfahrung. Doch sie hatte wohlweislich keine Diskussionen darüber vom Zaun gebrochen. Wenn sie und Marius erst richtig verlobt waren, würde sich in diesem Punkt sicher noch das eine oder andere ändern, davon war sie überzeugt.

»Ich verstehe nicht, warum du mit der Arbeit aufhören willst«, kam Josie auf das ursprüngliche Thema zurück. »Du hast doch gesagt, der Job ist okay. Und er hat dir wesentlich mehr eingebracht, als du jemals davor verdient hast!«

»Ich habe ab sofort eine neue Stelle«, erklärte Hanna zufrieden.

Josie musterte ihre Mutter misstrauisch. »Wirklich? Wo denn?«

»In einem Club.«

»Was für ein Club? Club im Sinne von Tanzbar oder Fitnessclub?«

»Eher im Sinne von Fitness«, sagte Hanna.

»Und was sollst du da machen?«

»Ach, so dies und das. Beim Empfang aushelfen, die Besucher in die Benutzung der Geräte einweisen und solche Sachen.« Hanna trank einen Schluck Kaffee. »Ich war gestern nach dem Tanzen noch dort und habe mir den Laden angesehen. Auf jeden Fall ist es bei weitem nicht so langweilig wie in diesem Callcenter, wo man den ganzen lieben langen Tag niemanden sieht außer dem blöden Telefon.« Hanna machte eine bedeutungsvolle Pause, dann fügte sie hinzu: »Und ich würde fast dreimal so viel verdienen!«

»Wow«, entfuhr es Josie unwillkürlich. »Wie hast du *das* denn hingekriegt?«

»Sie suchen halt ganz dringend jemanden. Und Karlheinz meinte, ich würde mich super eignen für den Job, er kann sich überhaupt nicht mehr vorstellen, eine andere Kraft einzustellen. Er will unbedingt, dass ich nächste Woche schon anfange.«

»Wer ist Karlheinz?«, wollte Tobi argwöhnisch wissen.

»Ach, den habe ich beim Tanzen kennen gelernt. Er ist der Geschäftsführer von dem Laden, in dem ich arbeiten soll. Gestern waren wir noch mit ein paar netten Leuten was trinken, da kamen wir dann ins Gespräch, und er bot mir den Job an.« Hanna errötete kleidsam. »Er ist sehr nett.«

Tobi verzog das Gesicht, und Josie wusste sofort, was ihn bewegte. Nach derartigen Äußerungen von Hanna war meist mit Herrenbesuch zu rechnen, was Tobi noch nie sonderlich behagt hatte. In seinen Augen war das wie eine Krankheit, die seine Mutter sich in mehr oder weniger regelmäßigen Abständen einfing. Zum Glück traten diese »Infektionen« in den letzten Jahren weniger häufig auf als früher, aber das war auch schon das einzig Gute, was man darüber sagen konnte, außer vielleicht noch, dass die Heilung immer schon nach ziemlich kurzer Zeit eintrat. Bis jetzt hatte noch keines dieser Zwischenspiele länger als drei Monate gedauert. Hanna verguckte sich immer in die falschen Männer.

»Ich hätte übrigens für dich auch einen Job an der Hand«, sagte Hanna zu Josie. »Es wäre eine ähnliche Arbeitszeit wie die, die du jetzt hast, und zusätzlich eventuell noch ein paar Stunden am Wochenende, dann aber nur vormittags. Ich habe mich schon erkundigt, du würdest wesentlich mehr verdienen als jetzt.«

»Wirklich?« Josie blickte interessiert auf. »Wo denn?«

»Im Fitnessstudio.«

»Da, wo du auch den neuen Job hast?«

»Nein, nein, in dem anderen Laden, dort, wo ich trainiere. Sie suchen da jemanden, der ein bisschen sauber macht. Wenn du willst, kannst du morgen schon anfangen.«

»Also wieder mal Putzen«, meinte Josie deprimiert.

»Darin bist du wirklich *sehr* gut«, erklärte Hanna mit Nachdruck. »Du hattest es schon als kleines Mädchen immer gerne sauber. Man muss sich ja nur mal unsere Wohnung ansehen! Die ist immer picobello! Ich kenne wirklich keine Frau, die so gut putzen kann wie du.«

Josie zog lakonisch eine Braue hoch. »Dann habe ich mir wahrscheinlich den falschen Beruf ausgesucht.«

»Das finde ich überhaupt nicht«, widersprach Hanna entschieden. »Ich finde, dass es sogar ganz wunderbar zusammenpasst! Schau doch nur mal, wie oft Ärzte sich die Hände waschen! Praktisch den ganzen Tag! Und am liebsten arbeiten sie in keimfreien Räumen!«

»Na, dann passt's ja«, murmelte Josie.

»Und du dürftest natürlich auch umsonst trainieren und die Sauna benutzen, das ist für die Angestellten inklusive.« Hanna streckte eine ihrer grazilen Hände aus. »Wie steht mir übrigens dieser Nagellack?«

Josie starrte die perfekt manikürten und lackierten Nägel ihrer Mutter an. »Sieht genau so aus wie der, den ich mir letzte Woche gekauft habe.«

Der Job, den Hanna in Aussicht gestellt hatte, konnte kaum schlimmer sein als ihre derzeitige Stelle. Kurz entschlossen ging sie noch am selben Nachmittag in das Fitnesscenter und stellte sich im Büro der Geschäftsleitung vor. Die Geschäftsleitung war ein blonder Gott Ende zwanzig, bei dessen Anblick es Josie nachhaltig die Sprache verschlug. Er sah aus wie

Brad Pitt, nur mit ungefähr doppelt so viel Muskeln und viel blaueren Augen. Zu seiner Sporthose trug er ein knallenges blaues Shirt, das seinen atemberaubend austrainierten Oberkörper eher enthüllte als verbarg. Mit einem Mal bekam Josie eine Vorstellung davon, was Hanna möglicherweise fast jeden Tag in diese Anstalt trieb.

»Hi«, sagte der blonde Gott.

»Ähm«, sagte Josie zur Begrüßung.

Er gab ihr die Hand. »Angenehm. Ich bin Erik.«

Josie schluckte nur.

»Warst du schon mal zum Trainieren hier?«

»Ich ... uhhh ...« Konnte ein Mann wirklich so weiße Zähne haben?

»Ja, es ist wirklich heiß heute«, meinte Erik. »Ich schwitze auch schon den ganzen Tag wie verrückt.«

Endlich fand Josie ihre Stimme wieder. »Ich bin Josie Strehlitz. Eigentlich bin ich wegen der Stelle hier.«

»Ich weiß. Die Hanna hat mir ja schon erzählt, dass du dich eventuell dafür interessierst. Was hast du denn bisher so gemacht?«

»Ich studiere Medizin, und nebenher habe ich einen Job als *Cleaning Manager.*«

»Cool.«

»Ach, das ist nix Besonderes, es ist bloß ein anderes Wort für Oberputzfrau«, wehrte Josie verlegen ab.

»Nein, ich meine, dass du Medizin studierst. Ich habe auch mal studiert, aber bloß Informatik. Das war mir aber zu viel Mathe, ging irgendwie nicht so richtig in meinen Kopf rein, hab's nach dem dritten Semester geschmissen. Dann kam vor knapp zwei Jahren die Sache mit dem Laden hier – und *Bingo.*«

»Hat sich wohl gut angelassen«, meinte Josie neidisch.

»Sehr gut sogar. Das Geschäft boomt. Demnächst kommt noch eine Filiale dazu.«

Josie seufzte unhörbar. Wozu brauchte die Welt eigentlich Ärzte? Es gab sowieso schon viel zu viele davon. Vielleicht sollte sie umsatteln und Sport studieren? Fitness war anscheinend der Hit. Wenn schon dieser Typ mit seinem abgebrochenen Studium innerhalb kürzester Zeit zwei Sportstudios auf die Beine stellen konnte, boten sich einem ehrgeizigen Neueinsteiger sicher noch jede Menge Chancen …

»Putzkräfte fehlen uns an allen Ecken und Enden«, sagte Erik. »Die Stelle gehört dir, wir können jede Hand brauchen.«

Josie kehrte auf den harten Boden der Tatsachen zurück. »Was müsste ich denn hier so machen?«

»Ach du, das lass dir nachher mal vom Ben erklären, der hat solche Sachen besser drauf.«

»Arbeitet der auch hier?«

»Ja. Ich glaube, im Moment ist er in der Sauna. Geh doch einfach zu ihm und lass dir alles von ihm zeigen.«

»Wie erkenne ich ihn denn?«

»Das ist so ein langer Schlaks mit roten Haaren und ungefähr zehnmal so vielen Sommersprossen wie du.«

Josie fasste unwillkürlich an ihre Nase, und Erik lächelte sie mit seinen göttlich weißen Zähnen an.

In Josies Magengrube begann es zu kribbeln.

»Danke«, sagte sie heiser. Sie wandte sich zum Gehen und verließ das Büro. Nach drei Schritten machte sie kehrt und ging zurück. »Ähm … Wo finde ich die Sauna?«

»Ach ja, du kennst dich ja hier überhaupt nicht aus. Warte mal …« Erik winkte einem Mädchen, das gerade an der offenen Tür des Büros vorbeiging. »Daisy? Kannst du der Josie bitte mal zeigen, wie sie in die Sauna kommt?« An Josie gewandt, meinte er: »Die Daisy arbeitet auch hier.«

Daisy war in Josies Alter und hatte kurz geschnittenes, tiefschwarzes Haar, das mit knallroten Strähnen durchsetzt war. Sie war groß und schlank, und man sah ihr an, dass sie viel Sport trieb. Genau wie Erik trug sie ein blaues T-Shirt, das mit dem Emblem des Fitnesscenters bedruckt war. Während Daisy sie quer durch die große Halle führte, überlegte Josie, dass Erik eine echte Versuchung für sie hätte sein können, wenn sie nicht schon in Marius verliebt gewesen wäre. Bei dem Gedanken an ihren Fast-Verlobten erfasste sie ein warmes Gefühl. Wie sie sich auf das Zusammenleben mit ihm freute! Kommenden Sonntag war sie bei seinen Eltern zum Abendessen eingeladen, was in den vergangenen fünf Monaten erst ein einziges Mal vorgekommen war. Sogar Marius' Oma wollte kommen. Endlich schien die ganze Angelegenheit einen offiziellen Charakter anzunehmen!

Josie blickte sich neugierig an ihrem zukünftigen Arbeitsplatz um. Es herrschte eine nüchterne, aber nicht unfreundliche Atmosphäre. Der Boden der großen Sporthalle war mit federndem Schiffsplankenparkett ausgelegt, die Wände waren zum Teil weiß gestrichen, zum Teil großzügig verspiegelt. Reihen von großen Grünpflanzen bildeten geschickt platzierte Raumteiler zwischen den Geräten, die in lockerer Gruppierung im ganzen Raum verteilt waren. Beiderseits der Halle führten frei schwebende Treppen nach oben zu einer geschwungenen Galerie, auf der sich weitere Trainingsgeräte befanden. Unterhalb der Aufgänge gab es eine Anzahl von Türen. Daisy öffnete eine davon. »Hier ist die Damenumkleide mit den Duschen.«

Josie erkannte mit geübtem Blick, dass alles in hervorragend sauberem Zustand war.

»Hast du kein Handtuch dabei?«, fragte Daisy.

»Nein, brauche ich eins?«

»Ja, klar, ohne Handtuch darfst du hier überhaupt nicht in die Sauna. Und Schlappen brauchst du natürlich auch.« Daisy öffnete einen Wandschrank. »Kommt aber immer mal vor, dass jemand was daheim vergisst, ist kein Problem. Hier, Schlappen und Handtuch. Kannst du nachher unten am Empfang wieder abgeben, wenn du gehst.«

»Äh ... Du meinst, ich muss mich *ausziehen*?«

»Ja logisch.« Daisy war erstaunt. »Man geht *immer* nackt da rein. Warst du denn noch nie in einer Sauna?«

»Nein«, sagte Josie trotzig. »Hat sich irgendwie bis jetzt noch nicht ergeben.« Immerhin kannte sie diverse Werbespots, in denen teils mehr, teils weniger bekannte Zeitgenossen schwitzend auf Holzbänken saßen – und zwar völlig textilfrei. Anscheinend hatte diese Daisy Recht.

»Na, macht ja nix«, meinte Daisy großmütig. »Man kann immer noch dazulernen.« Sie zeigte auf eine Tür neben den Duschräumen, die den Aufdruck Sauna trug. »Da geht's durch.«

Mit dieser Information empfahl sie sich.

Josie fügte sich notgedrungen den Vorschriften und zog sich aus. Die Schlappen waren zu groß. Dafür war das Handtuch, das Daisy ihr gegeben hatte, geradezu lächerlich klein. So sehr Josie auch daran zerrte – sie schaffte es nicht, sich das winzige Ding um den Körper zu wickeln. Also hielt Josie es vor sich wie eine Art Serviette, deren Ausmaßen es in etwa entsprach. So gerüstet, betrat sie zum ersten Mal in ihrem Leben eine Sauna.

3. Kapitel

Josies erster Eindruck war wie beim Betreten eines Schwimmbades, obwohl der Raum, der sich vor ihr erstreckte, bei weitem nicht so groß war. Der Fußboden bestand aus leicht rutschigen Fliesen, und die Luft war von einer schwül-feuchten Wärme. Mitten im Raum gab es einen großen, kobaltblau gekachelten Springbrunnen, der jedoch keinen besonderen Zweck zu erfüllen schien, außer, dass er munter vor sich hinplätscherte. Auch hier gab es überall Grünpflanzen. Ein Bereich des Raums war durch eine Glasfront abgeteilt. Dahinter standen eine Reihe schwenkbarer Liegen.

Die gegenüberliegende Wand war vollständig mit Holz vertäfelt, in dem eine Tür eingelassen war. Josie erriet problemlos, dass sich dahinter die eigentliche Sauna befand, da ein paar einsame Badelatschen davorstanden. In diesem Moment öffnete sich die Tür, und ein splitternackter Mann kam herausmarschiert. Ströme von Schweiß liefen an seinem reichlich behaarten Körper herab, und er kam direkt auf Josie zu.

Sie zuckte erschreckt zusammen und tat einen Satz zur Seite, doch der Typ hatte gar nicht vor, ihr in irgendeiner Form näher zu treten. Er umrundete sie und ging weiter, in die Duschkabine, die sich direkt hinter Josie befand.

Sie beäugte zweifelnd das Hinterteil des Mannes, der sich soeben unter lautem Gekeuche mit eiskaltem Wasser aus einem Schlauch abspritzte.

Sich vorsichtig räuspernd, trat sie einen Schritt näher, das Handtuch wie einen Schild vor der Brust. »Ben?«

»Ja?«, antwortete eine Stimme – hinter ihr! Erschrocken ließ sie das Handtuch fallen und fuhr herum.

»Kann ich dir helfen?«

Der Mann, der diese Frage gestellt hatte, bückte sich im selben Moment wie Josie nach dem Handtuch, was zur Folge hatte, dass sie mit den Köpfen zusammenprallten. Beide gaben gleichzeitig einen ähnlich klingenden Schmerzenslaut von sich, richteten sich auf und rieben sich die Stirn. Im selben Augenblick stellte Josie zweierlei fest: Der Typ war sehr schlank und sehr groß, sicher annähernd einsneunzig. Er hatte feuerrote Haare. Und ziemlich viele Sommersprossen. Außerdem war er vollständig angezogen. Zu einer ausgeblichenen, in Kniehöhe abgeschnittenen Jeans trug er das blaue T-Shirt, das ihn als Mitarbeiter des Studios auswies.

»Wieso bist du nicht nackt?«, platzte Josie empört heraus. Sie hätte diese dämliche Daisy erwürgen können! »Du bist doch Ben, oder?«

Ben nickte verwirrt. Er stützte sich auf einen langstieligen Gummischieber, mit dem man nasse Bodenfliesen abziehen konnte.

Bevor er etwas sagen konnte, fauchte Josie ihn an: »Und warum darfst *du* mit Klamotten hier rein?«

Ben hob die Hand und betastete seine Stirn an der Stelle, wo er mit Josie kollidiert war. Dann deutete er auf den Gummischieber in seiner anderen Hand. »Ich arbeite hier.«

»Ich auch«, erwiderte Josie, deren Wut sich kein bisschen gelegt hatte.

»Seit wann?«, fragte Ben.

»Seit vorhin. Erik hat mich eingestellt, und du sollst mir alles erklären.«

»Hat er gesagt, dass du dich dazu ausziehen sollst?«

Josie musterte ihn argwöhnisch. Grinste dieser Kerl etwa?

»Nein«, sagte sie langsam, als ihr endlich klar wurde, dass es sich um ein ausgewachsenes Missverständnis handelte. Erik hatte Daisy nichts davon gesagt, dass Josie hier arbeiten würde. Er hatte sie lediglich beauftragt, Josie in die Sauna zu begleiten. Es war nicht Daisys Fehler, dass sie daraus falsche Schlüsse gezogen hatte, sondern einzig und allein ihre, Josies, eigene Dämlichkeit.

»Ach so. Na dann.« Ben hob das Handtuch auf und reichte es ihr, wobei er sich einen raschen Seitenblick auf Josies beachtliche Oberweite nicht verkneifen konnte. Sie bemerkte es sofort und hätte ihm am liebsten eine geknallt, doch stattdessen entriss sie ihm das Handtuch und hielt es sich vor die Brust. Untenrum blieb sie weiterhin unbedeckt, doch das musste sie in Kauf nehmen. Schließlich musste sie irgendwelche Prioritäten setzen.

»Vielleicht willst du dich ja vorher rasch wieder anziehen«, schlug Ben diplomatisch vor.

»Worauf du wetten kannst«, fuhr Josie ihn an.

»Ich warte vorne im Gang auf dich.«

Ohne auf ihn zu achten, drehte Josie sich auf ihren

absatzlosen Schlappen um und stolzierte zurück in den Umkleideraum für Damen. Zu spät fiel ihr ein, dass sie damit dem hinter ihr stehenden Ben einen guten Ausblick auf ihre Rückseite verschaffte. Sie machte ihrem Ärger Luft, indem sie die Tür des Umkleideraums hinter sich zudonnerte. Das heißt, sie *wollte* sie zudonnern. Leider war es eine jener Türen, die mit einer Verzögerungssperre ausgestattet waren und sich auch mit äußerster Kraft nicht zuknallen ließen. Wieder hatte Josie ihre Energie umsonst verschwendet. Entnervt schleuderte sie das Handtuch in eine Ecke, holte ihre Sachen aus dem Spind und zog sich an.

Ben stand im Gang, die schlaksige Gestalt gegen die Wand gelehnt. Als Josie herauskam, streckte er ihr die Hand entgegen. Josie nahm sie überrascht.

»Wir haben uns noch gar nicht richtig bekannt gemacht«, sagte er.

»Das stimmt«, gab Josie zu.

Sein Händedruck war warm und kräftig. »Ich bin Benedikt, aber alle nennen mich Ben.«

»Josefine. Aber alle nennen mich Josie.«

»Ausgefallener Name.«

»Nach meiner Oma väterlicherseits.«

Er lächelte, was ihn schüchtern und sehr jung aussehen ließ. Ob er noch zur Schule ging und nebenher jobbte? Er konnte kaum älter sein als sie selbst.

»Arbeitest du schon lange hier?«

Er zuckte die Achseln. »Von Anfang an eigentlich. Seit zwei Jahren also.«

»Gehst du noch zur Schule?«

Wieder dieses entwaffnend jungenhafte Grinsen. »Nein, ich studiere schon.«

»Wirklich? Was denn?«

»Informatik.«

»Ach ja. Genau wie Erik.«

»Richtig. Wir haben ja auch zusammen angefangen.«

Josie musterte ihn überrascht. »Wirklich? Er sieht älter aus als du.«

Ben wurde rot. »Ist er ja auch. Drei Jahre. Ich war halt eher mit der Schule fertig. Im Herbst mache ich Diplom. Na ja, und hier gibt's auch immer noch genug zu tun.«

»Putzt du nur die Sauna, oder machst du auch andere Sachen?«

Ben lachte. »Ach, ich bin eigentlich mehr oder weniger Mädchen für alles. Komm mit, ich zeig dir mal den ganzen Laden.«

Josie stellte fest, dass sie ihren ersten Eindruck von ihm revidieren musste. Im Grunde war er ein ganz netter Kerl. Na schön, er hatte sie nackt gesehen, aber das hatten andere vor ihm auch, und außerdem war es bloß ein blödes Versehen gewesen.

Josie ließ sich von Ben durch das Gebäude führen und alle Räume zeigen, unter anderem auch das Zimmer, des ihr ureigenstes Reich sein würde: der Putzraum.

Josie betrachtete die säuberlich an der Wand aufgereihten Schrubber, Besen und Eimer. Sie seufzte und dachte: Willkommen zu Hause.

Für den Sonntagabend bei Seckbachs machte Josie sich mit besonderer Sorgfalt zurecht. Vor dem Spiegel probierte sie ihre sämtliche gute Garderobe durch. Zuerst zog sie das dunkelblaue Kostüm an, das sie sich für die Abiturfeier gekauft hatte, doch nach einem einzigen Blick in den Spiegel zog Josie es wieder aus. Wenn sie in diesem Look auflief, würde Justus Seckbach womöglich auf die Idee kommen, bei ihr einen Drink zu bestellen. Wenn sie je wie eine Stewardess ausgesehen hatte, dann in diesem Kostüm.

Als Nächstes probierte sie das weiße Kleid mit dem tiefen Ausschnitt, das sie sich letztes Jahr auf Mallorca zugelegt hatte. Es hatte nicht viel gekostet, war aber aus echter Seide und sah ziemlich teuer aus. Außerdem hatte es den Vorteil, dass sie dazu passende Pumps besaß. Der Nachteil bestand darin, dass man praktisch alles von ihrem Busen sehen konnte. Völlig indiskutabel. Wieso hatte sie sich dieses Kleid überhaupt gekauft?

Die Tür von Josies Zimmer ging auf. Eine fremde, eigentümlich gekleidete Frau kam herein.

»Wow«, sagte die Fremde, die merkwürdigerweise Hannas Stimme hatte. »In dem Kleid siehst du toll aus. Wie Marilyn. Nur besser, weil deine Titten viel größer sind als ihre.«

Josie starrte ihre Mutter an wie ein Wesen vom anderen Stern. »Mama?«

Hanna trat neben Josie und drehte sich vor dem Spiegel. »Sieht das nicht absolut scharf aus?«

Josie rechnete krampfhaft, doch sie kam bei jeder nur denkbaren Betrachtungsweise zu dem Ergebnis, dass die nächste Faschingszeit noch sehr weit in der Zukunft lag. Warum um alles in der Welt sah ihre Mutter dann aus wie eine leibhaftige Domina?

Hanna war in feucht glänzendes Latex gewandet, das sich wie eine zweite Haut an ihren Körper schmiegte. Zu einem knallengen Body trug sie Handschuhe, die bis weit über den Ellbogen reichten und die Finger frei ließen. Ihre langen Beine steckten in Stiefeln, die fast bis zu den Hüften reichten. Die Absätze waren so hoch, dass die Zehen kaum noch den Boden erreichten. Um Hannas Hals lag eine Art Stachelhalsband. Nein, erkannte Josie, es war ein breites Lederband, das mit lauter Metallnieten gespickt war.

»Was hast du da für Zeug an?«, wollte Josie erschüttert wissen.

»Das ist mein neuer Arbeitsdress.« Hanna zupfte kurz an ihrem Oberteil herum, und wie von allein hüpften ihre Brüste heraus. »Man kann es auch busenfrei tragen.«

Josie starrte ihre Mutter im Spiegel an, ohne etwas zu sehen. »Du meinst ... Du meinst, du willst heute Abend in *diesem* Zeug zur Arbeit gehen?«

»Ich habe doch gesagt, dass ich heute Abend noch arbeite«, sagte Hanna stirnrunzelnd. »Oder?« Sie dachte kurz nach. »Doch, ich bin mir ganz sicher, dass ich es gesagt habe.«

Josie holte Luft. »Warte mal. Was ist das eigentlich für ein Club, in dem du arbeitest? Du hast gesagt, es hätte was mit Fitness zu tun!«

Hanna errötete. »Hat es ja auch. Irgendwie. Ich wollte nur nicht so in die Einzelheiten gehen, weil doch Tobi dabei war.«

Josie fühlte, wie in ihren Handflächen der Schweiß ausbrach. Sie war schockiert bis ins Mark. »Wo ist er überhaupt?«

»Bei Daniel. Da übernachtet er auch.«

»Gott sei Dank.« Josie setzte zu der unvermeidlichen Frage an. »Dieser Club, wo du arbeitest ... Ist das etwa ...?« Sie hielt inne und versuchte es erneut, doch ihr wollten nicht die passenden Worte einfallen. Schließlich gab sie es auf und sagte einfach, was ihr in den Sinn kam. »Ist es ein Puff?«

Hanna gab einen empörten Aufschrei von sich. »Das nimmst du zurück! Wofür hältst du mich eigentlich?«

Josie stieß einen abgrundtiefen Seufzer der Erleichterung aus. Sie hatte sich getäuscht. Alles war nur ein Irrtum. Niemals würde Hanna so einen Unfug machen! Sie hatte schon viel Blödsinn verzapft, das ja. Aber so tief würde sie nicht sinken. Gott sei Dank!

»Es tut mir Leid«, sagte Josie inbrünstig. »Ich hab's nicht so gemeint. Aber einen Moment lang dachte ich wirklich, dass dein neuer Job ... Na ja, Schwamm drüber.« Fragend runzelte sie die Stirn. Die entscheidende Frage war immer noch nicht geklärt. »Was ist das denn jetzt wirklich für ein Club?«

»Ein Swingerclub«, erklärte Hanna fröhlich. »Er heißt *4you2.*« Sie buchstabierte es. »Der Witz ist die Schreibweise, weil es so doppeldeutig ist. Wenn man es nur gesprochen hört, könnte es auch *for you, too* heißen. Cool, oder?«

Josie starrte sie an, dann gab sie ein Wimmern von sich, das von ganz unten aus ihrer Brust kam. Hanna überhörte es geflissentlich. Sie befestigte ihr Oberteil wieder und erklärte ihrer Tochter die feinen Unterschiede zwischen einem Bordell und einem Swingerclub. Letzterer, so ließ sie Josie wissen, sei mitnichten eine Stätte der Prostitution, sondern ein Ort der Begegnung zwischen toleranten Paaren und einzelnen

Damen oder Herren, die gemeinsam und in lockerer, gemütlicher Atmosphäre reden, trinken und lachen wollten. Und ja, natürlich wolle der eine oder andere dort auch einige Freizügigkeiten genießen, die sich in einem normalen Club vielleicht ein wenig unangebracht ausnehmen würden. Doch niemand wurde zu irgendetwas gezwungen.

»Das Motto der Swinger lautet: *Alles kann, nichts muss*«, schloss Hanna strahlend.

Josie kam sich vor wie im falschen Film. Sie konnte nichts mehr sagen. Ihr Mund fühlte sich strohtrocken an. Ihr war buchstäblich die Spucke weggeblieben.

Hanna zog einen Flunsch. »Ich sehe dir an, was du denkst. Aber so ist es nicht. Glaubst du vielleicht, ich habe *das* nötig?«

»Keine Ahnung«, versetzte Josie matt.

»Ich bediene ein bisschen an der Bar, laufe herum und bringe den Leuten Getränke, zeige ihnen, wie man mit den Geräten umgeht …«

Josie lehnte sich erschöpft gegen den Spiegel. »Geräte?« Sie hob die Hand. »Nein, vergiss es einfach. Ich will's gar nicht wissen. Ich bin sowieso schon spät dran.«

»Na, dann wünsch ich dir viel Spaß.« Hanna ging zur Tür. »Ich mache mich dann auch gleich auf die Socken. Ich wollte dir nur eben noch mein cooles Kostüm vorführen.«

Josie blickte ihrer Mutter entsetzt nach. »Du gehst doch nicht etwa so auf die Straße?«

Hanna kicherte. »Deine Art von Humor ist unschlagbar, Kleines.«

Davon war Josie alles andere als überzeugt. Sie

konnte an dem neuen Job ihrer Mutter keinen einzigen Aspekt entdecken, der sie belustigt hätte. Josie hatte das dringende Bedürfnis, mit jemandem darüber zu sprechen. Ob sie Marius davon erzählen sollte? Nein, entschied sie sofort. Wenn er es wüsste, würden vielleicht seine Eltern davon erfahren. Eine schlimmere Katastrophe konnte Josie sich nicht vorstellen.

Während der Fahrt zur Nobelvilla der Seckbachs überlegte Josie, ob man ihr den Schreck womöglich noch ansah. Doch ein kurzer Blick in den Innenspiegel überzeugte sie davon, dass sie zwar ein bisschen blass um die Nase war, aber ansonsten aussah wie immer. Erst als sie bereits vor dem kunstvoll geschnitzten Holzportal des Seckbach'schen Anwesens stand und den Finger auf dem Klingelknopf hatte, fiel ihr siedend heiß ein, dass sie immer noch das Marilyn-Kleid trug. Nach dem Schock von vorhin hatte sie völlig vergessen, sich umzuziehen! Josies Hände flogen zu ihrem Busen, doch es war zu spät, um noch etwas an ihrem Äußeren zu ändern. Die Tür ging auf, und Marius stand vor ihr. Seine Augen wurden kugelrund, als er sie sah.

»He, du siehst geil aus, Schätzchen.« Er zog sie in seine Arme, wobei er es irgendwie schaffte, eine Hand in ihren Ausschnitt zu stecken.

Josie machte sich los. »Nicht! Deine Eltern sind doch da!«

»Ja und?« Marius' andere Hand wanderte unter Josies Rock. Er gab einen erstickten Laut von sich. »Du hast keinen Slip an!«

»Ich bin bloß aus Versehen in dem Kleid hergekommen«, zischte Josie. »Ich hatte es anprobiert, und dazu musste ich die schwarze Unterwäsche ausziehen, die ich vorher anhatte, weil man die durch die weiße Seide gesehen hätte. Und dann habe ich vergessen, das dämliche Kleid wieder auszuziehen, weil meine Mutter … *Marius*!«

»Habe ich dir schon gesagt, dass ich dich liebe, mein Zuckermäuschen? Komm, wir verschwinden schnell mal für eine Minute im Gästeklo.«

»Auf keinen Fall!«

»Wieso nicht? Ich beeil mich auch! Wenn du willst, kannst du mir auch einen blasen, das geht noch schneller!«

Josie blickte über seine Schulter und starrte geradewegs in das edle, faltenfreie Antlitz von Elisabeth Seckbach, die mitten in der Halle stand und mit den Symptomen eines mittelschweren Schocks zu kämpfen hatte.

Lässig zog Marius seine Hände unter Josies Kleid hervor und trat einen Schritt zurück. Mit glühenden Wangen stand Josie da und rang um Fassung. Hastig zerrte sie ihren Ausschnitt in Form. Sie konnte sich vorstellen, wie sie jetzt aussah. Vermutlich wie eine Praktikantin nach getaner Arbeit.

»Josie ist schon da«, sagte Marius fröhlich.

»G-Guten Abend«, stammelte Josie. Zitternd gab sie ihrer zukünftigen Schwiegermutter die Hand.

»Willkommen, Josefine.« Elisabeth Seckbach straffte sich und ging mit durchgedrücktem Kreuz voraus in den Salon, wo sie stehen blieb und ihr makellos sitzendes Twinset aus elfenbeinfarbenem Kaschmir glättete. »Wir nehmen vor dem Essen noch einen kleinen Apéritif. Justus, sei doch bitte so gut.«

Justus Seckbach kam mit ausgestreckten Händen auf Josie zu. »Josefine, wie schön, dass Sie gekommen sind!« Seine Blicke glitten über ihre ramponierte Erscheinung und saugten sich dann an ihrem Ausschnitt fest. »Und wie entzückend Sie heute wieder aussehen!«

Er selbst sah natürlich auch sehr gut aus, wie immer. Wenn es unter den Schönheitschirurgen der Republik ein offizielles Ranking der bestausehenden Männer gegeben hätte, hätte Justus Seckbach an vorderster Stelle mitgemischt. Mit professioneller Fingerfertigkeit mixte er für jeden einen Drink. Josie nippte ein paarmal an ihrem Martini, dann stürzte sie ihn auf einen Zug hinunter, um endlich das Zittern ihrer Hände unter Kontrolle zu bringen. Was hatte Marius sich nur dabei gedacht, sie dermaßen zu kompromittieren? Wieso konnte er nicht ein einziges Mal seine Hände bei sich behalten, wenn sie unter Leuten waren? Sie kam sich vor wie im falschen Film. Dieser Abend hatte schon schlecht angefangen, und er ging noch schlechter weiter.

»Was macht das Studium?«, wollte Justus Seckbach wissen.

»Ich mache Fortschritte, danke der Nachfrage.«

»Klappt es jetzt besser mit der Anatomie?«, erkundigte Elisabeth Seckbach sich höflich.

»Nicht wirklich«, meinte Josie. Ihre Stimmung war denkbar schlecht, nicht nur wegen Hannas Horrorjob, sondern auch, weil sie sich hier gründlich fehl am Platze fühlte. Ihr fehlte der rechte Bezug zu Marius'

Zuhause. Alles war bis ins Kleinste durchgestylt und aufeinander abgestimmt. Hier harmonierte alles, vom Mobiliar bis zum Dekor, das sich irgendwo zwischen Japan und Mexiko bewegte – sofern es so etwas überhaupt gab. Jedenfalls sah alles so aus, als müsse es nur noch von einem Fotografen in Szene gesetzt und in einer teuren Zeitschrift für besseres Wohnen veröffentlich werden. In diesem Haus war ein Meister des Details am Werk gewesen. Große, bauchige Vasen mit kunstvoll arrangierten Zweigen standen in perfekt ausgeleuchteten Ecken. Ein tiefschwarzes Lackschränkchen und eine rostrote Terracottavase bildeten eine symbiotische Einheit. Geschnitzte Masken aus edlem Holz setzten einen aufregenden Kontrast zu der futuristischen Stereoanlage, von der Josie zufällig wusste, dass sie so viel gekostet hatte wie eine mittelgroße Limousine. Neupreis, wohlgemerkt.

Die Seckbachs leisteten sich alles, was gut und teuer war. Ohne mit der Wimper zu zucken, bezahlte Justus seinem Sohn einen Porsche, einen dreiwöchigen Tauchurlaub auf den Malediven und vier Fünftel der Miete für eine Luxuswohnung. Geld spielte in dieser Familie nicht die geringste Rolle. Und falls es doch mal aus irgendeinem Grund knapp werden würde, käme Marius' Mutter sicher auch im akutesten Notfall niemals auf die Idee, in einem Swingerclub zu jobben.

»Entschuldigen Sie mich für einen Moment«, meinte Josie. Sie stellte ihr Glas ab und flüchtete zur Toilette. Als Marius Anstalten machte, ihr zu folgen, trat sie ihm mit exakt berechneter Hinterhältigkeit auf die Zehen, und zwar mit der Spitze ihres Absatzes.

Das setzte ihn zumindest vorübergehend außer Gefecht.

In der Gästetoilette befand sich eine alte Frau, vermutlich Marius' Oma, die heute ebenfalls zum Essen eingeladen war. Sie trug ein teures schwarzes Samtkleid mit elfenbeinfarbenem Spitzenkragen und saß auf dem Klo.

Erbost starrte sie Josie an. »Besetzt!«

»Entschuldigung.« Josie knallte die Tür wieder zu und ging zur Treppe. Zum Glück gab es in diesem Haus mehr als eine Toilette. Oben befanden sich mindestens drei andere Bäder, und das waren nur die, die sie bisher gesehen hatte. Auf dem Weg durch die Halle kam sie an der offen stehenden Tür zum Salon vorbei und hörte Justus sagen: »Ich finde sie sehr liebenswert.«

»Was *du* an ihr liebenswert findest, müssen wir ja wohl nicht näher ausführen«, erklärte Elisabeth spitz. Josie zuckte zusammen.

»Ach Mama, komm, sei nicht so«, meinte Marius. »Sie ist doch einfach süß.«

Josie fühlte sich von heftiger Zuneigung übermannt. Marius stand zu ihr, vor Gott und der Welt – und seiner Mutter!

»Okay, sie hat vielleicht nicht viel im Kopf«, fügte er hinzu. »Aber dafür hat sie andere Qualitäten.«

Josie erstarrte zur Salzsäule. *Das* hatte er nicht gesagt! Auf keinen Fall würde er so eine Bemerkung über die Frau machen, die er liebte! Oder?

»Ich hasse es, dass du in manchen Dingen genauso bist wie dein Vater«, sagte Elisabeth.

In diesem Punkt war Josie mit ihr völlig einer Meinung.

»Das meinte ich ausnahmsweise gar nicht«, widersprach Marius.

Sondern?, dachte Josie

»Sie ist eine sehr gute Hausfrau. Als ich vor zwei Wochen bei ihr war, hat sie gekocht. Saltimbocca. Es hat klasse geschmeckt. Fast so gut wie deine, Mama.«

»Schau an«, sagte Justus.

»Außerdem hat sie ein sehr praktisches Hobby: Putzen.«

Josie stöhnte unhörbar, während Marius fortfuhr: »Ich selbst hätte das nicht mal gemerkt. Aber ihre Mutter meinte, dass Josie schon als kleines Mädchen immer unheimlich gern sauber gemacht hätte. Und tatsächlich, die ganze Wohnung war wie aus dem Ei gepellt. Josie macht das ja auch als Job neben dem Studium.«

»Was genau macht sie denn da?«, wollte Elisabeth wissen.

»Es nennt sich *Cleaning Manager.* Das heißt, sie hat eine ganze Reinigungskolonne unter sich.«

»Zuverlässige und fähige Haushaltshilfen sind heutzutage Gold wert«, gab Elisabeth nachdenklich zu. »Die meisten taugen nichts. Kaum fangen sie an, hören sie auch schon wieder auf. Und richtig putzen kann eh kaum eine.«

Josie schäumte vor Zorn. Sie hatte genug gehört. Sie überlegte, was stärker war: der Druck auf ihrer Blase oder der Drang, schleunigst von hier zu verschwinden.

Doch dann entschied sie, dass sie nicht einfach ohne Erklärung abhauen konnte. Nein, Marius sollte den genauen Grund erfahren, warum sie zornig war. Sie wollte es ihm ins Gesicht sagen! Und zwar gleich, nachdem sie auf der Toilette gewesen war.

Josie hatte kaum den ersten Fuß auf die Treppe gesetzt, als eine Stimme hinter ihrem Rücken krächzte: »Fremde haben oben keinen Zutritt.«

Sie drehte sich um. Marius' Oma stand hinter ihr, die wasserblauen Augen misstrauisch zusammengekniffen.

»Ich bin keine Fremde«, erklärte Josie freundlich.

Die alte Dame beäugte Josie. »Stimmt. Sie kommen mir bekannt vor. Sind Sie die neue Putzfrau?«

Berit hatte dazu ihre eigene Meinung. »Vielleicht warst du in einem früheren Leben eine Dienstmagd.« Neulich hatte sie ein Buch über Reinkarnation gelesen und glaubte seitdem fest an Wiedergeburten. Sie war davon überzeugt, irgendwann im Mittelalter von einer Horde ungeschlachter Landsknechte vergewaltigt worden zu sein. Ihrer Ansicht nach war das eine gute Erklärung für ihre Penisphobie, zumindest so plausibel wie die von Klaus. Der hatte die Mutmaßung geäußert, dass Berit nicht über ihre traumatische Erfahrung mit Ulf hinwegkam. Berit hatte Ulf mit sechzehn kennen gelernt und sich nach einer feuchtfröhlichen Party von ihm im Garten ihrer Eltern entjungfern lassen. Er war damals siebzehn gewesen und genauso unerfahren wie sie. Allerdings hatte seine anatomische Ausstattung nicht so recht zu der von Berit gepasst. Berit hatte Josie hinterher geschworen, dass er da, wo andere Männer einen Penis besaßen, eine Art Schlagbohrmaschine von monströsen Ausmaßen mit sich herumschleppte. Seitdem war Berit allergisch gegen Penetrationen.

Klaus hatte Berit in seiner Eigenschaft als Verhaltenstherapeut diverse Übungen zum Abbau ihrer Ängste empfohlen. Eine davon führte Berit gerade gewissenhaft aus, während Josie ihr gegenübersaß.

»Musst du immer mit diesem Ding rumspielen?«, fragte Josie entnervt. »Das macht mich nervös.«

»Ich muss es nicht, ich *will* es. Das ist ein Riesenunterschied. Außerdem habe ich das Gefühl, dass es hilft.«

»Dann stell wenigstens das Geratter ab.«

Berit drehte den Motor aus und legte ihn zur Seite. »Ich habe das Gefühl, du nimmst meine Probleme nicht ernst.«

»Wie kann ich dich ernst nehmen, wenn du hier mit mir am Tisch sitzt und mit einem Vibrator spielst?«

Berit war erzürnt. »Das sind gezielte Habituationsübungen! Ich arbeite an meinem Stressabbau!«

»Wieso tust du dann nicht das mit dem Ding, wozu es eigentlich gut ist?«

»Immer eins nach dem anderen«, brummte Berit.

»Meiner Meinung nach solltest du dir einen netten Typ suchen und es endlich mal wieder *richtig* tun.«

Berit schaute niedergeschlagen drein. »Ich weiß, das wäre das Beste. Ich will es ja selbst. Ständig kriege ich erzählt, wie toll es ist, richtig guten Sex zu haben. Alle tun es. Nur ich nicht. Und wenn ich es dann doch mal wieder versuche, geht es schief. Entweder ich muss kotzen vor lauter Nervosität, so wie bei Martin, oder ich kriege Vaginismus, wie bei Jochen. Und wenn ich was zur Entspannung einnehme, penne ich bloß wieder mittendrin ein.«

Josie erinnerte sich an Berits Valium-Experiment. Damals war sie mit Bernd zusammen gewesen. Oder war es Arnd? Im Rückblick konnte Josie die einzelnen Typen kaum noch auseinander halten. Sie war über alle von Berits Fehlschlägen bestens informiert. Ihre Freundin hatte in den letzten drei Jahren nicht weniger als acht feste Freunde gehabt, und jede einzelne Beziehung war an Berits Unfähigkeit zum Beischlaf gescheitert.

Berit verzog missmutig das Gesicht. »Wie soll ich je eine vernünftige feste Beziehung führen können, wenn die entscheidende Sache nicht klappt?«

»Ich weiß nicht, ob das so entscheidend ist.«

»Für mich schon.« Berit nahm den Vibrator und hob ihn anklagend hoch. »Wenn ich mit diesem Ding so viel Spaß haben kann – wieso kann es dann nicht in echt funktionieren?« Erbittert stellte sie den Motor an und ließ es rattern. »Dieses Teil hier ist mindestens so groß wie das von Jochen. Oder sagen wir, wie das von Bernd. Und härter ist es obendrein. Wieso kann ich es *damit* tun, aber nicht mit einem echten Kerl?«

Josie seufzte. Anscheinend hatten sie heute beide einen schlechten Tag, obwohl Josie insgeheim daran zweifelte, dass Berits Sorgen so schwerwiegend sein konnten wie ihre eigenen. Hanna hatte ihre ersten Abende im Swingerclub erfolgreich hinter sich gebracht und fand zu Josies Entsetzen großen Gefallen an ihrem Job.

Tobi hatte eine Sechs in Latein geschrieben und auch bereits eine Englischarbeit versiebt, womit zu befürchten stand, dass er das Jahr wiederholen musste.

Doch das waren nicht einmal Josies größte Probleme. Sie dachte ernsthaft darüber nach, ihr Studium zu beenden. Gestern war eine weitere Anatomieübung ohne Ergebnis verlaufen, mit anderen Worten, sie hatte wieder keinen Schnitt führen können, ohne sich zu übergeben.

In ihrer Beziehung mit Marius kriselte es. Er hatte am Sonntag auf ihre Vorwürfe verständnislos reagiert und zu allem Überfluss versucht, ihre Wut mit einem Quicky zu besänftigen. Immerhin in diesem Punkt war Josie der Meinung, dass sie die Hoffnung nicht sinken lassen musste.

Gedankenverloren nahm sie Berit den Vibrator aus der Hand. Über kurz oder lang würde sie das Problem mit den blöden Schnellnummern aus der Welt schaffen. Zum einen würden sie bald in ihren eigenen vier Wänden leben und daher genug Zeit für ausgedehnte Liebesspiele haben, ohne Angst haben zu müssen, dass irgendjemand auftauchte, der sie mittendrin stören konnte. Zum anderen war es ein Erfahrungsgrundsatz, dass Männer mit der Zeit in ihrer sexuellen Aktivität nachließen. Sie verloren die Lust und wollten es nicht mehr so häufig tun. Nach ein paar Jahren fester Beziehung würde jeder Mann, den man vor die Wahl stellte, entweder Fußball oder die neue Reizwäsche seiner Partnerin anzuschauen, sich ohne zu zögern für Fußball entscheiden.

Berit riss Josie aus ihren Gedanken. »Wollen wir noch was unternehmen? Vielleicht noch ein paar Sachen für eure neue Wohnung besorgen?«

Damit hatte Berit bei Josie einen wunden Punkt berührt. Eigentlich gab es nichts mehr anzuschaffen.

Die Möbel waren bereits bestellt und sollten in den nächsten Tagen geliefert werden. Dasselbe galt für den gesamten weiteren Hausrat, von der Zitruspresse über den Toaster bis hin zur Klobürste. Ausgewählt hatte alles Elisabeth höchstpersönlich, ein Umstand, der ein wenig an Josie nagte. Allerdings musste sie zugeben, dass sie sich mehr darüber geärgert hätte, wenn Elisabeth nicht einen so hervorragenden Geschmack besessen hätte. Alles, was sie ausgesucht hatte, gefiel Josie recht gut. Und da Justus für alle Anschaffungen aufkam, gab es erst recht keinen Grund, unzufrieden zu sein. Trotzdem fühlte Josie sich nicht ganz wohl mit diesem Arrangement.

»Wir könnten auch einfach nur in die Stadt gehen und uns schöne Unterwäsche kaufen«, schlug Berit vor. Dann verzog sie in komischer Verzweiflung das Gesicht. »Nicht, dass sie jemand an mir sehen würde außer mir. Aber ich gebe die Hoffnung nicht auf. Wenn der große Tag kommt, will ich gerüstet sein. Außerdem könnte ich einen Unfall haben und ins Krankenhaus müssen. Wenn sie mir dann die Klamotten vom Leib schneiden, habe ich wenigstens einen geilen Wonderbra an.«

Josie schüttelte den Kopf. »Normalerweise gerne. Aber heute geht's nicht mehr. Ich muss nach Hause. Hanna geht gleich zur Arbeit, und ich will mit Tobi noch ein bisschen Latein lernen, sonst vergeigt er die nächste Arbeit auch wieder.«

Berit nahm Josie den Vibrator aus der Hand. »Na, dann tue ich halt noch was für meine Entspannung.«

4. Kapitel

An ihrem letzten Abend als *Cleaning Manager* ging Josie in Fritz' Büro, um sich zu verabschieden. Er saß vor seinem Computer und bearbeitete wie ein Wilder die Tastatur. Wie beim letzten Mal war er völlig vertieft in einen Chat. Er hatte nicht einmal mitbekommen, dass Josie angeklopft und die Tür geöffnet hatte.

»Guten Abend«, sagte Josie.

Fritz fuhr hoch. »Ach, Sie sind das. Guten Abend.«

Josie räusperte sich. »Ich wollte nicht stören. Aber als ich an Ihrem Büro vorbeikam, habe ich gesehen, dass Sie noch arbeiten, und da wollte ich Ihnen eben *Wiedersehen* sagen. Das ist nämlich heute mein letzter Abend hier.«

»Wirklich?« Fritz wirkte betroffen. »Sind Sie rausgeflogen? Die spinnen doch! Soll ich mal ein gutes Wort für Sie einlegen? Ich kann mir nämlich nicht vorstellen, dass diese Typen von der Reinigungsfirma jemals wieder so 'ne gute Putzfrau kriegen wie Sie.«

»Danke für das Angebot, ist aber nicht nötig. Ich bin auch nicht rausgeworfen worden, sondern habe gekündigt. Ich habe einen anderen Job.«

»Dieselbe Branche?«

Josie nickte.

Fritz nickte ebenfalls, als hätte er nichts anderes

erwartet. »Qualität setzt sich eben durch. Wenn Sie wollen, können Sie's in dem Beruf noch weit bringen. Wie Carla zum Beispiel. Das ist die Cousine meiner Schwester. Sie putzt bei einem Fabrikanten, einem Professor und einer Schauspielerin. Alle vertrauen ihr blind. Sie verdient so viel Geld, dass sie gar nicht mehr weiß, wohin damit. Natürlich alles schwarz, bar auf die Hand. Dafür muss unsereiner im Büro heutzutage lange klappern.«

Josie fragte sich, wieso alle Welt dachte, dass Putzen ihr einziges Lebensziel sei.

Sie lenkte auf ein anderes Thema über. »Wie läuft's im Chat?«

Fritz war ein wenig verlegen. »Ganz gut, danke.«

»Was ist aus Vanessa geworden?«

»Wer ist Vanessa?«

»Na, die dreiundzwanzigjährige Blondine, die Sie das letzte Mal kennen gelernt hatten.«

Fritz lächelte schief. »Ach, im Chat gibt es so viele Blondinen. Jeden Tag andere. Das ist ja das Gute daran.« Er bückte sich und zog eine Schublade an seinem Schreibtisch auf. »Was halten Sie davon, wenn wir auf Ihren Abschied anstoßen?« Er hielt eine Flasche teuren Whisky hoch. »Einen kleinen Schluck können Sie bestimmt vertragen.«

»Ach, ich weiß nicht. Ich bin mit dem Wagen da. Und putzen muss ich auch noch.«

»Lassen Sie das doch mal die anderen machen.«

»Danke, lieber nicht. Wiedersehen, und frohes Chatten noch.«

Josie lächelte Fritz zu, ging hinaus auf den Flur und zog die Tür hinter sich zu. Zeit, ihren letzten Arbeitstag als *Cleaning Manager* zum Abschluss zu bringen. Sie schob den Putzwagen den Gang entlang und erschnüffelte Zigarettenqualm. Die beiden *Cleaning Assistents* waren folglich irgendwo in der Nähe.

»Swetlana«, brüllte Josie. »Katharina!«

Kein Laut war zu hören. Vielleicht waren die zwei auch schon nach Hause gegangen.

Sie hielt inne und legte den Kopf schräg. Der Whisky war wirklich von einer sehr guten Marke gewesen. Was konnte es schaden, ein Gläschen davon zu trinken und erst hinterher die restlichen Büros zu putzen? Vielleicht waren Swetlana und Katharina ja bis dahin sogar mit ihrer Qualmerei fertig und würden sich auf höfliches Bitten hin bereit finden, ihren Anteil an der Arbeit zu erledigen.

Eine Stunde und drei gute Doppelte später war Josie nicht mehr in der Stimmung, den Putzwagen irgendwohin zu schieben. Sie saß mit Fritz an seinem Schreibtisch und unterhielt sich über das Für und Wider des Chattens.

Fritz schwenkte sein Glas und nahm einen Schluck. »Wissen Sie, was das Gute daran ist? Es ist viel aufregender als das wirkliche Leben. Man kann so aussehen, wie man möchte. Man kann groß und stark und attraktiv sein. Man kann alles haben – einen Spitzenberuf, ein tolles Auto, eine Jacht.« Er gab ein dezentes Rülpsen von sich. »Man kann sich alle seine Träume erfüllen.«

Josie runzelte zweifelnd die Stirn. »Aber was ist mit der Realität?«

Fritz winkte ab. »Die ist doch langweilig. Können Sie vergessen. Sie müssen das einfach mal erleben, wie es im Chat ist. Das ist so … so leidenschaftlich, so intim …« Er brach ab und suchte nach passenden Formulierungen, was ihm nicht ganz leicht fiel, da er bestimmt schon zwei Whisky mehr intus hatte als Josie. Sie fragte sich, was seine Frau wohl sagen würde, wenn er mit einer Fahne nach Hause kam. Doch vielleicht fiel es ihr nicht mal auf. Vor Josies innerem Auge erstand ein Bild, das Fritz' Frau zeigte, wie sie am häuslichen PC saß und mit feurigen Chat-Lovern flirtete, während ihr Mann im Büro hockte und sich virtuell mit Vanessa und anderen Damen vergnügte. Josie schenkte sich von dem Whisky nach und kicherte.

Fritz rülpste, wobei er es schaffte, gleichzeitig gekränkt auszusehen. »Das ist nicht komisch.«

»Ich h-habe nicht gelacht«, behauptete Josie schnell, dann kicherte sie abermals.

Er grinste. »Sie können nix vertragen.«

»Das kommt hin«, gab Josie zu.

Fritz wurde wieder ernst. »Es dreht sich im Chat nicht immer nur um das eine, müssen Sie wissen. Man kann wirklich wunderbare Gespräche führen. Manchmal ist es sogar, als würde man jemanden schon viele Jahre kennen. Wie eine Seelenverwandtschaft. Dann möchte man am liebsten nie wieder offline gehen.« Er griff zur Flasche. »Kommen Sie, einer passt noch.«

Während sie sich noch einen letzten Absacker gönnte, schaute eine der beiden Russinnen zur Türe herein. Sie hatte tatsächlich einen Schrubber in der Hand. Mit der anderen hielt sie eine Zigarette.

»Hallo«, sagte sie. »Putzen fertig.«

»Hallo«, sagte Fritz. »Wer ist das?«, wollte er von Josie wissen.

Josie blinzelte. »Wenn mich nicht alles täuscht, ist es Swetlana. Es könnte aber auch Katharina sein. Ich habe die beiden nicht oft genug gesehen, um sie auf Anhieb unterscheiden zu können.«

»Swetlana«, sagte die Russin. Sie deutete interessiert auf die Flasche. »Whisky gutt?« Hinter ihr tauchte Katharina auf, ebenfalls rauchend.

Später fand Josie, dass es alles in allem noch ein wirklich netter Abschiedsabend war. Fritz hatte noch eine zweite Flasche in den Tiefen seines Schreibtischs, der sie zu viert den Garaus machten, wobei Fritz die beiden Russinnen und Josie in weitere Feinheiten des Chattens einweihte. Als Josie sich mit leichter Schlagseite zu Fuß auf den Heimweg machte, wusste sie unter anderem, dass bestimmte Gefühlsäußerungen mit kleinen Sternchen gekennzeichnet wurden. Wollte jemand etwa zum Ausdruck bringen, dass er hungrig war, so schrieb er beispielsweise: `*mal eben in die küche zum essenfassen gehe*` oder auch einfach nur `*magenknurr*`.

Natürlich alles in Kleinbuchstaben, wie es sich für die Nettiquette gehörte. Außerdem gab es nette kleine Symbole wie zum Beispiel ☺ oder ☹, mit deren Hilfe man schlichte Gemütsäußerungen wie Belustigung oder Traurigkeit beschreiben konnte. Man nannte sie Smileys oder Emoticons.

Die Russinnen hatten sofort Gefallen an Fritz' Spielzeug gefunden. Als Josie aufbrach, hatte Swetlana gerade jemanden kennen gelernt, der den verheißungsvollen Nickname *zärtlichEr* trug.

Josie verlief sich auf dem Weg nach Hause zweimal. Außerdem kam ihr die Entfernung viel größer vor als sonst, sie hatte das Gefühl, stundenlang gelaufen zu sein, als sie endlich zu Hause ankam.

»*mal sternhagelvoll die treppe raufgeeiert*«, murmelte Josie. Leise hicksend schloss sie die Wohnungstür auf und suchte tastend den Weg ins Bad. Sie öffnete die Tür – und stieß einen lauten Schrei aus. Ein fremder Mann stand vor der Toilettenschüssel und urinierte. Er schaute ziemlich verschlafen drein, doch als Josie so unvermutet auftauchte, riss er erschrocken die Augen auf und tat einen Satz rückwärts, wobei er großzügig im ganzen Badezimmer Spritzer verteilte.

»Was machen Sie denn hier?«, rief er aus.

»Ich w-wohne hier. Und Sie?«

»Ich bin zu Besuch. Guten Abend.«

Auf dieses plumpe Ablenkungsmanöver ging Josie nicht ein. Anklagend deutete sie auf die Toilette. »Sie haben im Stehen gepinkelt! Bei uns wird nur im Sitzen gepinkelt!«

»Ich … äh … das wusste ich nicht.«

Josie starrte den Mann an. Er trug eine lächerlich knappe Unterhose mit Leopardenmuster und war gut gebaut für sein Alter, das Josie auf mindestens fünfundvierzig schätzte.

»Was ist hier los?« Hanna tauchte hinter Josie auf, ebenfalls äußerst knapp bekleidet mit ihrem winzigen Spitzenbustier und einem Nichts von Tanga.

Josie straffte sich empört. »Er pinkelt im Stehen.« Sie hielt sich am Türrahmen fest, weil das Badezimmer plötzlich hin- und herschwankte. »Wer ist er überhaupt?«

»Ach, richtig, ihr kennt euch ja noch nicht. Das ist Karlheinz. Karlheinz, das ist meine Tochter Josie.« Hanna musterte stirnrunzelnd den Fußboden. »Du liebe Zeit, da hast du aber wirklich schlecht gezielt, Schatz.«

»Ich hatte vergessen, abzuschließen, und als sie einfach hier reingeplatzt ist, habe ich halt einen Schreck bekommen«, rechtfertigte sich Karlheinz.

»Na ja, so schlimm ist es auch wieder nicht«, sagte Hanna. »Kann man ja alles wieder wegputzen.«

Josie war schon auf dem Weg zur Besenkammer.

Da der nächste Tag ein Samstag war, konnte Josie glücklicherweise ausschlafen. Das heißt, sie hätte ausschlafen können, wenn sie nicht mitten in der Nacht durch ungewohnte Geräusche geweckt worden wäre. Der Lärm kam aus Hannas Schlafzimmer und war an Eindeutigkeit nicht zu überbieten.

»Ja, fass mich an. Genau *daaa*!«

Josie brauchte ein paar Sekunden, bis sie die Stimme richtig zuordnen konnte. Richtig, das war dieser Karlheinz mit dem Leopardenslip. Hieß so nicht der Chef des Clubs, in dem Hanna arbeitete?

»*Aaah*, du machst mich wahnsinnig, weißt du das?« Wieder Karlheinz.

Josie saß aufrecht im Bett und hielt sich den schmerzenden Schädel. Warum, zum Teufel, tat ihr der Kopf so weh? Hinter ihren Schläfen vollführte ein vergessenes Schlagzeug einen Trommelwirbel. Josie blickte auf die Leuchtziffern ihres Weckers. Fünf Uhr früh. Das durfte ja wohl nicht wahr sein!

»Oh, ja, jetzt, mach es! Du bist so toll!« Das war

Hanna. In ihrer Stimme klang echter Enthusiasmus mit, der sich in den nächsten Minuten noch beträchtlich steigerte. Trotz ihrer hämmernden Kopfschmerzen fühlte Josie so etwas wie Neid. Nach allem, was sie da zu hören bekam, war Karlheinz im Bett ein echter Könner. Hanna schien voll auf ihre Kosten zu kommen, es klang ganz und gar nicht nach Simulation.

Josie überlegte trübsinnig, dass sie bei Marius nicht mal Zeit hatte, glaubhaft einen Orgasmus vorzutäuschen. Derart schnell konnte keine Frau kommen, nicht mal, wenn es nur geschauspielert war.

Während Hanna und Karlheinz sich wechselseitig beteuerten, wie toll sie einander fanden, und sich unter immer lauter werdendem Gestöhne dem krönenden Abschluss entgegenkämpften, krabbelte Josie aus dem Bett, um sich etwas zu trinken zu holen. Sie hatte rasenden Durst.

Auf dem Weg zur Küche stolperte sie im dunklen Gang gegen jemanden, den sie dort am wenigsten erwartet hätte.

»Tobi, was machst du denn hier?«, fragte sie flüsternd.

»Äh ... ich wollte mal aufs Klo«, antwortete er ebenso leise.

Josie hatte nicht den geringsten Zweifel, dass er nur aus einem einzigen Grund im Schlafanzug hier herumlungerte. Er sah aus, als hätte er sich am liebsten ein zweites Paar Ohren wachsen lassen, um nur ja nichts zu verpassen.

»Das ist überhaupt nichts für dich«, flüsterte Josie. »Komm, marsch, zurück ins Bett.«

»Ich denk nicht dran«, zischte er. »Wenn du ihnen zuhören kannst, kann ich es auch!«

Sie zuckte die Achseln und ging weiter in die Küche, wo sie ein großes Glas Wasser trank. Tobi war ihr gefolgt.

»Er will hier einziehen«, sagte er mit klagendem Unterton.

Josie verschluckte sich. »Ist nicht wahr!«

»Doch, Mama hat's gestern Abend gesagt. Du ziehst aus, und er zieht ein.«

»Davon hat sie mir noch nichts gesagt.«

»Hat sich ja auch erst kurzfristig ergeben. Er muss aus seiner Wohnung raus, und da passt es halt sehr gut, dass du zufällig gerade ausziehst.«

Josie wusste nicht, was sie davon halten sollte. In der Vergangenheit hatte Hanna ab und zu männliche Logiergäste gehabt, doch diese Besuche hatten selten länger als ein, zwei Wochen gedauert.

»Der wird nicht lange bleiben«, prophezeite sie tröstend.

»Vielleicht probieren sie es ja doch noch aus, das fände ich cool.«

»Was denn?«, fragte Josie verständnislos.

Tobi nahm sich einen Schokoriegel aus dem Küchenschrank und begann mampfend zu kauen.

»Sie hat sich ein Buch gekauft.«

»Was für ein Buch?«

»Über Sado Maso und so.«

Josie war schockiert. »Woher weißt du das?«

Er zuckte die Achseln. »Sie liest ja jeden Tag drin. Sie sagt, es ist für ihre Fortbildung.« Mit dem Kinn deutete er in die Richtung von Hannas Schlafzimmer.

»Ich dachte, sie probieren es vielleicht aus, aber das hat sich nicht so angehört. Es klang genau wie gestern Abend.«

»Du meinst, sie haben gestern schon ...« Josies Stimme erstarb.

»Drei Mal«, bestätigte Tobi ungerührt.

»*Jaaaaa*!«

Das kam von nebenan. Unisono. Es folgten eine Reihe weiterer orgiastischer Geräusche, die darauf schließen ließen, dass Hanna und Karlheinz nun so weit waren. Beide gleichzeitig. Es klang wie in einem drittklassigen Porno.

Josie schluckte. Ihr unschuldiger, minderjähriger Bruder wuchs in einem Sodom und Gomorrha auf! Kaum kehrte sie ihrer Familie den Rücken, brachen hier Zustände aus wie im alten Rom!

»Mann, sind die gut drauf«, sagte Tobi anerkennend.

Sie straffte sich. »Ich werde ein ernstes Wort mit Mama reden. So geht das nicht!«

»Wehe«, drohte Tobi. »Wenn sie die Sachen aus dem Buch doch noch ausprobieren, will ich es auf keinen Fall verpassen!«

Doch natürlich machte Josie ihre Ankündigung bei der nächsten Gelegenheit wahr. Am folgenden Nachmittag gelang es ihr, Hanna beim Kaffeekochen abzupassen, während Karlheinz unterwegs zum Bäcker war, um Kuchen zu holen.

Hanna reagierte betroffen auf Josies Vorhaltungen.

»Ich wusste überhaupt nicht, dass er hier war, ehrlich. Er wollte bei Daniel übernachten.«

Es stellte sich heraus, dass Tobi am vergangenen Abend tatsächlich unerwartet heimgekommen war, da zufällig – und ebenfalls völlig unerwartet – kurz vorher Daniels Opa einen Schlaganfall erlitten hatte. Tobi erzählte mit jugendlicher Unbekümmertheit, wie es passiert war.

»Mitten beim Essen. Er wurde ganz blau und fiel in die Suppe. Patsch. Der Arzt kam gleich, aber da war er schon tot.«

»Gott, das ist ja entsetzlich«, sagte Hanna bestürzt. »Warum hast du mir nichts davon gesagt?«

»Du warst gerade beschäftigt«, erklärte Tobi.

Hanna besaß tatsächlich den Anstand, rot zu werden. Josie war fürs Erste beruhigt. Offenbar verfügte Hanna doch noch über eine akzeptable mütterliche Hemmschwelle, vor allem in Fragen der Schicklichkeit ihren Sprösslingen gegenüber.

Doch als sie Hanna wenig später in einem reich bebilderten Sachbuch über bizarre Sextechniken blättern sah, musste sie sich fragen, ob diese Einschätzung nicht verfrüht gewesen war. Das Buch trug den Titel: *Dinge, die eine gute Domina wissen muss.*

»Isst du mit uns zu Abend, Liebes?«, wollte Hanna wissen. »Karlheinz will uns was kochen. Das kann er übrigens ausgezeichnet. Seine *Spaghetti Alfredo* sind einsame Spitze.«

»Nein danke«, sagte Josie erschöpft. »Ich muss noch mein Auto abholen.«

Die Vorstellung eines Leopardenslip tragenden Powerlovers, der auch noch kochen konnte, überstieg für den Moment ihre Kräfte.

Am darauf folgenden Montag hatte Josie ihre erste Therapiesitzung bei Klaus. Er sah genau so aus, wie Berit ihn beschrieben hatte: Ende zwanzig, ein Teddybär mit Backenbart und dreißig Pfund Übergewicht. Sein Therapieraum befand sich in einer Gemeinschaftspraxis, die er sich mit einem anderen Psychologen und einem Heilpraktiker teilte.

Der Raum war freundlich eingerichtet, mit dezent gemusterten Sesseln, hellen Holzregalen, einem Schreibtisch und mehreren Grünpflanzen.

Nach Erledigung der Aufnahme- und Behandlungsmodaliäten nahm Josie leicht gehemmt auf einem der Sessel Platz. Auf dem niedrigen Tischchen vor ihr stand eine Zupfbox mit Kleenextüchern.

»Wenn Sie möchten, können Sie mir ein bisschen was über sich erzählen«, munterte Klaus sie auf. »Und Sie können mich ruhig beim Vornamen nennen, Sie haben ja sicher schon einiges durch Ihre Freundin über mich gehört.«

»Ja, danke. Ich will auch gleich zur Sache kommen, es ist brandeilig. Übermorgen habe ich nämlich schon mein nächstes Testat.«

»Erzählen Sie mir was darüber.«

»Da gibt's nicht viel zu erzählen. Ich kann's nicht, das ist alles.« Josie breitete die Hände aus. »Und dabei bin ich theoretisch echt gut. Mit Sobotta und Benninghoff bin ich praktisch auf Du und Du, das ist bei vielen anderen Studenten ganz anders.«

»Sind das Ihre Professoren?«

»Nein, mein Anatomieatlas und mein Lehrbuch«, erklärte Josie.

»Was empfinden Sie bei den Anatomieübungen?«

Josie rümpfte die Nase. »Ekel.«

»Wovor genau?«

»Es ist … alles. Die ganze Atmosphäre. Unter anderem auch der Geruch. Es riecht … ekelhaft. Das ist so eine abartige Mischung, wie nach Essig und Spiritus, mit einem ordentlichen Schuss Alkohol. Und der Leichengestank kommt auch ziemlich stark durch.« Sie dachte kurz nach. »Stellen Sie es sich ungefähr so vor wie ein Riesenglas voller Soleier. Aber ungefähr zehnmal so streng. Ach, sagen wir lieber hundertmal. Mögen Sie Soleier?«

Klaus schüttelte stumm den Kopf.

»Der Anatomiesaal ist im Untergeschoss«, erzählte Josie. »Er ist umgeben von einem Riesenlabyrinth von Gängen und Kammern. Dort gibt es nicht nur Ärzte und Studenten, sondern auch Anatomiediener. Die bereiten die Leichen für die Präparationen und für pathologische Untersuchungen vor. Sie pumpen den Toten Konservierungsmittel in die Adern und stecken Sie in Tanks. Irgendwann holen sie die Körper dann wieder raus, und dann kriegen wir sie auf den Tisch. Und dann müssen wir sie aufschneiden, vom Kopf abwärts, immer Stück für Stück in Richtung Unterleib.«

Klaus stand auf und öffnete das Fenster. »Ziemlich heiß hier drin, oder? Sie erlauben doch.«

»Sicher.« Josie kam langsam in Fahrt. »Es ist wie in einem Horrorfilm, nur schlimmer.« Sie machte eine ausholende Geste mit beiden Händen. »Im Raum stehen mindestens dreißig Tische, und auf jedem liegt eine Leiche. Je nachdem, wie viel dran gearbeitet wurde, sind sie so zerfleddert, als hätten schon tausend Krähen darauf gehockt. Ein regelrechtes Panoptikum. Abends werden sie mit Tüchern abgedeckt, und morgens wird weiter seziert. Gruppenweise.« Josie nahm sich ein Kleenex und rupfte daran herum. »Jeden Tag, immer wieder, bis praktisch nur Fetzen da sind.« Sie holte tief Luft. »Und dabei sieht man manchmal Dinge …«

Sie erzählte Klaus in allen Einzelheiten von der missglückten Hodenpräparation.

»Im Grunde ist es gar nicht schwierig. Das heißt, wenn man es kann. Man eröffnet das Skrotum, schiebt die Finger rein und trennt den Hoden vom Gefäßstiel und vom Samenleiter. Und schwups, hat man ihn in der Hand.«

Klaus schlug hastig die Beine übereinander. Josie achtete nicht darauf, sie war vollkommen damit beschäftigt, die Szene vor ihrem inneren Auge Revue passieren zu lassen. Sie versäumte auch nicht, Klaus die Details zu schildern, die sie an jenem Morgen zufällig in dem Nebenraum beobachtet hatte.

»Solche Sachen müssen zum Glück nicht wir machen, das erledigen die Anatomiediener oder die Assistenten und Professoren. Die Kalotte – das ist das Schädeldach – wird rundherum aufgetrennt, mit einer Elektrosäge«, erzählte sie. »Und dann wird quasi alles nach vorne geklappt. Und dann das Gehirn rausgenommen.«

Klaus wurde blass um die Nase. Diesmal entging es Josie nicht. »Ist Ihnen nicht gut?«

»Nein, alles in Ordnung«, sagte er leicht gepresst. »Erzählen Sie nur weiter.«

»Richtig zusammengeklappt bin ich das erste Mal bei dem großen Längsschnitt über den Rumpf«, sagte Josie. »Soll ich Ihnen erzählen, wie das geht?«

»Ja«, meinte Klaus. Seine Stimme klang undeutlich, weil er die Hände vor dem Mund verschränkt hatte, gerade so, als müsse er intensiv nachdenken.

»Dabei schneidet man mit dem Skalpell vom oberen Ende des Brustbeins gerade runter. Dann um den Bauchnabel rum, weiter nach unten, bis zum Schambein. Es entsteht ein klaffender Spalt, durch den man das Unterhautfettgewebe sehen kann …«

Klaus gab ein würgendes Geräusch von sich und sprang auf. »Entschuldigen Sie mich einen Moment.«

Josie schaute ihm verblüfft hinterher.

Als er wenig später von der Toilette zurückkam, war er immer noch blass, wirkte aber weitgehend gefasst. »Es tut mir Leid. Ich muss wohl heute zum Frühstück was Falsches gegessen haben.«

»Soll ich noch mehr über die Anatomie erzählen?«

»Ich denke, ich kann mir schon ein ungefähres Bild machen.«

»Ist es so was wie Spinnenangst?«, fragte Josie eifrig. »Oder eher wie das, was Berit hat? Was soll ich Ihrer Meinung nach unternehmen?« Sie versuchte, ihre Ratlosigkeit mit einem Scherz zu überspielen. »Ich könnte ja vielleicht eine Nacht im Anatomiesaal zubringen, eingesperrt, zusammen mit hunderten von Leichen.« Sie lächelte kläglich. »Oder Leichenteile mit ins Bett nehmen, quasi als Habituation. Wie ein irrer Serienkiller in einem Gruselfilm.«

Klaus räusperte sich. Es klang beinahe ein wenig asthmatisch.

»Ich werde ein Konzept ausarbeiten, und danach werden wir dann vorgehen.«

Am Abend rief Josie Marius an und berichtete ihm von ihrer ersten Sitzung mit Klaus.

»Im Grunde hat er gar nichts gesagt. Ich war diejenige, die die ganze Zeit gequatscht hat. Zwischendurch ist er mal rausgerannt, weil ihm übel geworden ist, und danach waren wir auch schon so gut wie fertig. Aber bis zum nächsten Mal will er ein Konzept entwickeln.«

Marius lachte herzlich. »Schätzchen, das kannst du glatt vergessen. Dieses Konzept kenne ich jetzt schon. Wetten, dass er dich auffordert, ihm was über deine Mutter und deinen Vater zu erzählen? So machen diese Burschen es doch immer. Sie lassen dich Jahre lang über deine Eltern quatschen, und wenn du austherapiert bist, bist du genauso schlau wie vorher.«

»Jahre? So viel Zeit habe ich nicht!«, jammerte Josie. »Und ich will ihm auch nichts über Hanna erzählen, das glaubt mir ja sowieso kein Mensch! Ich will sezieren können, ohne dass mir schlecht wird! Ich will meine Testate bestehen! Übermorgen muss ich wieder ran! Was soll ich bloß machen?«

»Ich könnte ja mitkommen und Händchen halten«, schlug Marius fröhlich vor.

Josie verkniff sich eine bissige Erwiderung. Marius hatte gut reden. Er war im neunten Semester und würde bald Examen machen. Die praktische Anatomie war für ihn bereits Äonen entfernt. Niemand würde ihn mehr dazu nötigen, mit Skalpell oder Pinzette in totem menschlichen Fleisch herumzuackern.

»Kommst du morgen Abend in die Wohnung, mit mir zusammen ein paar Möbel aufstellen und Sachen einräumen? Ich miete mir einen Pritschenwagen und schaffe alles rüber.«

»Das wollten wir doch am Wochenende machen.«

»Der Makler meinte, wir könnten ruhig schon ein paar Tage früher rein, die Wohnung steht ja leer. Da dachte ich, wir fangen gleich an. Am besten schon morgen.«

»Nein, morgen muss ich den ganzen Tag für das Testat pauken.«

»Und abends?«

»Auch. Ich will wenigstens die Theorie draufhaben.« Voller Selbstironie setzte Josie hinzu: »Vielleicht finde ich dann ja alles blind.«

»Schade. Ich hätte es mir nett vorgestellt, schon dort mit dir zu übernachten. Die Matratzen wollte ich nämlich gleich mit der ersten Fuhre rüberbringen, die sind heute hier angeliefert worden. Echte Bandscheibenmatratzen, super Qualität, da hat Mama nicht gespart.«

»Bestimmt nicht«, murmelte Josie.

»Was ist?«

»Ich sagte, die sind bestimmt sehr gut«, behauptete Josie.

»Klar. Die Betten kommen übermorgen, sie werden gleich in die Wohnung geliefert und aufgebaut. Wie ist es, hättest du dann Zeit?« Marius senkte verführerisch die Stimme. »Wir könnten gleich ausprobieren, ob sie belastbar sind.«

»Da muss ich putzen. Mein erster Arbeitstag im Fitnessstudio.«

»Immer musst du arbeiten, wenn ich mal was mit dir unternehmen will«, beschwerte sich Marius.

»Von irgendwas muss ich schließlich meinen Anteil an der Miete zahlen«, gab Josie schnippisch zurück. »Und mein Wagen ist auch dabei, den Geist aufzugeben. Der macht's bestimmt keine fünfhundert Kilometer mehr, so, wie sich der Motor anhört.«

»He, ist ja schon okay«, meinte Marius in besänftigendem Tonfall. »Ich weiß ja, wie fleißig du bist und wie ernst du deine Arbeit nimmst. Ich dachte bloß, dass du gern dabei gewesen wärst, wenn wir unsere Möbel aufbauen und unsere ganzen Siebensachen einräumen.«

Josie ging das Herz auf bei der Art, wie er *unsere* gesagt hatte. Und dabei hatte sie nicht ein einziges Teil selbst gekauft! Er war so lieb! Wenn er wollte, konnte er ein richtiger Schatz sein.

»Ich wär wirklich gern dabei«, beteuerte sie. »Aber es geht nun mal nicht.«

»Schon gut. Muss mir halt die Agnes helfen.«

»Wer ist Agnes?«

»Ach, Mamas neue Haushaltshilfe.« Marius lachte. »Sie ist ein bisschen dicker und älter als du, und im Kopf hat sie auch nicht viel, aber putzmäßig hat sie's fast so gut drauf wie du.«

Dieses Kompliment warf Josie nicht gerade vom Hocker, doch mit seiner nächsten Bemerkung sorgte Marius dafür, dass Josie wieder auf Wolke sieben schwebte.

»Habe ich dir schon gesagt, dass ich dich liebe, mein süßes Zuckermäuschen?«

Josies Herz klopfte einen Takt schneller. »Heute noch nicht.«

»Liebst du mich auch?«

»Ja«, sagte Josie. »Ganz doll.«

Den ganzen nächsten Tag über lernte sie, bis sie das Gefühl hatte, der Schädel müsse ihr von all diesem geballten anatomischen Wissen platzen. Sie wusste so ziemlich alles auswendig, was es über den menschlichen Hals-Kieferbereich zu wissen gab – das stand für das morgige Testat auf dem Programm. Wenn es nur um die Theorie gegangen wäre, hätte Josie fraglos als eine der Besten im Kurs abgeschnitten. Aber so, wie der Fall lag, hatte sie kaum Chancen, den Schein zu schaffen. Ein Testat konnte sie verpatzen – was sie ja schon getan hatte –, bei einem weiteren durfte sie sich vielleicht eine geringe Punktzahl leisten, doch wenn sie anschließend den Kurs noch bestehen wollte, musste sie die restlichen Testate ohne Fehl und Tadel absolvieren. Josie hatte nicht die geringste Ahnung, wie sie das schaffen sollte. Sie blätterte in ihrem Anatomieatlas und seufzte.

»*grübel*«, murmelte sie. Dann fand sie etwas, was noch besser passte: »*mir vor angst in die hose mache*«. Es half zwar auch nicht viel, aber immerhin hatte sie drüber geredet, wenn auch nur mit sich selbst.

Ein Rumoren im Gang und ein kräftiger Fluch rissen sie aus ihren Gedanken an die morgige Prüfung. Das hatte ganz nach Karlheinz geklungen. Was tat der denn schon wieder hier?

Ein Blick in den Flur ließ sie erschrocken zurückprallen. Hanna und Karlheinz kamen, beide schwer mit Kisten beladen, vom Treppenhaus hereingewankt.

»Was ist denn hier los?«

Hanna stellte mit lautem Getöse die Kiste ab. »Ach du, der Karlheinz zieht heute schon hier ein. Weißt du, er hatte da ein bisschen Ärger wegen seiner Wohnung, sein Vermieter ist so wahnsinnig kleinlich und hat darauf bestanden, dass er sofort raus sollte.«

Josie starrte perplex das Kistengebirge an, das sich bereits im Gang türmte. Sie fragte sich, welche Umstände dazu führen konnten, dass jemand sofort seine Wohnung räumen musste. Soweit sie sich damit auskannte, war in solchen Fällen meist ein Gerichtsvollzieher im Spiel, weil die Miete nicht pünktlich gezahlt worden war. Josie wusste nicht, was sie davon halten sollte. Sie bedachte Karlheinz mit argwöhnischen Blicken. Ob er in Zahlungsschwierigkeiten war? Sein austrainierter Körper steckte in teuren Klamotten, und sicher hatte er auch in seine blendend weißen Zahnkronen ein kleines Vermögen investiert. Doch Josie hatte noch nicht gesehen, welchen Wagen er fuhr. Falls er überhaupt einen hatte. Vielleicht war der ja auch schon gepfändet. Womöglich war dieser komische Club ganz und gar nicht die Goldgrube, als die Hanna ihn geschildert hatte, sondern ein Pleiteobjekt, das nicht mal die Gehälter der Angestellten abwarf. Hoffentlich war Hanna nicht so dämlich, sich diesen Typ dauerhaft ans Bein zu binden!

Josie musterte den neuen Lover ihrer Mutter mit geschlitzten Augen. »Ich brauche aber mein Zimmer noch bis zum Wochenende«, erklärte sie frostig.

»Kein Problem«, sagte Hanna. »Ich habe ja ein breites Bett. Und die Kisten können erst mal hier im Flur stehen bleiben. Ausgepackt wird nur das Nötigste. Die Möbel kommen sowieso erst morgen.«

Karlheinz baute seine Stereoanlage im Wohnzimmer auf und testete anschließend die Boxen. Die

Bassgeräusche brachten die Wände zum Erzittern. Mit Lernen war es vorläufig vorbei. Josie klappte ihre Bücher zu und schaute auf die Uhr. Halb acht. Damit hatte sie fast rund um die Uhr gepaukt, das dürfte eigentlich reichen. Warum sollte sie sich nicht noch ein bisschen Entspannung gönnen? Fragte sich nur, wie sie das bewerkstelligen sollte. Vom Wohnzimmer her dröhnte es herüber wie von einer mittelgroßen Baustelle.

Im Grunde gab es nichts weiter zu überlegen. Wozu wartete nur zehn Autominuten von hier entfernt eine sehr teure Matratze auf sie? Spontan packte Josie ein paar Sachen für eine Übernachtung zusammen und machte sich auf den Weg zu ihrer neuen Wohnung.

5. Kapitel

Marius' Porsche parkte vor dem Haus, also war er da. Josie stellte ihren altersschwachen Panda hinter seinem Wagen ab. Als sie gerade an der Haustür klingeln wollte, kam einer von den anderen Mietern heraus, ein gestresst wirkender Yuppie-Typ, der jedoch höflich genug war, ihr die Tür aufzuhalten, sodass sie ins Haus konnte.

Sie ging nach oben in den zweiten Stock. Vor der Wohnungstür sah sie sich verstohlen um, dann zog sie kurz entschlossen ihren BH aus und öffnete die drei obersten Knöpfe ihrer Bluse. Marius hatte sich eine nette Überraschung verdient! Und sie selbst auch. Den ersten gemeinsamen Abend in ihrer neuen Wohnung wollte sie gebührend feiern. Diese Gelegenheit war vor allem viel besser als jede andere bisher, um ein wenig an Marius' Sextechniken zu arbeiten.

Sie klingelte. Es dauerte eine Ewigkeit, bis Marius an die Tür kam. Er öffnete nicht gleich, sondern fragte durch die Sprechanlage: »Wer ist da?«

Josie grinste und trat einen Schritt zur Seite, damit sie nicht durch den Spion gesehen werden konnte. »Ein kleines Präsent von der Hausverwaltung«, sagte sie mit verstellter Stimme. Sie konnte nur mühsam ein Kichern unterdrücken.

Die Tür wurde geöffnet, einen Spalt breit nur, doch

Josie schlüpfte geschickt hindurch. In der Diele blieb sie stehen und schwenkte triumphierend ihren BH vor Marius' Nase herum. »Tatarataaaa!«

Im nächsten Augenblick machte sie zwei erstaunliche Entdeckungen.

Erstens: Marius war nackt bis auf seine Boxershorts. Die hatte er nicht mal an, sondern hielt sie nur vor seinen Körper, exakt in Höhe seiner edlen Teile.

Zweitens: Er war nicht allein.

Josie starrte die Frau an, die gerade versuchte, sich hinter Marius zu verstecken – was sie nicht schaffte, da sie um einiges breiter war als er. Außerdem war sie blond und hatte einen enormen Busen. Sie mochte um die dreißig sein und sah nicht unbedingt so aus, wie Josie sich Elisabeth Seckbachs neue Putzfrau vorgestellt hatte.

»Ich nehme an, das ist Agnes«, sagte Josie mit ätzendem Sarkasmus in der Stimme. »Jetzt verstehe ich, was du damit meintest, dass sie es fast so gut drauf hat wie ich. Was ich allerdings *nicht* verstehe: Wieso putzt sie nackt?«

Immerhin hatte Josie die Genugtuung eines bühnenreifen Abgangs. Sie stolzierte mit hoch erhobenem Kopf und geradem Rücken aus der Wohnung und knallte die Tür hinter sich ins Schloss. Diesmal behinderte keine Stoppvorrichtung ihre Kraftanstrengung. Der Krach war ohrenbetäubend, es rieselte sogar eine Menge Putz von der Wand.

Theoretisch hätte Marius nun die Tür wieder aufreißen und Josie auf ihrem Weg nach unten hinterherbrüllen müssen, dass sie auf keinen Fall falsche

Schlüsse aus dieser Begegnung ziehen dürfe, es sei um Himmels willen nicht so, wie sie denke!

Doch die Tür blieb geschlossen. Josie wartete einen Moment unten beim Ausgang, doch nichts geschah. Kein Marius, der ihr hinterherrannte und sie beschwor, ihm noch eine letzte Chance zu geben.

Josie schaffte es, mit den Bewegungen eines Roboters und ohne äußere Gemütsregung in ihren Wagen zu steigen, sich anzuschnallen und den Motor anzulassen, doch was dann geschah, entzog sich ihrer Kontrolle. Jedenfalls war sie anschließend hundertprozentig davon überzeugt, das es aus Versehen passiert war. Sie handelte völlig automatisch, als sie den Gang einlegte. Eigentlich wollte sie zurücksetzen. Doch irgendetwas funktionierte nicht richtig. Ihre Füße verhedderten sich in den Pedalen, und der Panda tat einen gewaltigen Satz vorwärts. Es krachte und knirschte, als sich die Front ihres Wagens in das Heck des Porsche bohrte.

Dann erstarb der Motor mit einem blubbernden Geräusch.

Josie hielt sich nicht lange damit auf, den Schaden zu begutachten. Ohne nach rechts und links zu schauen, ging sie zur nächsten Bushaltestelle.

Hanna machte nicht viele Worte, als Josie ihr mit leiser, unbewegter Stimme von dem Desaster berichtete, doch sie schaute über die Maßen grimmig drein.

»Ich mach dir erst mal eine Wärmflasche«, sagte sie. Wärmflaschen waren ihr Allheilmittel gegen alle inneren und äußeren Wehwehchen ihrer Kinder.

Josie verkroch sich stumm ins Bett und legte sich

die Wärmflasche auf ihr schmerzendes Herz. Wenn sie morgen Früh fit für die Prüfung sein wollte, musste sie sowieso zeitig schlafen gehen. Über Marius und seine neue Putzfrau wollte sie momentan gar nicht erst nachdenken. Dafür war morgen immer noch genug Zeit. Wenn überhaupt. Am besten dachte sie überhaupt nicht mehr an ihn.

Hanna kam zu ihr ans Bett. »Denk einfach nicht an diesen Typ.«

»Ich denk nicht an ihn«, sagte Josie mit Grabesstimme.

»Denk einfach nur an die Prüfung morgen.«

»Ich denk ja an die Prüfung.«

»Die Männer sind alle so, sie können nicht anders.«

»Ich will nicht daran denken.«

»Am besten schlägst du dir den Mistkerl einfach aus dem Kopf.«

»Das versuche ich ja.«

»Willst du eventuell eine halbe Valium?«

Endlich ein passabler Vorschlag. Josie nickte dankbar. Sie schluckte die Tablette und fiel bald in einen bleischweren Schlaf, der von grässlichen Albträumen begleitet war. Ein Assistent verfolgte sie kreuz und quer durch die Anatomie, mit beiden Händen eine gefährlich surrende Elektrosäge haltend. Er wollte Josie für das morgige Testat vorbereiten.

»Das ist ein Irrtum!«, brüllte Josie entsetzt. »Ich bin nicht tot!«

Der Assistent keckerte hämisch. »Das behaupten sie alle, wenn sie herkommen. Aber hinterher wissen sie es besser.«

Irgendwie fand sie den Ausgang, doch er führte nicht ins Freie, sondern in ein endloses Gewirr von Gängen. Der letzte Flur war endlos lang und endete schließlich vor einer Tür. Josie öffnete sie – und fand sich in einer Besenkammer wieder. An dieser Stelle hörte der Traum gnädigerweise auf.

Am nächsten Morgen fühlte sie sich wie ein fremdartiges Ding, das aus der Kanalisation gekrochen und gleich anschließend vom nächsten Mülltransporter überrollt worden war. Ihr Frühstück bestand aus vier Tassen pechschwarzen Kaffees und zwei Aspirin. Als sie endlich richtig wach war, fühlte sie sich um keinen Deut besser. In ihrem Kopf rotierten die Gedanken. Obwohl sie entschieden hatte, nicht mehr dran zu denken, sah sie immer wieder die Szene von gestern Abend vor sich: die splitternackte Agnes, wie sie versuchte, hinter Marius in Deckung zu gehen. Sie hatte mindestens BH-Größe 85 D.

Hanna hatte eine Schürze umgebunden. Sie stand summend am Herd und briet Rühreier, ein seltener Anblick am frühen Morgen. Normalerweise gab es höchstens Toast zum Frühstück, und man konnte von Glück sagen, wenn er nicht verbrannt war.

»Möchtest du auch was essen, Schätzchen?«

Josie schüttelte stumm den Kopf. Sie verspürte nicht den geringsten Hunger, eher im Gegenteil. Aber auch wenn es anders gewesen wäre – der Appetit wäre ihr ohnehin spätestens in dem Moment vergangen, als Karlheinz zur Tür hereinkam und Hanna auf eine Art abknutschte, die an Eindeutigkeit nichts zu wünschen übrig ließ. Josie zwinkerte, doch es war keine Fata Morgana. Ihre Mutter stand dort beim Herd, angetan mit einer Schürze, einen Pfannenwender in der Hand – und ließ sich von diesem Muskelprotz einen Zungenkuss geben und den Hintern betatschen.

Als Josie sich räusperte, drehte er sich um.

»Guten Morgen«, sagte er aufgeräumt.

»Hi«, murmelte Josie.

Anscheinend stand er auf zwanglose Kleidung. Zu seinen nachtschwarzen Designerjeans trug er bunt gemusterte Cowboystiefel und eine Lederweste, die wie Hannas Bizarrhalsband mit Nieten beschlagen war und ein unziemlich großes Stück seiner behaarten Brust sehen ließ. Josie sah es mit Schaudern. Sie weigerte sich, daran zu denken, wie er wohl im *4you2* herumlaufen mochte. Und was er dort *tat*.

»Josie hat heute eine wahnsinnig wichtige Prüfung«, erzählte Hanna.

»Worin denn?«, wollte Karlheinz wissen.

»In Anatomie.«

»Da gibt's doch diesen Gruselfilm«, sagte Karlheinz. »Aber das kann man bestimmt nicht vergleichen, oder?«

»Doch, kann man«, sagte Josie wortkarg.

Karlheinz grinste unbeeindruckt. »Na, dann wünsch ich dir viel Glück.«

Josie rang sich ein höfliches Dankeschön ab und räumte das Feld.

Sie nahm den Bus zur Uni. Während der Fahrt fiel ihr ein, was gestern mit ihrem Panda passiert war. Irgendwann würde sie sich darum kümmern müssen, aber auf keinen Fall heute.

Vor dem Anatomiesaal drängten sich bereits die Studenten. Sie wurden nacheinander aufgerufen und geprüft und kamen jeweils nach ungefähr einer halben Stunde wieder heraus, die meisten kreidebleich und mit den Nerven völlig am Ende.

Zum Glück musste Josie nicht allein warten. Berit hatte heute ebenfalls Prüfung. Sie war entrüstet, als Josie ihr erzählte, was gestern Abend passiert war.

»Dieser Mistkerl! Hoffentlich ist sein Wagen Schrott!«

»So wie es aussieht, ist eher meiner kaputt.«

»Ich fahr später mit dir rüber, dann sehen wir uns den Schaden an.« Berit griff tröstend nach Josies Hand. »Du kannst echt froh sein, dass das alles vor dem Umzug passiert ist. So war's wenigstens kurz und schmerzlos.« Sie verbesserte sich. »Oder eher: kurz und herzlos. Aber so sind sie alle, die blöden Kerle. Vergiss ihn, vergiss sie alle.« Eifrig setzte sie hinzu: »Und außerdem war es für dich so oder so das Beste. Überleg doch nur, was du dir jetzt an Miete sparst!«

Unter normalen Umständen hätte Berit Recht gehabt. Aber die Umstände waren leider alles andere als normal. Josie hatte nicht vor, länger als nötig bei Hanna wohnen zu bleiben.

»Ich will sowieso aus der Wohnung raus. Das heißt, ich *muss*, weil ich sonst innerhalb einer Woche wahnsinnig würde. Karlheinz ist gestern eingezogen. Mit mindestens hundert Kisten. Und seine Anlage hat er auch schon aufgebaut. Wenn er die Boxen anwirft, wackelt das ganze Haus. Und er zieht sich an wie Freddy Mercury und sieht ihm auch sonst ziemlich ähnlich. Bloß, dass er nicht schwul ist. Aber selbst dafür würde ich nicht meine Hand ins Feuer legen.«

»Klingt nicht uninteressant«, meinte Berit grinsend.

»Du würdest anders darüber denken, wenn du nachts nicht schlafen kannst, weil deine eigene Mutter es nebenan in voller Lautstärke mit so einem Zuhältertyp treibt«, rief Josie erbittert aus.

Die Unterhaltung der anderen Studenten ringsum verstummte, alle blickten zu Josie herüber. Sie duckte sich, doch die Sekunden der Peinlichkeit erschienen ihr endlos. »Josefine Strehlitz?«

Josie zuckte zusammen. Gerade wurde die nächste Prüfungsgruppe aufgerufen. Josie gehörte dazu.

Berit legte ihr den Arm um die Schultern. »Toi, toi, toi!«

Josie hatte das Gefühl, über Watte zu gehen. Im Anatomiesaal herrschte summende Geschäftigkeit. An den Tischen drängten sich Studenten, Assistenten und Professoren. Als Josie durch die Tür ging, traf der Geruch sie wie eine Keule. Sie stolperte, weil ihr für einen Augenblick die Luft wegblieb. »*mich gleich übergeb*«, murmelte sie – und das war in diesem Fall kein flapsiger Chatspruch, sondern nichts weiter als eine schlichte Tatsache. Der Kaffee schwappte in ihrem ansonsten leeren Magen herum und gluckerte vernehmlich. Sie hatte den Eindruck, dass es hier noch nie so gestunken hatte wie heute Morgen.

Irgendwie schaffte sie den Weg an den für sie vorgesehenen Tisch, wo Professor Wiedelmann bereits auf sie wartete – zusammen mit einem kürzlich verstorbenen Herrn, der bereits sorgsam auf das heutige Testat vorbereitet worden war. Er war, wie Josie sofort erkannte, kein einfacher Fall. Zu Lebzeiten hatte er mindestens an die zweihundertfünfzig Pfund gewogen. Er hatte ein enormes Doppelkinn. Nein, eher ein Dreifachkinn.

»Bitte sehr, Frau Strehlitz«, meinte Professor Wiedelmann aufmunternd. »Nun zu dem, was Sie eigentlich kennen müssten: Zeigen und benennen Sie uns doch mal die Gefäß- und Nervenstrukturen des Halses.«

Josie spürte, wie ihr unter dem Kittel der Schweiß ausbrach.

»*Morituri te salutant*«, murmelte es irgendwo im Hintergrund. Wahrscheinlich einer ihrer zu Späßen aufgelegten Kommilitonen, die bessere Nerven hatten als sie selbst.

Sie nahm die bereitliegende Pinzette und setzte sich auf den Hocker am Kopfende des Tisches. Im Schein der grellen Leuchte befand sie sich vis à vis mit dem Toten, keine zwanzig Zentimeter von seinem Gesicht entfernt, während sie unter den aufmerksamen Blicken des Professors und der Assistenten mit der Prozedur begann.

Schaudernd schob sie mit der Pinzette die Haut zur Seite und fand unter Massen von Fett etwas, das ihr bekannt vorkam. »*Arteria carotis*«, würgte sie hervor.

»Nun, das dürfte ja wohl allen klar sein. Gehen Sie ruhig ein bisschen tiefer.«

Josie stocherte mit der Pinzette in den tiefer gelegenen Gewebsschichten, während sie sich bemühte, ihr Sichtfeld auf maximal fünf Quadratzentimeter einzuschränken. Es wollte ihr nicht gelingen. Der Mund des Toten stand offen, und seine gelben Zähne schienen sie drohend anzublecken. Mit dieser Gegend würden sich später die Zahnmediziner befassen. Doch erst, nachdem Josie mit dem Hals fertig war.

Sie schloss kurz die Augen und öffnete sie dann wieder. Unter ihrer Pinzette tat sich das reinste Schlachtfeld auf.

»*Nervus vagus*«, murmelte sie aufs Geratewohl und mit angehaltenem Atem.

»Richtig. Bitte weiter.«

Mindestens zwei von den vier Tassen Kaffee, die sie heute Morgen getrunken hatte, machten sich selbstständig und stiegen unaufhaltsam nach oben. Josie holte keuchend Luft.

Das hätte sie besser nicht getan. Der übel riechende Dunst um sie herum verdichtete sich schlagartig und explodierte in ihrer Nase mit der Macht einer Bombe. Ihr ganzer Körper verkrampfte sich. Die Hand, mit der sie die Pinzette hielt, rutschte zur Seite, und das spitze Instrument stieß mitten hinein ins Unterhautfettgewebe, eine unübersichtliche gelbe Masse von unzähligen Fettkügelchen. Unter diesem plötzlichen Stoß löste sich ein Gewebsstück von der Größe einer Erbse und spritzte hoch – direkt in Josies rechtes Nasenloch.

Danach wurde es von einem Sekundenbruchteil auf den anderen finster um sie.

Als sie wieder zu sich kam, schwebte Berits Gesicht über ihr.

»Wo bin ich?«, flüsterte Josie.

»Noch in der Anatomie. Du bist umgekippt. Aber jetzt ist wieder alles okay.«

Von irgendwoher war das Summen eines elektrischen Trennschleifers zu hören.

»Lass den Kerl bloß nicht hier rein«, krächzte Josie.

»Wen? Den Wiedelmann? Der ist noch drin, bei den anderen. Er hat übrigens gesagt, dass noch nicht aller Tage Abend ist. Wenn du dich anstrengst, kannst du es mit den nächsten Testaten vielleicht noch packen.«

Das war eine fromme Lüge, Josie wusste sehr genau, wie aussichtslos das alles war. Nach dem, was vorhin da drinnen passiert war, würde sie nie wieder auch nur in die Nähe eines Seziertisches gehen. Matt hob sie den Kopf und blickte sich um. Sie befand sich auf einer Liege in einem Nebenraum des Anatomiesaals. Mit Berits Hilfe setzte sie sich auf und zog sich den Kittel aus. »Hast du mal ein Taschentuch?«

Berit reichte ihr eine Packung Tempos. »Hier, bedien dich.«

Josie putzte sich ausgiebig die Nase, doch es half nicht viel. »Das war's dann ja wohl. Ich mache mich vom Acker.«

»Geht's denn schon wieder? Kommst du alleine klar? Ich bin nämlich gleich dran.«

»Mach nur, es geht schon.«

»Wirklich?«

»Ja, alles in Ordnung.«

In Wahrheit war überhaupt nichts in Ordnung. In Wahrheit war ihr Leben ein einziges Trümmerfeld, lauter Ruinen, so weit man sehen konnte. Und sie selbst war mittendrin.

Die restliche Zeit des Tages lag sie in ihrem Zimmer auf dem Bett. Wenn sie sich nicht gerade die Nase putzte, lag sie lethargisch auf dem Rücken und starrte die Decke an. Sie sagte sich, dass sie eigentlich heulen müsste, doch sie konnte es nicht. Seit gestern hatte sie nicht eine einzige Träne vergossen. Innerlich war sie wie erstarrt vor Schmerz, Wut und Angst. Der Schock über Marius' Verrat, die Niederlage nach der Prüfung heute Morgen – das alles schien sich zu einem steinharten Knoten in ihrer Herzgegend zusammengeballt zu haben, der sie innerlich fast erstickte. Doch nichts davon schien herauszuwollen.

In der Wohnung herrschte ein unbeschreiblicher Lärm. Von überall her war lautes Poltern, Trampeln und Türenknallen zu hören, untermalt von gebrüllten Flüchen. Unten vor dem Haus stand seit mindestens einer Stunde ein Möbelwagen. Die Packer hatten vor einer Stunde angefangen, ihn zu entladen, und er war immer noch nicht leer. Karlheinz verfügte offenbar über einen beachtlichen Hausrat.

Hanna hatte Josie erzählt, wie es zu der Räumung gekommen war.

»Es ging ihm ums Prinzip, weißt du. Er hatte Schimmel in den Ecken, und da hat er die Miete gemindert. Er war völlig im Recht. Leider hatte sein dämlicher Vermieter den besseren Anwalt. Und der Sachverständige war garantiert bestochen, sonst hätte Karlheinz die Klage nie verloren.« Nach der verlorenen Klage hatte Karlheinz weiterhin auf seinem Recht beharrt, über zwei Instanzen hinweg, doch die Richter vermochten sich in ihrer Halsstarrigkeit und Engstirnigkeit seiner Auffassung nicht anzuschließen, sodass nach zwei Jahren drastisch gestiegener Mietrückstände endlich die Räumung fällig war. Zahlen wollte er immer noch nicht, da es ihm ja ums Prinzip ging. Ab und zu wurde er von Gerichtsvollziehern belästigt, doch da er geschickterweise seinen Wagen und seine

Konten und seinen Club schon vor Jahren auf seine geschiedene Frau angemeldet hatte, hatte er wenig zu befürchten.

»Er muss natürlich noch einen Offenbarungseid leisten, oder vielmehr eine eidesstattliche Versicherung, so heißt das heute«, hatte Hanna gesagt, »aber das ist bloß eine Formalität.«

Josie konnte für diese Details wenig Interesse aufbringen. Sie hatte andere Sorgen. Unter anderem würde sie sich bald darum kümmern müssen, wo sie künftig wohnen sollte.

Hanna tänzelte durch die Wohnung und dirigierte die Möbelpacker von einem Zimmer ins andere. Irgendwie schaffte sie es, alles unterzubringen. Einen Teil des Mobiliars mussten die Packer in den Keller schaffen, der Rest wurde auf allen verfügbaren Flächen der Wohnung verstaut und teilweise bis zur Decke gestapelt. Im Flur, im Wohnzimmer, in der Küche und in Hannas Schlafzimmer sah es anschließend aus wie in einem Möbellager. Im Zimmer von Tobi wurden eine Kommode und ein Fernseher deponiert.

»Dann will ich den aber auch benutzen«, verlangte er.

Karlheinz hatte nichts dagegen.

Zu Josies grenzenlosem Verdruss wurde Karlheinz' Wohnzimmersofa fürs Erste in ihrem Zimmer aufgestellt, weil woanders kein Platz dafür war. Josie musterte die riesenhafte, kunstlederne Monstrosität mit den drei Dutzend bunten Kissen und fragte sich, warum der Gerichtsvollzieher das Ding nicht gepfändet hatte. Durften die heutzutage so wählerisch sein?

Anschließend musste noch Karlheinz' Computer

untergebracht werden. Natürlich mitsamt Computertisch, Brenner, Scanner, Drucker, Boxen und meterweise Kabelsalat. Karlheinz schleppte alles in die letzte freie Ecke, die sich zufällig in Josies Zimmer befand, und schloss in Windeseile alles an, während Josie schweigend im Wohnzimmer saß (wo sich außer Karlheinz' Stereoanlage noch Karlheinz' Fernsehsessel, seine Küchenstühle und seine Hantelbank befanden.

»Irgendwie finden wir schon eine Lösung für das Platzproblem«, meinte Hanna. »Du brauchst auf keinen Fall auszuziehen, Schätzchen. Das hier ist schließlich dein Zuhause.«

Karlheinz nickte. »Ganz meine Meinung. Das heißt, du kannst natürlich doch ausziehen, wenn du es möchtest. Mit zweiundzwanzig will man ja auch mal sein Privatleben haben. Aber du brauchst nichts zu überstürzen. Du kannst dir in aller Ruhe etwas suchen. Wenn du dann irgendwo ein nettes ruhiges Zimmer hast, kannst du dich auch viel besser auf dein Studium konzentrieren.«

Josie griff nach einem Papiertaschentuch und putzte sich heftig die Nase.

»Ach ja«, fügte Karlheinz hinzu, »ich muss übrigens nicht so oft an den PC, höchstens vielleicht mal eine oder zwei Stunden am Tag.«

Irgendwann ließ es sich nicht länger aufschieben. Josie musste nach ihrem Wagen schauen. Mit mulmigen Gefühlen nahm sie den Bus. Als sie das Haus sah, in dem sie eigentlich ab der kommenden Woche hätte wohnen sollen, zog sich in ihrem Inneren etwas zusammen. Der Porsche stand nicht vor dem Haus. Josie fühlte eine vage Enttäuschung. Halb und halb hatte sie darauf gehofft, dass Marius da wäre. Vielleicht hätte er dann ja zufällig einen Blick aus dem Fenster geworfen und Josie gesehen. Dann wäre er möglicherweise runter auf die Straße gekommen, um sich mit ihr auszusprechen. Oder sogar, um sie für alles um Verzeihung zu bitten.

Andererseits war nicht von der Hand zu weisen, dass seine Abwesenheit auch Vorteile hatte. So blieb ihr zum Beispiel die Schmach erspart, dass Marius beobachten konnte, wie sie vergeblich versuchte, den Panda anzulassen. Der Wagen hatte nicht nur eine erschreckend verbeulte Frontpartie, sondern wollte auch nicht anspringen. Außer einem stockenden Husten gab er kein Geräusch von sich, auch nicht beim dreißigsten Versuch. Zwischendurch machte Josie die eine oder andere Pause, um ihrem Auto die Gelegenheit zu geben, es sich anders zu überlegen. Und um sich ab und zu die Nase zu putzen. Doch weder das eine noch das andere half. Der Panda blieb stumm, und Josies Nase schwoll immer mehr an.

Exitus, lautete Josies zutreffende Diagnose. Diese Kiste würde sich nicht mehr aus eigener Kraft von der Stelle bewegen. Ihr treues altes Gefährt war hinüber. Es würde seine letzte Fahrt an einem Abschleppseil antreten. Hoffentlich konnte sie wenigstens mit einem Schrotthändler ins Geschäft kommen, der für den Transport aufkam.

Josie tätschelte ihrem treuen alten Gefährt mit blutendem Herzen zum Abschied die eingebeulte Motorhaube und machte sich auf den Weg zur Arbeit.

Ihr erster Putzabend im Fitnessstudio ließ sich nach allem, was seit gestern vorgefallen war, nicht gerade berauschend an. Josie fühlte sich wie das Opfer einer globalen Verschwörung. Innerhalb von weniger als vierundzwanzig Stunden hatte sie ihren Lover, eine tolle Wohnung und ihren zukünftigen Beruf durch den Schornstein verschwinden sehen. Und als wäre das noch nicht genug, musste sie zu allem Überfluss auch noch körperlich entstellt sein. Ihre Nase war so rot und geschwollen wie nach zwei Wochen Dauerschnupfen. Seit heute Morgen hatte sie sich ungefähr hundert Mal geschnäuzt.

Als sie die verspiegelte Eingangshalle des Studios durchquerte, um ihre Lohnsteuerkarte bei Erik im Büro abzugeben, konnte sie gut erkennen, wie sie aussah: eine großbusige Blondine, deren Nase im Begriff war, sich in einen pinkfarbenen Schweinsrüssel zu verwandeln. Ihre Nasenscheidewand fühlte sich an wie abgeschmirgelt. Josie hatte sich nicht nur die Nase geputzt, sondern auch ungefähr ein halbes Fläschchen antibakterielles Nasenspray zum Einsatz gebracht und das betroffene Nasenloch ausgiebig und mehrfach mit Wattestäbchen ausgetupft. Bis morgen würde die Flasche sicher leer sein, sie musste unbedingt daran denken, später noch nach einer Apotheke Ausschau zu halten, die über Nacht geöffnet hatte. Josie spürte immer noch ein trockenes Würgen im Hals, wenn sie daran dachte, was ihr heute Morgen zugestoßen war. Gruseliger ging's kaum.

Berit – die natürlich das Testat mit Bravour bestanden hatte – hatte ihr später noch erzählt, dass sich sogar einer der Assistenten derartig bei dem Anblick des Fetts an Josies Nase geekelt hätte, dass er fluchtartig den Saal verlassen musste. Einzig Professor Wiedelmann hätte die Umsicht besessen, Josies Nase sorgfältig von der unliebsamen Hinterlassenschaft des Präparats zu reinigen – natürlich erst, nachdem er sie persönlich aufgefangen und nach nebenan getragen hatte, als sie vom Schemel gesackt war.

Josie wusste diese Art der persönlichen Anteilnahme ihres Anatomieprofessors durchaus zu schätzen. Dennoch war sie davon überzeugt, dass ihre Nase nie mehr dieselbe sein würde wie vor dem gestrigen Debakel.

Und mit diesem Zinken musste sie jetzt ihrem neuen Arbeitgeber unter die Augen treten. Erik sah womöglich noch besser aus als beim letzten Mal. Er war so groß, blond und athletisch, dass er ohne weiteres als Unterwäschemodell hätte posieren können. Auf einer dieser Reklamewände an Bushaltestellen beispielsweise hätte er sich hervorragend gemacht. Keine einzige Frau hätte sich mehr beim Warten auf den Bus langweilen müssen.

»Hi, wie geht's?«, fragte er, als Josie hereinkam. Dann sah er ihre Nase. »Oh, hast du Schnupfen? Warum hast du nicht angerufen? Du hättest auch an einem anderen Tag anfangen können.«

»Nein, es ist nur so eine Art Allergie«, sagte Josie. Sie drückte ihm die große, kräftige Hand und übergab ihm ihre Lohnsteuerkarte und den Arbeitsvertrag mitsamt Personalbogen, den sie zu Hause ausgefüllt hatte.

»Hoffentlich nicht gegen Putzmittel.« Erik grinste. In seinen blauen Augen tanzten winzige Fünkchen. Es sah sehr attraktiv aus.

»Nein, nur gegen bestimmte … äh … Fettsorten.«

»Zu viel Fett ist sowieso ungesund«, meinte Erik. »Du kannst dir übrigens von Daisy oder einem der anderen Mädchen hier gerne mal eine Körperfettmessung und einen speziell auf deine Bedürfnisse zugeschnittenen Ernährungsplan erstellen lassen.«

Josie zuckte zusammen und versuchte unwillkürlich, den Bauch ein Stück weit einzuziehen. Erschien sie ihm fett? Vermutlich lag es an ihrem Busen, der ließ sie wesentlich dicker wirken, als sie im Grunde war.

»Du kannst überhaupt das gesamte Clubangebot nutzen«, sagte Erik. »Wenn es zeitlich mal passt, erkläre ich dir gerne die Geräte. Die Kurse kannst du selbstverständlich auch kostenlos belegen. Aerobic, Powerstepp, Indoorcycling, Stretching – das ist nur ein Teil von dem, was wir anbieten. Der komplette Trainingsplan liegt vorne beim Empfang aus. Ach ja, und natürlich kannst du auch jederzeit in die Sauna gehen.«

Bei diesem Stichwort musste Josie an Ben denken, oder besser: an ihre eigene Dämlichkeit, der sie es zu verdanken hatte, dass sie bei ihrer ersten Begegnung mit ihm nichts weiter angehabt hatte als ein Paar übergroße Badelatschen.

»Danke, das ist sehr nett. Wenn ich Zeit habe, probiere ich bestimmt alles aus.« Josie zog ein frisches Tempo aus der Handtasche und tupfte sich dezent die Nase ab. Schnäuzen konnte sie sich nachher immer noch.

»Na, dann wünsch ich dir viel Spaß an deinem ersten Arbeitstag.« Erik lächelte sie so strahlend an, dass es ihr das Herz wärmte. Wenn sie wegen Marius und der vergeigten Prüfung nicht so durch den Wind gewesen wäre, hätte jetzt sicher der eine oder andere Schmetterling in ihrem Bauch angefangen zu tanzen.

Doch ihre romantischen Anwandlungen waren bereits auf dem Weg zum Putzraum wieder verflogen. Am liebsten hätte sie sich in irgendeine Ecke verkrochen und vor allen Grausamkeiten der Welt versteckt. Doch das konnte sie sich nicht leisten. Wenn sie nun schon nicht Ärztin werden konnte, musste sie irgendwo anders ihr berufliches Fortkommen suchen. Und mangels sonstiger Angebote lag es nahe, dass sie eine Tätigkeit ausübte, die sie virtuos beherrschte.

6. Kapitel

Mit professioneller Gründlichkeit stellte sie das erforderliche Putzequipment zusammen. Niemand musste ihr sagen, welches Gerät sie für welche Fläche benutzen musste, in diesen Dingen kannte sie sich bestens aus. An der Wand des Putzraums hing außerdem ein detaillierter Reinigungsplan, in dem die Zeiten und die Reinigungsfrequenz für die einzelnen Räume und Geräte verzeichnet waren.

An den fünf Abenden in der Woche, die sie hier arbeitete, musste alles turnusmäßig geputzt und teilweise auch desinfiziert werden. Ihre Arbeitszeit ging von sieben bis zehn Uhr abends, mit der Option, dass sie auch bis elf bleiben konnte, wenn viel Betrieb war oder wenn besonders viel Schmutz anfiel, etwa im Winter. Außerdem konnte sie wahlweise samstags oder sonntags zum Putzen kommen, jeweils für zwei Stunden.

Im Umkleideraum traf sie auf Daisy, die dort Spinde inspizierte. Als sie Josie sah, schaute sie ein wenig säuerlich drein. »Ach, hallo. Fängst du heute an zu arbeiten?«

»Hallo. Ja, heute ist mein erster Tag.«

»Neulich hättest du mir ruhig sagen können, dass du die neue Putzkraft bist. Ich dachte, du bist ein neues Mitglied.«

»Ich dachte, dass das klar wäre.«

Daisy zuckte die Achseln, dann grinste sie breit. »Ben hat's mir hinterher erzählt. Dass du nur in die Sauna wolltest, um mit ihm über die Stelle zu sprechen.«

Josie spürte, wie sie errötete.

Daisy fing an zu kichern. »Und ich habe noch zu dir gesagt, du musst dich ausziehen, wenn du da reingehst! Das ist echt der Hammer.«

»Ja, das ist mit den meisten Missverständnissen so«, sage Josie bemüht höflich.

Daisy öffnete einen Schrank und zog ein blaues T-Shirt hervor. Sie warf es Josie zu. »Hier, ab heute deine Arbeitskleidung. Müssen alle Angestellten im Club tragen. Ist Vorschrift. Kannst dich gleich hier umziehen. Nimm ruhig einen der Spinde für dein Zeug.«

Josie nickte und wartete, dass Daisy ihrer Wege ging, doch die machte keine Anstalten, den Umkleideraum zu verlassen.

Was soll's, dachte Josie. Sie zog ihr T-Shirt aus und streifte das Club-T-Shirt über. Es umspannte ihren Oberkörper wie eine zweite Haut.

»Das ist viel zu eng«, beschwerte Josie sich.

»Für Damen gibt's nur eine Größe«, erklärte Daisy.

»Dann nehme ich ein Herrenhemd.«

»Die sind im Moment ausgegangen. Kommen erst nächsten Monat neu rein. Bis dahin muss es gehen. Außerdem passt es wie angegossen.«

»Das ist es ja«, murmelte Josie. Sie konnte sich in engen Oberteilen nicht ausstehen. Darin sah sie aus wie eine zweitklassige Schauspielerin auf dem Weg zu einem Casting – für eine Strandrolle in *Baywatch*.

»Josie ist übrigens ein witziger Name. Da gab's doch mal diesen Song von Peter Maffay. Wurde doch letztens erst neu aufgelegt. Da ging's um eine Jungfrau, die Angst vor ihrem ersten Mal hat. Glaube ich jedenfalls.«

»Daisy ist auch ein witziger Name«, sagte Josie. »Heißt so nicht die Verlobte von Donald Duck?«

»Eigentlich heiße ich Daniela«, sagte Daisy mit einem Hauch von Frost in der Stimme.

»Und ich Josefine.«

Damit waren sie wohl fürs Erste quitt, wie Josie fand. Wortlos machte sie sich an ihre Arbeit.

Nachdem sie mit der Damenumkleide fertig war, ging sie hinüber in den Herrenbereich, um dort weiterzumachen. Als sie die Tür aufmachte, fiel ihr der Schrubber aus der Hand und landete scheppernd auf dem Fußboden. Keine fünf Meter von ihr entfernt standen zwei Typen und unterhielten sich angeregt. Beide hatten sie ansehnliche Muskeln – am ganzen Körper. Auch an den Stellen, die normalerweise nicht zu sehen waren. Doch hier war ausnahmsweise alles bestens zu erkennen: Die beiden waren nackt, wie Gott sie erschaffen hatte – sah man von den allgegenwärtigen Badelatschen und den Handtüchern, die sie überm Arm hängen hatten, einmal ab. Anscheinend waren sie gerade unterwegs zu den Duschen oder wollten in die Sauna. Als sie Josie in der Tür stehen sahen, hörten sie auf zu reden und schauten interessiert herüber.

»Entschuldigung«, stammelte Josie. Linkisch klaubte sie den Schrubber vom Boden und zog sich, immer noch gebückt, auf den Gang zurück. Dort prallte sie prompt mit dem Hintern gegen ein Hindernis. Hektisch richtete sie sich auf, halb und halb in der Erwartung, ein weiteres männliches Clubmitglied im Adamskostüm angerempelt zu haben.

Doch es war nur Ben, und er war zum Glück vollständig angezogen.

»Guten Abend«, sagte er erfreut. Seine Blicke umfassten ihre gesamte Erscheinung, angefangen von ihren glühenden Wangen, ihrer geröteten Nase und *last, but not least* dem stramm sitzenden T-Shirt.

»Guten Abend«, erwiderte Josie verlegen.

Er deutete auf die Tür zum Umkleideraum. »Stimmt was nicht?«

»Ich wollte da gerade sauber machen. Aber … ähm, da war jemand.«

»Jemand?«

Josie räusperte sich. »Männer. Sie hatten nichts an.«

Ben zog die Brauen hoch. »Ach so. Na ja. Normalerweise hat sich noch nie jemand über die Anwesenheit von Reinigungskräften beschwert, aber falls es doch mal vorkommt, muss man natürlich Rücksicht nehmen.«

Josie war ehrlich genug, das richtig zu stellen. »Niemand hat sich beschwert. Ich wollte nur nicht stören.«

»Du störst nicht. Hier sind alle in solchen Dingen ganz zwanglos. Es ist klar, dass alle Räume täglich geputzt werden müssen, und da wir von sieben Uhr morgens bis elf Uhr abends geöffnet haben, ist es auch klar, dass das Saubermachen irgendwann in diesem Zeitraum stattfinden muss. Egal, ob jemand gerade ohne Hose dasteht oder nicht.«

»Ich dachte eigentlich, dass *du* für diesen Bereich zuständig bist.«

Ben zog fragend die Brauen hoch. »Für welchen Bereich?«

»Na, für den Männerbereich.«

»Eigentlich bin ich für alle Bereiche zuständig, das heißt für den ganzen Club.«

Also keine geschlechtsspezifische Arbeitsteilung. Josie registrierte es mit einem inneren Achselzucken. Fragte sich nur, weshalb es dann überhaupt getrennte Umkleideräume gab. Beziehungsweise eine männliche Reinigungskraft. Wenn Ben hier schon sauber machte, hätte es sich doch logischerweise angeboten, dass er die Umkleideräume und Duschen der Herren putzte. Sie hätte gerne darauf verzichtet, sich von nackten Männern bei der Arbeit zuschauen zu lassen. Wenn sie putzte, musste sie sich häufig bücken, um den Textilbezug des Schrubbers auszuwaschen. Dann spannte die Jeans. Von diesem komischen T-Shirt ganz zu schweigen. Sie würde die ganze Zeit nur daran denken können, ob vielleicht gerade einer von diesen nackten Typen hinter ihr stand.

Ben erriet, was sie dachte. »Ist es dir unangenehm?«

»Ja, ein bisschen schon. Ich fände es echt nett von dir, wenn du das für mich machen könntest. Dafür würde ich was von deinen Aufgaben übernehmen. Was machst du denn sonst noch hier? Was ich damit sagen will: Wir müssen uns ja sowieso absprechen, damit wir uns mit der Arbeit nicht ins Gehege kommen.«

Ben schaute ein wenig konsterniert drein, und Josie beeilte sich, ihre Bitte zu relativieren. »Nicht dass du glaubst, ich wollte dir in deine angestammten Bereiche reinpfuschen! Das ist überhaupt nicht meine Absicht, ganz im Gegenteil! Du bist ja schließlich schon viel länger hier als ich!«

Ben hob die Hand. »Warte. Dein Angebot war also Folgendes: Du möchtest, dass ich für dich die Herrenumkleide und -duschen putze, und zum Ausgleich dafür würdest du etwas von den Dingen tun, die ich sonst machen muss?«

»Ja, genau.« Josie hielt inne, dann setzte sie rasch hinzu: »Kommt natürlich ganz drauf an.«

»Worauf?«

»Wenn es irgendwas mit Technik zu tun hat, kenne ich mich nicht aus.« Josie war neugierig. »Was wäre es denn?«

»Na ja … Du hast gesagt, dass du Medizin studierst.«

Josie verkrampfte sich. »Noch, ja.«

Er richtete seine schlaksige Gestalt zur vollen Länge seiner schätzungsweise einsneunzig auf und blickte Josie erstaunt an. »Was ist passiert?«

Zu ihrer Bestürzung fühlte Josie, wie ihr die Tränen in die Augen schossen. Seit gestern hatte sie nicht ein einziges Mal geweint, doch jetzt brach es mit aller Gewalt aus ihr hervor. Ihr Kummer traf sie mit solcher Macht, dass sie den Schrubber abermals fallen ließ und sich an der Wand festhalten musste, weil sie fürchtete, sonst das Gleichgewicht zu verlieren.

Mit einer Hand stützte sie sich am Türpfosten ab, die andere hielt sie vor die schmerzende Nase, während sie unzusammenhängendes Gestammel von sich gab.

»Es war die Unterhose, die ich ihm zu Weihnachten geschenkt hatte! Sie war wahnsinnig teuer! Und mein Auto ist auch kaputt! Das heißt, es war schon vorher kaputt, aber jetzt ist es total kaputt! Und wieso musste die Leiche so ein Doppelkinn haben? Ich hätte bestimmt den *Nervus phrenicus* auch noch gefunden!« Josie holte keuchend Luft, doch das war nur der Auftakt für einen weiteren Gefühlsausbruch. Eine wahre Salve von harten Schluchzern stieg tief aus ihrer Brust auf und schüttelte sie förmlich.

Als Nächstes drückte sich ihre schmerzende Nase gegen eine männliche Brust, und sie fühlte sich von langen Armen umfangen. »Schsch«, murmelte Ben. »Ist ja gut. Ist gut.«

Josie konnte nicht aufhören zu weinen. »Es war nur ein winziges Fettklümpchen. Es hätte mich sonst wo treffen können! Oder etwa nicht?«

»Natürlich hätte es das«, antwortete Ben beruhigend.

Josie heulte laut auf, und aus einem Reflex heraus hob sie die Faust und schlug sie gegen Bens Brustkorb.

»Aber es ist genau in mein *Nasenloch* gespritzt!«

Er zuckte unter ihrem Fausthieb zusammen, lockerte aber seine Umarmung nicht.

»Das muss schrecklich gewesen sein.«

»Es war grau-en-haft.« Josies Schluchzer wurden allmählich leiser und verebbten zu einem trostlosen Weinen. Schließlich schniefte sie nur noch, den Kopf leicht gegen Bens Brust gelehnt. Dann wurde ihr bewusst, wo sie sich befand: In den Armen eines Mannes, den sie heute erst zum zweiten Mal sah. Na schön, er wusste, wie sie nackt aussah. Und er war ein Kollege von ihr, der zudem in derselben Branche arbeitete. Aber beides bot weder zusammen noch für sich allein betrachtet einen ausreichenden Grund dafür, dass er ihr mal eben bei ihrem Nervenzusammenbruch Gesellschaft leistete.

Josie trat einen Schritt zurück und wischte sich die Nase ab. Sie zuckte zusammen, weil es scheußlich weh tat.

»Tut mir Leid. Ich habe die Beherrschung verloren.«

Offenbar registrierte er ihre Distanziertheit, denn er reagierte mit einem sanften Scherz. »Das ist das Privileg der Frauen.«

Josie brachte ein missglücktes Lächeln zu Stande.

»Ich nehme an, du hast nicht viel von dem verstanden, was ich da eben gefaselt habe.«

»Nein, im Grunde gar nichts«, gab Ben zu. »Nur, dass du eine schwere Zeit durchmachst, weil dir einiges schief gelaufen ist.«

»Das trifft es ziemlich gut«, sagte Josie. Sie hob den Schrubber auf. »Dann will ich mich mal wieder an die Arbeit machen. Die bezahlen mich ja schließlich hier nicht fürs Flennen.«

»Jeder hat mal einen schlechten Tag.« Er hob die Hand, als Josie sich umdrehen wollte. »Warte. Wir wollten noch über unseren Arbeitstausch reden. Da gibt es was, worauf ich keinen besonderen Wert lege, weil es Zeit raubend ist und ziemlich langweilig.«

Josie lächelte unwillkürlich. »Noch Zeit raubender und langweiliger als Putzen?«

»So weit es mich betrifft: Ja.« Er grinste. »Aber ich kann natürlich nicht für andere sprechen.«

»Da bin ich ja gespannt.« Merkwürdigerweise fühlte sie sich mit einem Mal wesentlich besser als vorhin.

Es hatte gut getan, sich mal richtig auszuheulen. Ben war ein netter Bursche. Nicht einer von diesen goldblonden, breitschultrigen Brad-Pitt-Verschnitten, die einer Frau gefährlich werden konnten, sondern einfach nur ein zu groß geratener, schlaksiger, rothaariger Junge mit vielen Sommersprossen und höflichen Umgangsformen.

»Es geht um die medizinischen Eingangsuntersuchungen«, erläuterte er. »Jedes neue Mitglied wird von einem Sportarzt untersucht und getestet. Ist alles in der Aufnahmegebühr enthalten. Orthopädie, Herz-Kreislauf …«

»Ich bin Medizinstudentin, keine Ärztin«, fiel ihm Josie ins Wort.

»Weiß ich doch. Es geht ja auch nicht darum, dass du irgendwelche medizinischen Sachen machst. Dafür ist der Arzt zuständig. Der kommt zwei-, dreimal im Monat und führt die Untersuchungen durch. Dabei soll jemand vom Club anwesend sein, um die nötigen Angaben für den Trainingsplan aufzulisten.«

»Ich weiß nicht, ob ich das kann«, sagte Josie zweifelnd.

»Ist nichts dabei. Eigentlich nur reine Schreibarbeit. Pure Theorie.«

»Mit Theorien hatte ich eigentlich noch nie Probleme«, sagte Josie. »Eher mit der Praxis.«

»Ist alles eine Frage der Gewohnheit«, meinte Ben.

Als Josie gegen halb elf nach Hause kam, hatte sich Hanna bereits für die Arbeit umgezogen. Sie sah unschuldig und zugleich verrucht aus: weißer Spitzen-BH, weiße Strapse, weiße Seidenstrümpfe. Das Haar fiel ihr in glänzenden roten Wellen über die Schultern. Sie trug kein Make-up bis auf ein bisschen Lipgloss und sah keinen Tag älter aus als fünfundzwanzig.

Josie schwankte zwischen handfestem Ärger und Bewunderung, doch schließlich siegte der Ärger.

»Musst du dich eigentlich immer zu Hause schon aufbrezeln? Kannst du das nicht im Club machen?«

»Hier habe ich mehr Ruhe und kann besser ausprobieren. Make-up, Parfüm, Accessoires und so weiter.« Hanna verpasste sich noch eine Ladung *Emporio*. »Und keine Sorge, Tobi schläft schon. Außerdem zieh ich mir was drüber, das mache ich schließlich immer, oder?« Sie zupfte an ihren Strapsen. »Heute feiern wir eine Jungfrauenparty. Da tun alle Frauen so, als wär's für sie das erste Mal.«

»Na, wenn das nicht der Tipp des Tages ist«, sagte Josie mit ätzender Ironie. »Simulierte Defloration, und dazu ganz in Weiß.«

»Dein Medizinerlatein kannst du dir sparen«, versetzte Hanna ärgerlich. »Ich weiß gar nicht, warum du dich so anstellst. Ich habe dich und Tobi weiß Gott nicht zu verklemmten Menschen erzogen. Keine Ahnung, warum du so prüde bist. Du kannst anscheinend nicht das kleinste bisschen Spaß verstehen!«

»Nicht, wenn meine Mutter aussieht wie eine Kreuzung aus Lady Chatterley und Fanny Hill.«

Hanna war sauer. »Diese Weiber kenne ich nicht, aber ich merke schon, dass du mal wieder deine bessere Schulbildung raushängen lassen willst. Du solltest dabei bloß nicht vergessen, wer dir das ermöglicht hat, mein Schatz.«

»Darauf pfeife ich doch, wenn du dich dafür wie

eine Nutte aufführen musst! Und ich nehme mal an, dass du dieses Vokabular besser verstehst.«

»Pass auf, du bist noch nicht zu alt für eine Ohrfeige!« Hanna verschränkte wütend die Arme vor dem wogenden Busen, als hätte sie Angst, die Hand könne ihr ausrutschen. »Karlheinz und ich sind ausschließlich für das Ambiente zuständig, das ist im *4you2* Geschäftsprinzip! Nur, weil ich mich passend für eine Mottoparty anziehe, heißt das noch lange nicht, dass ich da mitmache! Und für Karlheinz gilt haargenau dasselbe! Ich hoffe, ich habe mich da klar ausgedrückt! Solche Dinge tun wir lieber in unseren eigenen vier Wänden!«

Und zwar so, das jeder es hören kann, fügte Josie im Stillen hinzu. Niedergeschlagen und erschöpft ließ sie den Kopf hängen. Ihr Blick fiel dabei zwangsläufig auf den Fußboden – und auf die Schuhe, die Hanna anhatte. Sie gehörten Josie. Es waren die weißen Pumps, die sie zuletzt bei den Seckbachs zum Abendessen getragen hatte. Josie musste automatisch an Marius denken. Sie schluckte heftig, um die aufsteigenden Tränen zu unterdrücken. Wie hatte er ihr das antun können! Während sie für das blöde Testat gepaukt hatte, hatte er mit Agnes die Matratze eingeweiht! Und ihre eigene Mutter ging in einen Swingerclub, auf eine Mottoparty, und sie trug dazu Josies Klamotten! Und in ihrem Zuhause stapelten sich die Habseligkeiten eines mittellosen Zuhälters!

Josies Nase juckte und brannte. Sie spürte, wie der nächste Heulanfall nahte. Es war nur noch eine Sache von wenigen Sekunden. Anscheinend war heute der Tag der großen Nervenkrisen. Die Tränen kamen ihr bereits auf dem Weg in ihr Zimmer. Blindlings stolperte sie zum Bett, wo sie mit einem handfesten Weinkrampf zusammenbrach.

»Ich war sowieso gerade fertig«, sagte Karlheinz, »Hanna und ich müssen eh jetzt los.«

Josie fuhr hoch, das Gesicht tränenüberströmt. Karlheinz saß in der Ecke vor seinem PC.

»Raus«, sagte sie.

Er beeilte sich, ihrer Aufforderung Folge zu leisten. »Mach du halt den PC nachher aus«, rief er beim Verlassen des Zimmers. Josie schnappte sich ein Kissen von dem kunstledernen Sofa und schleuderte es gegen die Tür, um Karlheinz' Abgang zu beschleunigen. Danach überließ sie sich ihrem Kummer.

Nach einer halben Stunde ausgiebigen Heulens fühlte sie sich geringfügig besser, bis auf den Umstand, dass ihre Nase zur Größe einer Tomate angeschwollen war und auch ungefähr dieselbe Farbe hatte. Josie sagte sich, dass sie mit dem exzessiven Schnäuzen aufhören musste. Eine Woche lang konnte sie so tun, als hätte sie Schnupfen, doch wenn sie länger mit einer roten Nase herumlief, würden die Leute ihr womöglich Schlimmeres unterstellen.

Vorsichtig tupfte sie das Naseninnere – vornehmlich das rechte Nasenloch – mit einer desinfizierenden Lösung aus, danach cremte sie die gerötete Haut sorgfältig ein, wobei sie sich eisern vornahm, bis zum nächsten Tag kein Taschentuch mehr anzurühren. Sie zog sich aus, putzte die Zähne und legte sich ins Bett, doch der Schlaf wollte sich nicht einstellen, obwohl sie sich vollkommen zerschlagen fühlte. Nach einer

Weile bemerkte sie, dass Karlheinz' PC noch lief. Der Monitor hatte sich auf Standby-Modus geschaltet, doch das grüne Lämpchen am Rechner zeigte, dass alle Systeme betriebsbereit waren.

Josie stand fluchend auf, um den Rechner auszuschalten, doch als sie mit der Maus gerade den Befehl *Computer herunterfahren* anklicken wollte, zögerte sie. Im Prinzip war sie überhaupt nicht müde. Wenn sie schon hier saß und einen superschnellen Rechner zur Verfügung hatte, konnte sie ebenso gut bis zum Einschlafen noch eine Viertelstunde surfen.

Sie fragte ihr E-Mail-Konto ab und löschte alles, was an Junk-Mails und Newsletters eingegangen war. Dann klickte sie müßig ein paar interessante medizinische Seiten an, die als Tagestipps in der Zeitung genannt worden waren.

Bei einem bekannten Server stieß sie schließlich auf den Link zu einem neu eingerichteten Singletreff. Ohne groß nachzudenken, klickte sie ihn an und fand sich auf der Startseite eines Chats wieder. Sie lächelte unwillkürlich, weil sie an Fritz und seine Eskapaden denken musste. Die einzelnen Räume des Chats waren nach Kategorien unterteilt. Es gab Bereiche für Leute ab vierzig, für Studenten, für Sportler, für erotisch Interessierte, für Leseratten, für Kinofans, für Dicke ... Die Auswahl war frappierend groß. Außerdem gab es eine geografische Einteilung für diejenigen Chatter, die darauf aus waren, jemanden aus ihrer Region kennen zu lernen. Und dann gab es noch die interessante Rubrik *Verlassen*.

Josie klickte den Bereich sofort an und wurde aufgefordert, sich einen *nickname* zuzulegen, bevor sie den Raum betrat. Sie dachte nach, doch ihr fiel beim besten Willen nichts ein. Die anderen Teilnehmer, die sich bereits zum Chatten versammelt hatten, konnten teilweise mit ausgesprochen klangvollen Namen aufwarten. Da gab es eine *queen mary*, ein(e) *goldeneye*, einen *shakespeare*. Der letzte Teilnehmer hieß schlicht und ergreifend *kurz*, was in Josie sofort eine Assoziation an etwas auslöste, was Berit geäußert hatte.

Spontan trug Josie für sich den Namen *herzlos* ein und gesellte sich per Mausklick zu der virtuellen Gesprächsrunde.

Im Dialogfenster reihten sich die Gesprächsbeiträge untereinander, doch für Josie ergab der sichtbare Ausschnitt nicht den geringsten Sinn. Auf den ersten Blick war nicht zu erkennen, worum es ging. Es war so, als hätte sie irgendein Zimmer betreten, in dem vier Leute saßen, die gerade mitten in einer Unterhaltung steckten.

goldeneye: ja, damit komme ich auch nicht so gut klar
queen mary: bei den alten geräten war das einfacher
shakespeare: frauen und technik *sfg*
queen mary: bist du etwa einer von der sorte? *böse guck*
kurz: hi herzlos
queen mary: hi herzlos
shakespeare: hi herzlos
goldeneye: hi herzlos

Josie blinzelte. Anscheinend war *sie* gemeint! Probeweise tippte sie etwas in das Eingabefeld.

`hi ihr alle`

Im Dialogfenster wurde automatisch ihr nickname dazugesetzt. Nun stand dort:

herzlos: hi ihr alle

Offenbar hatte sie den richtigen Ton getroffen. Die anderen beachteten sie nicht weiter und setzten ihre Unterhaltung fort. Nach ein paar Sätzen erkannte Josie, dass es um verschiedene Handymodelle ging. Dabei konnte sie schlecht mitreden, da sie kein Handy besaß.

Wieso hielten sich diese Leute im Raum *Verlassen* auf, wenn sie über Handys reden wollten? Oder waren ihre Handys kaputt, und sie fühlten sich deswegen verlassen?

kurz: bist du so herzlos wie dein nick?

Aha. Damit war wieder sie gemeint. Offenbar ein netter Versuch, sie in die Unterhaltung einzubeziehen. Was sollte sie jetzt schreiben? Nach kurzem Überlegen tippte Josie:

herzlos: bin durch dich auf den nick gekommen
kurz: durch mich?
herzlos: freies assoziieren

shakespeare: bitte nicht mit fremdwörtern schmeißen *stöhn*, habe schon drei bierchen intus
goldeneye: also kurz und herzlos - wie bei kurz und schmerzlos. klingt doch witzig
kurz: war es als scherz gedacht, herzlos?
herzlos: bin nicht gerade zum scherzen aufgelegt
queen mary: sind wir hier alle nicht, herzlos
herzlos: seid ihr alle verlassen?
goldeneye: mehr oder weniger. und du, warst du die herzlose oder bist du die verlassene?
herzlos: von allen guten geistern verlassen
kurz: *lol*
herzlos: was bedeutet das?
kurz: ?
herzlos: was du eben geschrieben hast
goldeneye: wer?
herzlos: kurz
shakespeare: bist du ein chatneuling, herzlos?
herzlos: bin zum ersten mal hier
queen mary: goldeneye oder shakespeare?
shakespeare: ich nicht, muss gleich mal kurz bier wegbringen *rülps*
goldeneye: ich war beim letzten mal dran
kurz: ok, ich mach's

Josie blinzelte verdutzt. Die Unterhaltung schien plötzlich eine unerwartete Wendung genommen zu haben, deren Sinn ihr indessen völlig entgangen war. Hatte sie etwas verpasst?

kurz: bin mal eben pc mit herzlos
shakespeare: cu later
kurz: herzlos, gehen wir ins separée?

Josie wurde nervös. Was war jetzt schon wieder los? Sie blickte nicht mehr durch. Und was zum Teufel hatte es mit dem Separée auf sich? Wollten diese Typen denn immer nur das eine? Dafür gab's doch den Erotikchat, oder nicht? Besser, sie stellte gleich klar, dass sie für solche Dinge nicht zu haben war. Ein paar Begriffe aus Fritz' Chatvokabular waren ihr noch im Gedächtnis haften geblieben.

herzlos: ich mache aber keinen cs
queen mary: *lol*, pass gut auf, kurz, sonst bist du am ende noch kürzer

Als Nächstes tat sich auf dem Monitor ein neues Fenster auf. Die übrigen Gesprächsteilnehmer waren verschwunden, nur *kurz* und *herzlos* waren noch als Chatter angegeben.

kurz: jetzt sind wir im separée. keine sorge, ich tue dir nix. will dir nur ein paar sachen zum chat erklären. haben die anderen für mich auch gemacht, als ich neu hier reinkam

herzlos: bin eigentlich durch zufall hier

kurz: ich auch. die meisten kommen per zufall in den chat

herzlos: kannst du mir die komischen kürzel erklären?

kurz: klar, dafür sind wir ja hier. frag alles, was dir einfällt

herzlos: pc?

kurz: privatchat

herzlos: cu?

kurz: kürzel für see you. bedeutet: ich seh dich später irgendwann

herzlos: lol?

kurz: laughing out loud

herzlos: sfg?

kurz: sehr fettes grinsen. gibt dafür auch die vergleichbaren kürzel *gg*, *g*, oder *fg*, oder man nimmt die smiley-zeichen

herzlos: aha. jetzt bin ich schlauer. danke

kurz: gern geschehen. darf ich dich was fragen?

herzlos: klar

kurz: bist du m. o. w?

Josie stutzte und grinste dann. Männlich oder weiblich. Richtig, das ließ sich ihrem Namen nicht entnehmen.

herzlos: w. und du?

kurz: m

herzlos: *g*
kurz: schnell gelernt. noch eine frage. wie alt bist du?
herzlos: 22, und du?
kurz: 27
herzlos: und auch verlassen?
kurz: ja, aber schon ne weile her, fünf monate
herzlos: und vorher wie lange zusammen?
kurz: drei jahre
herzlos: war sicher schwer
kurz: ziemlich. große liebe. viele gemeinsame erinnerungen. zuletzt sogar gemeinsame wohnung. drei wochen nach dem einzug hat sie einen anderen kennen gelernt
herzlos: tut mir leid für dich
kurz: und du? seit wann alleine?
herzlos: seit vorgestern. gemeinsame zeit: fast sechs monate. schluss: drei tage vor dem einzug in die gemeinsame wohnung
kurz: das ist hart. noch ganz frisch alles, oder?

Josie seufzte abgrundtief, aber sie fühlte sich bei weitem nicht so mies wie vorhin, als sie noch versucht hatte, einzuschlafen. Sie verspürte eine seltsame Wärme in ihrem Inneren, es war fast so, als ob sie sich zum ersten Mal seit langer, langer Zeit vollständig von jemandem verstanden fühlte. Dieses virtuelle Gespräch löste eine Empfindung von Vertraulichkeit und Nähe in ihr aus, obwohl sie den Typen am anderen Ende überhaupt nicht kannte. Er konnte dick oder dünn, klein oder groß, hübsch oder hässlich, picklig oder bärtig sein – hier im Chat hatte er kein Gesicht, er war einfach nur ein freundlicher, mitfühlender Zeitgenosse.

Spontan tippte sie ihre nächste Frage.

herzlos: wie bist du auf deinen nick gekommen?
kurz: so aus jux. bin in wahrheit ziemlich groß. in der schule haben sie dann oft gesagt: da kommt der kurze. daher der nick
herzlos: aha. kommst du jeden tag her?
kurz: nicht so oft wie am anfang, aber ab und zu schon. schau immer mal rein, wer da ist
herzlos: ihr kennt euch alle hier, oder?
kurz: ein paar schon, da sagt man dann gerne mal hallo und redet ein paar takte. im grunde ist es aber so, dass die leute hier nicht nur jammern wollen, sondern auch wieder neuen anschluss suchen. ab und zu werden real dates ausgemacht, und bei manchen hat's sogar richtig gefunkt. im prinzip ist es ein single-chat wie viele andere auch, bloß dass manche ganz schön was hinter sich haben
herzlos: es ist sicher nett, unter gleich gesinnten zu sein

kurz: ja, das hilft gut über die erste schlimme zeit. manche sind ganz unten. wieder andere schaffen es ziemlich schnell aus dem tal der tränen

herzlos: und du - hast du es schon geschafft?

Danach wartete Josie gespannt auf die Antwort von *kurz*, doch es passierte nichts. Zuerst glaubte sie, er hätte vielleicht abgeschaltet, doch dann erkannte sie, dass die Verbindung zur Website abgestürzt war. Sie war drauf und dran, den Chat erneut anzuwählen, doch dann warf sie zufällig einen Blick auf die Uhr und erschrak. Es war schon nach eins! Sie hatte über eine Stunde im Internet zugebracht! Morgen früh um acht fing die erste Vorlesung an! Wenn sie nicht die Hälfte davon im Tiefschlaf erleben wollte, musste sie zusehen, dass sie noch eine Mütze voll Schlaf bekam.

Mit einem vagen Gefühl des Bedauerns schaltete Josie den Computer aus und ging ins Bett.

7. Kapitel

Die Vorlesung am nächsten Morgen verlief wie immer. Josie konnte gut folgen, der Stoff fiel ihr leicht. Noch ein Grund mehr, sich über ihr Versagen in der praktischen Anatomie zu ärgern.

In der Pause ging sie mit Berit in die Caféteria. Berit spendierte Josie ein Stück Kuchen.

»Zucker ist gut für die Nerven. Das kannst du jetzt dringend brauchen. Tu dir auch ruhig welchen in den Kaffee.« Prüfend schaute sie Josie an. »Wie bist du heute so drauf? Emotional, meine ich.«

Josie hob die Schultern. »Nicht besonders.« Sie deutete auf ihre Nase. »Sieht man doch, oder? Anscheinend war es ein echtes Trauma. Ich kann nicht aufhören, sie zu putzen. Ich seh schon aus wie dieses Rentier mit der roten Nase. Wie hieß es gleich?«

»Rudolph«, sagte Berit. »Du solltest unbedingt deswegen noch mal zu Klaus. Es muss sowieso dringend was passieren bis zum nächsten Testat. Du kannst es noch packen.«

Josie winkte ab. »Ich wüsste nicht, wie das gehen soll.«

»Vielleicht hat Klaus ja schon eine Idee.«

»Ich geh wieder hin«, sagte Josie. »Aber ich verspreche mir nicht viel davon.«

»Abwarten. Wenn einer dir helfen kann, dann Klaus.«

Bei einer zweiten Tasse Kaffee ließ Berit sich dann haarklein von Josies erstem Abend im Fitnessclub berichten. Als Josie von den nackten Männern erzählte, wurden Berits Augen kugelrund. »Du meinst, sie standen einfach da, ohne alles, und es hat ihnen nichts ausgemacht, dass du da putzen wolltest?«

Josie zuckte die Achseln. »Ben hat gesagt, dass da alle ganz zwanglos sind. Anscheinend stimmt es. Später habe ich dann in der Sauna sauber gemacht, da laufen alle nackt rum. Frauen und Männer.«

»Und sie halten sich kein Handtuch davor?«

»Die meisten nicht. Ich habe allerdings nicht so genau hingeschaut.«

Berit grinste. »Aber du warst angezogen, oder?«

Josie musste kichern. »Was dachtest du denn.«

Berit runzelte die Stirn. »Hattest du den Eindruck, dass manche von den Männern ein kleineres Ding hatten als die anderen?«

»Ich habe nicht nachgemessen.«

»Meinst du, ich könnte vielleicht auch mal da rein?«

»Klar. Wieso nicht. Es gibt sogar Schnupperangebote. Ein Monat für dreißig Euro. Du kannst alle Kurse, Geräte und die Sauna ausprobieren und kriegst sogar eine persönliche Trainingsberatung. Und du könntest dir in aller Ruhe jeden Schwanz angucken, der da spazieren getragen wird.«

»Das wäre vielleicht mal ein ganz neuer Ansatz«, sagte Berit nachdenklich. »Ich meine, es wäre zumindest eher realitätsbezogen als die Habituationsübungen, die ich jetzt mache.«

»Wenn du willst, kannst du mal mit hingehen, dann zeige ich dir alles.«

Berit war sofort Feuer und Flamme. »Ich glaube, ich habe irgendwo noch ein funkelnagelneues, superschönes Saunalaken!«

Nachmittags kümmerte Josie sich um die Entsorgung ihres dahingeschiedenen Panda. Sie hatte den Händler, bei dem sie den Wagen vor zwei Jahren gekauft hatte, überreden können, sich mit ihr an Ort und Stelle zu treffen und einen Blick auf den Wagen zu werfen.

Er setzte sich hinein und versuchte ihn anzulassen, so wie schon Josie am Vorabend. Josie stand neben dem geöffneten Seitenfenster auf der Fahrerseite und schüttelte den Kopf.

»Das können Sie sich schenken. Der macht keinen Piep mehr.«

Es tuckerte und ratterte – und dann sprang der Wagen an.

Josie war völlig perplex. »Das gibt's nicht!«

»Frauen und Technik«, sagte der Händler.

Josie hielt einen Protest für angebracht. »Ich habe dasselbe gemacht wie Sie eben.«

»Vielleicht fehlt Ihnen einfach das richtige Feeling dafür.«

Josie musste es achselzuckend zur Kenntnis nehmen. Schließlich gab es auch andere Dinge, für die ihr das richtige Feeling abging – zum Beispiel dafür, eine Leiche zu sezieren.

Der Händler verlangte fünfzig Euro, war aber bereit, das Geld auf die anfallenden Reparaturkosten anzurechnen.

»Ich will den Wagen gar nicht reparieren lassen«, sagte Josie.

Der Mann deutete auf die Frontpartie des Panda. »So können Sie nicht fahren. Der rechte Scheinwerfer ist hin. Der Blinker geht auch nicht. Und die Stoßstange ist völlig im Eimer.«

»Was würde mich die Reparatur denn in etwa kosten?«

Der Händler kratzte sich den Schädel. »Dreihundert Euro wäre das absolute Minimum.«

Josie fing an zu rechnen. »Und was würde ich bekommen, wenn ich ihn an Sie verkaufe?«

»Hundert Euro. Weil Sie 'ne gute Kundin sind und weil Sie den Wagen bei mir gekauft haben.«

»Na gut. Aber nur, wenn Sie ihn gleich mitnehmen. Und ich möchte das Geld sofort.«

»In Ordnung.« Der Händler zückte seine Brieftasche und zählte Josie fünf Zwanziger auf die Hand.

Josie fand, dass sie unterm Strich ein ausgezeichnetes Geschäft gemacht hatte. Genau genommen hatte sie auf einen Schlag vierhundertfünfzig Euro verdient. Fünfzig, weil sie dem Typ nichts fürs Herkommen hatte zahlen müssen. Dreihundert, weil sie auf die Reparatur verzichtet hatte. Und zu guter Letzt einen Hunderter *cash* für den Verkauf.

Zufrieden marschierte sie los. Ihre Freude über das gute Geschäft sollte sich noch steigern, denn ein paar Sekunden später hörte sie ein Geräusch, das ihr bekannt vorkam: das kraftlose Tuckern eines altersschwachen Motors, der nicht anspringen wollte, begleitet von den farbenprächtigen Flüchen des Händlers.

Josie beeilte sich, vom Schauplatz des Geschehens zu verschwinden, bevor der Typ womöglich auf die

Idee käme, den Kauf rückgängig machen zu wollen. Bevor sie um die Ecke bog, warf sie rasch einen hoch zufriedenen Blick über die Schulter zurück. Anscheinend hatte das Glück sie doch nicht völlig verlassen!

Kaum war ihr dieser Gedanke gekommen, als eine Stimme direkt vor ihr sagte: »Hallo, Josie. Wie geht's?«

Josie fuhr herum. »Marius«, entfuhr es ihr. Sie konnte nichts dagegen tun, dass ihre Stimme zitterte. Genau so wie ihre Hände und ihre Knie. Sie sagte sich, dass es einfach daran lag, dass er so überraschend hier aufgetaucht war. Es war ihre eigene Schuld, dass sie nicht mitbekommen hatte, wie sein Porsche vorgefahren war, weil sie dummerweise über die Schulter nach hinten geschaut und sich diebisch über ihr tolles Geschäft gefreut hatte. Das war ein Fehler gewesen. Kleine Sünden bestrafte der liebe Gott bekanntlich sofort.

»Alles klar?«, fragte er.

»Ja, sicher«, log Josie. »Mir geht's prima. Könnte gar nicht besser sein.«

Er sah so gut aus wie immer. Hoch gewachsen, das goldblonde Haar leicht zerzaust, die Augen so veilchenblau, dass es schon fast unwirklich aussah. Und wie üblich trug er nur teure Klamotten. Funkelnagelneue Levis Jeans, Elchlederjacke von Boss, Schuhe von irgendeinem italienischen Edeldesigner. Josie hatte ihn noch nicht in den Sachen gesehen. Sie stellte sich vor, wie Elisabeth ihrem einzigen Sohn ein paar Tausender in die Hand gedrückt hatte, damit er sich mit einem netten Shoppingnachmittag über die

Trennung von seiner Freundin hinwegtrösten konnte. Eine Vorstellung, die Josies Zorn weckte.

»Sag mal«, wollte sie wissen, »was hast du eigentlich deinen Eltern wegen uns beiden erzählt?«

Marius zuckte die Achseln. »Dass wir uns gekracht haben und dass Schluss ist. Irgendwas musste ich ja sagen.«

»Und was ist mit Agnes?«

»Na ja.« Seine Wangen färbten sich eine Schattierung dunkler.

Josie holte tief Luft. »Sag nur, sie wohnt schon bei dir!«

Er wand sich. »Schau, sie ist ein sehr lieber Mensch, ich mag sie wirklich gern, und außerdem …«

»Putzt sie gut«, fiel Josie ihm mit tonloser Stimme ins Wort. Agnes war mit ihm zusammengezogen! Knall auf Fall! Die eine raus, die andere rein. Damit war es endgültig. Amtlich sozusagen. Wenn es vorher noch einen winzigen Rest Hoffnung gegeben haben sollte, so hatte die sich jetzt mit einem Schlag verflüchtigt. Er wollte sich weder bei ihr entschuldigen noch hielt er es für nötig, seine Eltern über die näheren Umstände der Trennung zu informieren. Wozu auch, wo doch gleich die Nächste parat stand, die ihm die Wohnung putzte und es im Stehen mit ihm trieb, wenn ihm danach war!

Josie rang um Fassung, doch das war alles andere als einfach. Wieso, um alles in der Welt, hatte sie sich eingebildet, einen Typ zu lieben, der sich benahm wie die Axt im Walde? Und, was viel entscheidender war: Wenn die Liebe nur Einbildung gewesen war – wieso tat es dann jetzt noch weh? Zugegeben, die

Hälfte ihrer niederschmetternden Gefühle bestand aus Wut. Aber die andere Hälfte schmerzte.

Marius musterte Josies Nase. »Hast du sehr viel geweint?«

»Überhaupt nicht«, erwiderte Josie wütend. »Ich habe zufällig Schnupfen.«

»Na, dann wünsche ich dir gute Besserung.«

»Danke«, sagte Josie. »Und tschüs.« Mit hoch erhobenem Kopf wandte sie sich zum Gehen.

»Sekunde mal«, rief Marius. »Wir müssen noch über den Schaden reden.«

Josie blieb stehen und drehte sich zu ihm um. »Schaden? Ach, darüber machst du dir ja früh Gedanken! Das hättest du dir vielleicht ein bisschen eher überlegen sollen, bevor du mit Agnes auf die Matratze gehüpft bist! Dir muss doch völlig klar gewesen sein, was dabei rauskommt!« In ihrer Wut wurde Josie lauter. »Aber Männer merken solche Dinge ja immer erst dann, wenn der Schaden schon angerichtet ist!«

»Ich meinte nicht diesen Schaden, sondern den an meinem Wagen.«

Josie glaubte, nicht richtig gehört zu haben. »*Was*?«

»Du, das ist ein teures Modell. Ich habe schon einen Kostenvoranschlag eingeholt. Für die Reparatur muss ich knapp zweitausend hinblättern. Beziehungsweise natürlich *du*, weil du mir ja reingefahren bist.«

Das verschlug Josie nachhaltig die Sprache.

Marius lächelte verbindlich. »Das heißt, du musst es selbstverständlich nicht persönlich bezahlen, sondern deine Versicherung. Dafür sind die ja da. Du musst es bloß melden. Wenn dir das zu lästig ist, kann das auch mein Anwalt erledigen, dann sparst du dir die Arbeit. Ist eine reine Formalität.«

»Tu, was du für richtig hältst«, sagte Josie schroff. »Sorry, ich muss los. Mach's gut.« Sie wollte nur noch weg von hier.

»Wiedersehen«, rief Marius ihr nach.

Josie schaffte es gerade noch um die Ecke, dann kamen ihr auch schon die Tränen.

Ein paar Tage später war Berit so weit, ihr Vorhaben in Sachen Sauna in die Tat umzusetzen. Mit dem Wagen ihrer Mutter holte sie Josie am frühen Abend ab. Während der Fahrt zum Fitnessclub ließ sie Josie an ihrem Erfahrungsschatz in Sachen Trennungen teilhaben. Josie hatte in den letzten drei Jahren zwei feste Freunde gehabt, Berit im selben Zeitraum acht.

»Ist doch völlig logisch, dass du nicht weißt, was du fühlen sollst. Letzte Woche hast du ihn noch geliebt. Wie kannst du ihn da diese Woche schon hassen? Du musst das emotional doch erst mal verarbeiten! Das dauert!«

Josie war gereizt und niedergeschlagen. »Es hat mir doch beim letzten Mal auch nichts ausgemacht!«

Vor Marius war sie mit Jonas zusammen gewesen. Die Beziehung hatte sich nach einem knappen halben Jahr totgelaufen. Irgendwann hatten sie sich einfach nicht mehr verabredet. »Von Jonas bist du ja auch nicht abserviert worden«, sagte Berit.

»Von Marius doch auch nicht!«

»Doch«, widersprach Berit. »Er *hat* dich abserviert, da gibt's kein Vertun. Er hat's mit einer anderen getrieben, und du hast ihn auf frischer Tat ertappt.

Wenn ihm wirklich was an dir liegen würde, hätte er versucht, es auszubügeln. Hat er aber nicht. So ist es nun mal, und du musst es akzeptieren.«

Josie starrte schweigend vor sich hin.

»Mach bloß nicht den Fehler, ihm hinterherzuheulen«, ermahnte Berit sie. »Auch wenn du jetzt vielleicht glaubst, nie wieder so einen tollen Typen wie ihn zu finden. Jetzt sage ich dir mal ganz deutlich, wie ich ihn einschätze: Er ist eine Mischung aus Mistkerl und Flachwichser.«

»Danke, dass du mir das jetzt sagst.«

»Vorher hättest du es mir sowieso nicht geglaubt. Außerdem habe ich dir schon ein paar Mal gesagt, du sollst ihn in den Wind schießen.«

Das konnte Josie schlecht abstreiten. »Ich habe gedacht, dass ich ihm wirklich was bedeute.«

»Vergiss ihn einfach.«

»Ja, klar«, sagte Josie sarkastisch, »ich schnippe einmal mit den Fingern, und schwups, habe ich ihn vergessen.«

»Das wird schon. Außerdem war er wirklich nichts Besonderes. Okay, er fährt Porsche, sieht toll aus und hat jede Menge Geld. Aber dafür braucht er zum Sex nur drei Minuten und vögelt alles, was ihm vor die Flinte läuft. Da dürfte sich die Frage nach dem Für und Wider ja wohl gar nicht erst stellen.«

Josie weigerte sich, einen Kommentar dazu abzugeben, zumal es auf der Hand lag, das Berit völlig Recht hatte. In diesen Dingen war ihre Freundin mit einer messerscharfen Logik ausgestattet. Sie vertrat eine Theorie, derzufolge es lediglich vier Kategorien von Männern gab: Mistkerle, Flachwichser, Weicheier und nette Typen. Sie durchschaute sie alle, und zwar innerhalb kürzester Zeit. Sie würde nie den Fehler machen, sich mit einem Mistkerl oder Flachwichser einzulassen. Ein Weichei mochte ja noch angehen, aber auch hier setzte Berit klare Grenzen. Wenn sie erst anfingen, einen anzupumpen oder darauf warteten, dass man ihnen was kochte, war der Ofen aus.

»Ich gebe dir mal einen kostenlosen freundschaftlichen Rat«, sagte Berit aufgeräumt, während sie den Wagen auf dem Angestelltenparkplatz des Fitnessclubs abstellte. »Such dir sofort einen Neuen und geh mit ihm ins Bett. Nur mal so, zum Vergleich. Dann hast du diesen Porschefahrer nächste Woche schon vergessen.«

»Das musst ausgerechnet *du* sagen.«

»*Ich* arbeite an meinem Problem«, gab Berit ungerührt zurück. »Zum Beispiel heute Abend. Während du den Schrubber schwingst. Und du selber solltest dich auch mal umschauen.« Sie ließ sich von Josie die Tür aufhalten.

»In diesem Laden sollte doch mindestens ein toller Typ rumlaufen, der für dich infrage kommt, oder?«

Als Nächstes fiel ihr Blick auf einen sehr groß gewachsenen, sehr gut aussehenden, sehr muskulösen, sehr braun gebrannten Mann, der rücklings auf einer Hantelbank lag und keuchend ein immens schweres Gewicht auf- und niederwuchtete.

»Mein Gott, wer ist dieser blonde Gott?«, flüsterte Berit ehrfürchtig.

»Erik.«

»Lieber Himmel, er heißt sogar, wie er aussieht! Ist er einer von diesen Typen, die jede Menge Muckis, aber null Gehirn haben?«

»Er ist mein Chef. Ihm gehört der Laden hier. Und er will expandieren.«

Berit befeuchtete sich die Lippen. »Nennt man das so, was er da gerade macht?«

»Nein, ich meine geschäftlich. Er macht demnächst einen zweiten Fitnessclub auf.«

»Dann muss er auch ein Gehirn haben.«

»Er hat sogar mal drei Semester studiert.«

»Was denn, Sport?«

»Nein, Informatik.«

Berit war entzückt. »Dann hat er nicht nur ein Gehirn, er kann es auch benutzen. Kannst du mich mit ihm bekannt machen? Ich glaube, du hast soeben ein neues Mitglied für diesen Club geworben. Ich will ihn fragen, ob er mein persönlicher Trainer sein kann. Ist er nett?«

»Er ist sehr nett«, gab Josie widerstrebend zu. Irgendwie fand sie es unpassend, dass Berit sich aufführte, als hätte sie seit Jahren keinen Mann mehr gesehen. Josie räusperte sich und fügte hinzu: »Wahrscheinlich ist sein Ding so groß wie eine Salatgurke.«

Das ließ Berit nicht gelten. »Es heißt ja, dass Männer, die viel Bodybuilding machen, an anderer Stelle manchmal richtige Schrumpfteile haben.«

»Du kannst ihn ja fragen«, sagte Josie. »Er kommt gerade rüber.«

Erik hatte das Gewicht zur Seite gelegt und näherte sich ihnen mit kraftvollen Schritten. Josies Herz tat einen kleinen Hüpfer, als er sie anlächelte. Er sah wirklich *sehr* gut aus! Und seine Augen waren viel blauer als die von Marius, von einem tiefen, stählernen, bezwingenden Blau. Anscheinend hatte Berit es auch gesehen.

»Oh«, machte sie schwächlich.

»Hi«, sagte Erik.

»Hi«, sagten Josie und Berit einstimmig.

Erik lächelte Berit zu. »Habe ich dich hier schon mal gesehen? Ich bin Erik.«

»Das ist Berit«, stellte Josie ihre Freundin widerstrebend vor. »Sie will sich hier mal alles ansehen.«

»Vor allem die Sauna«, sagte Berit. »Und dieses Ding, an dem du da gerade trainierst hast, sah auch sehr interessant aus. Meinst du, du kannst mir das mal zeigen?«

Er bedachte sie mit seinem hinreißenden Lächeln. »Das ist für den Anfang vielleicht nicht so ganz geeignet. Ich zeig dir aber gern mal ein paar andere Geräte.«

»Gern«, hauchte Berit, die bei dem Wort *Geräte* die Augen verstohlen auf Eriks Hosenstall richtete. Josie folgte ihren Blicken. Viel war dort nicht auszumachen, aber das lag natürlich daran, dass er eine von diesen weiten Schlabberhosen trug, die zwar ein Maximum an Bewegungskomfort boten, aber dafür auch ohne jegliche Passform am Körper hingen.

Josie fragte sich, wieso es sie auf einmal störte, dass Berit mit Erik flirtete. Und warum es ausgerechnet in diesem Moment von solcher Bedeutung für sie war, dass Berit größer und schlanker war als sie selbst. Berits Haar musste nicht mühsam auf Papilloten gedreht werden, um an Fülle zu gewinnen. Es lockte sich ohne jedes Zutun zu einer gefälligen, honigbraunen, schulterlangen Mähne, die unweigerlich alle männlichen Blicke auf sich zog. Außerdem hatte Berit einen reizenden kleinen Busen. Sie hatte niemals ein Problem damit, einen hübschen, passenden BH zu finden, der weder zwickte noch drückte.

»Komm mit, ich zeig dir die Umkleidekabine«, sagte Josie.

»Ach, geh du nur schon mal alleine vor, ich lasse mir hier noch ein paar Sachen von Erik vorführen.« Berit lächelte Erik von unten herauf an. »Das heißt natürlich nur, wenn du gerade mal fünf Minuten Zeit hast.«

»Aber klar.« Erik erwiderte das Lächeln, dann sagte er zu Josie: »Fang ruhig schon mit der Arbeit an, ich zeig deiner Freundin alles.«

Josie rang sich ein Nicken ab und trollte sich. Ihr Ärger steigerte sich noch, als ihr auf der Treppe Daisy entgegenkam. »Du hast gestern Abend den Kloreiniger in der Damentoilette nicht runtergespült. Heute früh hat sich eine von den Kundinnen beim Pinkeln den Hintern verätzt.«

»Das Zeug bringt mehr, wenn es auch mal über Nacht einwirkt«, erklärte Josie. »Abgesehen davon habe ich es nicht auf die Klobrille getan, sondern nur in die Schüssel. Ich frage mich, wie es ihr da den Hintern verätzen kann. Ist sie in die Kloschüssel gefallen oder was?«

»Was auch immer. Jedenfalls hat sie sich bei Ben beschwert.«

»Na, dann kann *er* ja mit mir drüber sprechen.«

»Ich wollt's dir nur schon mal sagen. Für den Fall, dass er's vergisst. Er hat oft ziemlich viele andere Dinge im Kopf. Deshalb sage ich es dir jetzt. Damit du beim nächsten Mal dran denkst, abzuziehen. Ach ja«, fügte Daisy hinzu, schon im Weggehen begriffen, »und denk auch dran, regelmäßig die Spinde auszuwischen. Das steht nämlich nicht auf dem Plan. Ist bei der Auflistung der Reinigungsarbeiten vergessen worden.«

»Ich werde mir Mühe geben«, sagte Josie schlecht gelaunt. Daisy war offenbar nicht gerade der Sonnenschein vom Dienst. Wenn es etwas zu meckern gab, war sie augenblicklich zur Stelle. Und obwohl sie im Club offiziell als Trainerin beschäftigt war, schien sie sich nebenberuflich auch zum *Cleaning Manager* berufen zu fühlen – allerdings ohne selbst Hand anzulegen.

Obwohl Josie der Meinung war, ihre Laune könne für heute kaum tiefer sinken, musste sie kurz darauf erkennen, dass durchaus noch eine Steigerung zum Schlechten hin möglich war.

Als sie in der Damenumkleide den Boden wischte, kam ihre Mutter aus der Dusche.

»Oh, hallo Schätzchen«, sagte Hanna strahlend. »Das ist ja nett, dass wir uns hier treffen!«

Josie fand es weniger nett. Sie war im Augenblick nicht besonders gut auf ihre Mutter zu sprechen. Heute früh, als Josie ins Bad wollte, hatte Hanna gerade geduscht – zusammen mit Karlheinz. Hinterher hatten Unmengen von Karlheinz' Haaren im Ausguss gehangen. Außerdem waren wieder mal Pissflecken auf der Klobrille gewesen.

»Hallo, Mama«, sagte sie höflich.

»Na, macht dir die Arbeit Spaß? Hast du schon ein bisschen Anschluss gefunden? Sie sind alle so nett hier, stimmt's? Vor allem Erik. Ist er nicht ein süßer Junge?«

Darauf gab Josie keine Antwort. Hanna war nackt bis auf ein schmales Handtuch, das sie sich um die Hüften geschlungen hatte, und auch das ließ sie völlig ungeniert fallen, nachdem sie ihren Spind aufgeschlossen hatte.

Josie schnappte nach Luft, als sie Hannas nackten Hintern sah. »Was ist *das* denn?«

Hanna drehte sich um. »Was? Ach so, das. Habe ich mir vorgestern machen lassen. Sieht cool aus, oder?«

»Mama, du bist zweiundvierzig«, sagte Josie verzweifelt.

»Mein Arsch fühlt sich aber keinen Tag älter an als dreißig«, erklärte Hanna vergnügt. »Außerdem ist es nur ein kleines Tattoo. Es gibt viel größere.«

Josie fand es groß genug. Es prangte unübersehbar direkt auf dem Steißbein, ein verschlungenes, orientalisch wirkendes Muster ohne erkennbaren Bezug zur Realität.

»Wie geht's dir momentan sonst so?«, wollte Hanna wissen. »Hast du dich wieder ein bisschen abgeregt?«

Verdrossen fragte Josie sich, wie sie es jemals schaffen sollte, sich abzuregen, wenn ihre Mutter bei jeder nur denkbaren Gelegenheit alles nur Mögliche tat, um die Grundfesten ihrer gesamten Weltanschauung zu erschüttern.

Hanna rieb sich mit einer duftenden Bodylotion ein. »Ich muss dir ehrlich sagen, dass ich ziemlich froh bin wegen Marvin.«

»Meinst du Marius?«

Hanna nickte.

»Froh?«, vergewisserte Josie sich fassungslos.

»Ja, ganz ehrlich.« Hanna schlüpfte in ihre Spitzenunterwäsche. Den BH hatte Josie sich letztes Jahr von ihrem Weihnachtsgeld gekauft. Hanna betastete ihre Brüste. »Mhm. Ich muss sagen, dieses Ding … wie heißt das Gerät gleich? Ach ja, *Chestpress*. Das bringt's wirklich. Es ist eine Wahnsinnsschinderei, man ist hinterher absolut groggy. Aber es wirkt. Ich habe richtige Supertitten davon gekriegt.«

In diesem Moment ging Daisy vorbei. Sie lächelte kühl. »Hi, Josie. Machst du Pause?«

»Nein, sie redet nur mal kurz mit ihrer Mutter«, sagte Hanna.

Daisy blieb der Mund offen stehen. »*Das* ist deine Mutter?«

Josie wäre am liebsten im nächsten Mauseloch verschwunden, doch natürlich gab es in dieser nahezu antiseptischen Stätte keine Schädlinge, die größer gewesen wären als eine mikroskopisch winzige Fußpilzspore. Abgesehen natürlich von Daisy, der Laus im Pelz, die im Augenblick keine Anstalten machte, weiterzugehen.

Josie besann sich auf ihre Höflichkeit. »Mama, das ist Daisy. Sie arbeitet hier.«

»Weiß ich doch. Ich mach ja Powerstepp bei ihr. Hi, Daisy. Schönen Abend noch.«

»Danke gleichfalls.« Daisy ging ein paar Schritte weiter, blieb aber dann vorn bei dem großen Spiegel neben der Türe stehen und gab vor, ihre Frisur in Ordnung zu bringen.

»Der Kerl war einfach nichts für dich«, setzte Hanna die vorhin unterbrochene Unterhaltung fort. »Er ist einer von den Typen, die eine Frau nur ausnutzen. Glaub mir, ich habe für so was ein Auge.«

»Ja, klar«, sagte Josie. »Man muss sich ja im Moment nur mal bei uns zu Hause umsehen.«

»Hör mir mal zu«, sagte Hanna scharf. »Ich weiß wahrhaftig nicht, warum du dir diese ganzen Vorurteile über Karlheinz in den Kopf gesetzt hast. Aber ich garantiere dir, dass mindestens neunzig Prozent von dem, was du dir über ihn zurechtgereimt hast, falsch ist.«

»Dann kannst du ihm ja vielleicht sagen, dass er die restlichen zehn Prozent mal von der Klobrille wischen soll«, versetzte Josie. Ungnädig ließ sie ihre Mutter stehen und setzte ihre Putzarbeit fort.

Als sie später das Treppenhaus wischte, begegnete sie Ben. Er stand auf einer Klappleiter und schraubte an der Abdeckung des Ventilationsschachts herum.

Er freute sich offensichtlich, Josie zu sehen.

»Guten Abend. Alles in Ordnung?«

»Na ja«, sagte sie.

»Das klingt nicht gerade überzeugend.« Er stieg von der Leiter. »Keinen guten Tag gehabt?«

»Durchwachsen.«

»Wieder Stress in der Anatomie?«

Josie schauderte kurz, dann verdrängte sie entschieden den Impuls, nach einem Taschentuch zu suchen. Ich habe es im Griff, beschwor sie sich. Ich darf jetzt nur nicht dran denken, dann geht es mir gut!

Doch spätestens nächste Woche würde sie sich wieder mit der Thematik befassen müssen. Dann stand die nächste Anatomiestunde auf dem Programm. Fraglich war nur, was dabei herauskommen würde.

»Nein, in der Uni war heute alles in Ordnung.« Bevor er fragen konnte, was bei ihr schief gelaufen war, fügte sie rasch hinzu: »Und was macht bei dir das Studium?«

Ben verzog das Gesicht. »Ach, im Moment gibt's viel zu tun. Ich schreibe an meiner Abschlussarbeit und hänge oft die halbe Nacht rein, um weiterzukommen.«

»Dann solltest du vielleicht nicht so viel hier im Club arbeiten.«

»Das sagt sich so leicht. Aber ich kann Erik nicht einfach mit allem allein hängen lassen. Geschäft ist Geschäft, und außerdem ist er mein Freund.«

Josie war beeindruckt. Offensichtlich war er ein Mensch, der seine Verpflichtungen ernst nahm. Erik konnte sich glücklich schätzen, so einen Freund und Angestellten zu haben.

Neugierig betrachtete sie ihn. Er war schlank und kräftig, aber bei weitem nicht so muskulös wie Erik oder einer der anderen Instruktoren. »Du trainierst hier gar nicht an den Geräten, oder?«

Er zog die Nase kraus, was seine zahlreichen Sommersprossen betonte. »Seh ich so schmächtig aus?«

Josie wurde rot. »Nein, ich wollte damit nicht sagen … Also nicht dass du denkst, ich würde …«

»Ich halte mehr von Sport an der frischen Luft«, fiel Ben ihr lächelnd ins Wort. »Ich geh oft zum Joggen.« Er blickte auf seine Armbanduhr. »Bist du heute gut in der Zeit?«

Josie zuckte die Achseln. »Wenn du die Männerduschen für mich putzt – ja.«

»Na, dann komm mit. Ich lade dich zu einem Vitamindrink ein.«

Josie runzelte zweifelnd die Stirn. »Ich weiß nicht … Eigentlich steht mir während meiner Arbeitszeit keine Pause zu.«

»Ach, das sieht hier keiner so verbissen.«

»Aber wenn Erik …«

»Erik ist vorhin mit deiner Freundin in die Sauna gegangen, eine Runde schwitzen.«

Das versetzte Josie einen Stich. Anscheinend war ihr der Ärger anzumerken, denn Ben fragte: »Stimmt was nicht?«

»Nein, nein«, versicherte Josie eilig. »Alles in Ordnung.«

Sie gingen nach unten und setzten sich in das Bistro. Es war ein Bestandteil der Haupthalle, aber durch viele Grünpflanzen von den Trainingsbereichen abgetrennt. Ben winkte der Bedienung, und sie bestellten zwei große Vitamindrinks.

»Und wie ist deine Meinung von deinem neuen Job bisher?«, fragte Ben. »Gefällt es dir hier in dem Laden?«

»Im Großen und Ganzen schon.« Josie ließ ihre Blicke schweifen und erblickte just in diesem Moment Daisy, die in der Halle aufgetaucht war und Teilnehmer für das stündlich stattfindende Bauchtraining zusammentrommelte. Als sie Ben und Josie im Bistro sitzen sah, wurde ihr Gesichtsausdruck säuerlich.

»Mist. Sie hat mich gesehen. Jetzt wird sie mir noch mehr Ärger machen.«

»Ach wo. Sie spielt sich gerne ein bisschen auf, aber im Grunde ist sie ganz okay.«

»Wolltest du mir nicht noch was sagen?«

Ben wirkte überrascht. »Nicht, dass ich wüsste. Was denn?«

»Na ja. Die Sache mit dem Klo …«

Er lachte. »Du liebe Zeit!« Dann setzte er mit gespielter Strenge hinzu: »Ja, ganz recht, das geht natürlich auf keinen Fall. Frau Strehlitz, wenn sich derartige Vorfälle wiederholen, müssen wir hier sehr ernsthaft über eine Abmahnung nachdenken. Eine solche würde natürlich zwangsläufig auch Eingang in Ihre Personalakte finden und müsste auch in Ihrem Zeugnis erwähnt werden. Nur zu Ihrer Information: Falls Sie darauf hoffen, in Ihrem künftigen Berufsleben Fortschritte zu erzielen, sollten Sie eins immer beachten.«

Er machte eine Pause.

»Was denn?«, wollte Josie kichernd wissen.

Er blickte sie ernst an. »Ziehen Sie ab.«

Sie prustete vor Lachen, und er stimmte fröhlich mit ein.

Die Bedienung kam mit den Getränken, und sie verbrachten eine weitere Viertelstunde mit vergnügtem Geplänkel, bis Josie sich mit schlechtem Gewissen wieder an die Arbeit machte.

Sie fand es angebracht, zwischendurch mal in der Sauna nach dem Rechten zu sehen. Schließlich war es nicht nur in Putzfrauenkreisen bekannt, dass in warmer, feuchter Umgebung besonders viele gesundheitsschädliche Keime gedeihen. Es konnte nicht schaden, zwischendurch mal rasch dort aufzuwischen.

8. Kapitel

An diesem Abend herrschte in der Sauna reger Betrieb. Die anwesenden Frauen störten Josie nicht im Geringsten, doch der Anblick so vieler unbekleideter Männer war gewöhnungsbedürftig. Allein in den Duschräumen tummelten sich fünf von ihnen. Drei weitere saßen auf den gefliesten Bänken und nahmen ein heißes Fußbad. Einer lag auf der Liege und las Zeitung. Immerhin trug der einen Bademantel. Die anderen dafür nichts. Josie war förmlich erschlagen angesichts der vielen nackten Tatsachen. Sie gab sich cool und fuhrwerkte lässig und gekonnt mit ihrem Gummischieber herum, während sie mit dezenten Seitenblicken nach Berit oder Erik Ausschau hielt. Die beiden waren nirgends zu sehen, also waren sie wohl gerade in der Kabine und schwitzten. Unauffällig schrubbte Josie sich bis an die Holztür heran und lugte durch die Sichtscheibe.

Die Bänke waren voll besetzt, doch Erik war jemand, der nicht so leicht zu übersehen war. Er saß in der unteren Reihe, mit aufgestellten, locker gegrätschten Beinen. Die Ellbogen auf die Knie gelegt, unterhielt er sich – mit Berit, die eine Bankreihe höher auf dem Rücken lag, und zwar so, dass sie einen perfekten Blickwinkel zwischen Eriks prachtvolle Schenkel hatte. Was immer es da zu sehen gab – Berit *hatte* es gesehen. Allerdings gab ihr Gesichtsausdruck keinen Aufschluss darüber, ob das Objekt ihrer Wissbegierde ihr zusagte oder nicht.

Dann stand Erik auf – und Josie sah es selbst. Sie musste schlucken. Das Vorurteil, wonach muskelbepackte Männer an anderer Stelle stark zu wünschen übrig ließen, bestätigte sich nicht immer. Jedenfalls nicht in Eriks Fall. Er war bestens bestückt.

Berit erhob sich ebenfalls von ihrer Bank, schnappte sich ihr Handtuch und folgte Erik zur Tür. Josie wich zur Seite, als die beiden herauskamen.

»Oh, hallo, so sieht man sich wieder«, sagte sie.

»Ja, tatsächlich, die Welt ist manchmal klein.« Erik hatte definitiv einen netten Sinn für Humor. Er lächelte Josie an. Nackt und von zahlreichen Schweißperlen übersät, sah er noch besser aus als sonst. Als er unter die Dusche ging, erhaschte Josie einen Blick auf seinen Hintern.

Mann, dachte sie. Sie versuchte, an Marius zu denken, daran, wie sein Hintern ausgesehen hatte. Sie konnte sich nicht recht daran erinnern.

Berits erhitztes Gesicht versperrte ihr die Sicht. »Na, alles mitgekriegt?«

Josie stützte sich auf ihren Schrubber. »Ja, war ja nicht zu übersehen. Ich würde sagen, der ist eine Nummer zu groß für dich.«

Berit schob eigensinnig das Kinn vor. »Das ist die Frage. Ich würde sagen, er stellt eine echte Herausforderung dar. Wenn ich es mit ihm tun kann, würde es mit jedem anderen auch gehen. Du hast selbst gesagt, dass ich es unbedingt mal wieder ausprobieren muss. Warum dann nicht mit dem süßesten Typen, der mir in der letzten Zeit über den Weg gelaufen ist?«

Josie starrte ihre Freundin an. Berit starrte zurück.

»Du bist selber scharf auf ihn«, sagte Berit verblüfft.

»So ein Quatsch! Ich doch nicht!« Es war Josie herausgerutscht, bevor sie nachdenken konnte.

»Na, dann ist es ja gut. Ich hätte kein gutes Gefühl dabei, einen Typ anzugraben, auf den du ebenfalls stehen würdest. Das fände ich ziemlich unfair, vor allem im Moment, wo du doch dringend den Reinfall mit Marius überwinden musst. Aber dafür wirst du schon irgendeinen anderen finden, oder?«

»Ja, klar.« In diesem Moment meinte Josie es genauso, wie sie es gesagt hatte. Wenn Berit diesen Typ unbedingt wollte – bitte sehr. Erik war ein attraktiver Bursche, aber Josie war weit davon entfernt, ihm willenlos verfallen zu sein. Sie mochte ihn, und wenn nicht ausgerechnet ihre beste Freundin hinter ihm her gewesen wäre, hätte sich vielleicht etwas mit ihm ergeben können. Aber unter diesen Umständen konnte sie auch darauf verzichten. Es gab keinen vernünftigen Grund, warum sie Berit in die Quere kommen sollte. Der Reinfall mit Marius war sowieso noch ziemlich frisch. Vielleicht sollte sie sich einfach mehr Zeit geben, bevor sie sich in die nächste Affäre stürzte, sonst kam sie am Ende noch vom Regen in die Traufe.

»Sind wir uns da wirklich einig?«, wollte Berit stirnrunzelnd wissen.

»Logisch«, bekräftigte Josie.

»Na, was habt ihr zwei Süßen denn hier zu tuscheln?«, wollte Erik wissen, der gerade zurückkam, frisch geduscht, immer noch nackt – und immer noch verheerend attraktiv.

»Ach, nichts Wichtiges«, sagte Berit. »Komm, du wolltest mir doch den Saunagarten zeigen. Vielleicht können wir uns auch ein bisschen in die Sonne legen.«

Damit waren die Grenzen wohl eindeutig abgesteckt. Trotz ihres heldenmütigen Verzichts fühlte Josie sich eigentümlich enttäuscht, als sie an diesem Abend nach Hause ging.

Die restliche Woche verlief ereignislos. Josie schwänzte die Übungen in praktischer Anatomie. Irgendwann würde sie in diesem Punkt eine Entscheidung treffen müssen, doch momentan war sie noch nicht so weit.

Abends ging sie ins Fitnesscenter zum Putzen und gewöhnte sich rasch an die neue Arbeit. Bis auf Daisy, die ewig etwas zum Nörgeln fand, waren alle sehr nett zu ihr. Vor allem Erik und Ben. Die beiden hatten immer ein Scherzchen auf den Lippen, wenn sie an ihnen vorbeikam.

An einem Abend der folgenden Woche war Tobi noch auf, als Josie heimkam. Er hockte in seinem Zimmer vor Karlheinz' Fernseher und führte sich einen martialischen Hongkong-Schinken zu Gemüte. Es lief gerade eine Kampfszene, in der viele lebenswichtige Körperteile ebenso vielen gut gezielten, wuchtig ausgeführten Schwerthieben zum Opfer fielen.

»Du solltest längst im Bett sein, es ist schon nach halb elf.«

»Ja ja«, sagte Tobi gelangweilt.

»Hast du für die Englisch-Arbeit gelernt? Denk dran, wenn du die auch noch versiebst, kannst du es ganz vergessen. Mit einer Fünf in Latein, Chemie und

Englisch ist das Jahr gelaufen, dann hilft auch keine Nachprüfung mehr.«

»Ja ja.«

»Manchmal denke ich, es ist dir völlig egal, ob du kleben bleibst.«

Tobi gab nur ein unartikuliertes Brummen von sich, das alles Mögliche heißen konnte, angefangen von *Du kannst mich* bis hin zu *Ja ja.*

»Hat Mama dir noch was zum Abendessen gemacht, bevor sie zur Arbeit gegangen ist?«

»Hm.«

Josie nahm ihm die Fernbedienung aus der Hand und drückte den Aus-Knopf.

»Was hatte sie an? Ich meine, wie war sie zurechtgemacht?«

Jetzt musste er notgedrungen zuhören. »Was?«

»Welche Klamotten hatte Mama an?«

Er zuckte die Achseln. »Keine Ahnung. Einen Mantel glaube ich. Wieso, hast du Angst, dass sie wieder irgendwas von dir angezogen hat?«

»Ach nein, nur so.« Josie atmete erleichtert auf. Sie lebte in der ständigen Sorge, Tobi könnte herausfinden, womit seine Mutter ihre und seine Brötchen verdiente. Doch bislang hatte er glücklicherweise noch nichts davon bemerkt. Falls er sich überhaupt schon Gedanken darüber gemacht hatte, ging er vermutlich davon aus, dass Hanna in einer Art Kneipe jobbte.

»Jetzt mach mal Schluss hier und geh schlafen«, mahnte sie ihren Bruder. »Und wenn du unbedingt noch aufbleiben musst – lerne ein paar Vokabeln. Am Sonntag üben wir wieder Latein, ja? Und tu mir bitte einen Gefallen: Dusch dich mal wieder.«

Diesmal klang sein Brummen eindeutig ablehnend.

Josie ging in ihr Zimmer und setzte sich sofort an den PC. Sie wählte sich ins Internet ein und ging auf dieselbe Chatseite wie gestern.

Sie klickte auf den Raum *Verlassen.* Von den Teilnehmern, die sie gestern dort gesehen hatte, waren heute nur *goldeneye* und *shakespeare* anwesend. Josie empfand eine schwache Enttäuschung, weil *kurz* nicht da war. Es standen noch ein paar andere Namen auf der Teilnehmerliste. Einer nannte sich *schlechtdrauf*, ein anderer *gutn8*, ein Dritter *dreams.* Josie entdeckte auch eine Profilleiste, wo nähere Angaben über die Chatter verzeichnet waren. Über *goldeneye* stand zum Beispiel dort: `m., 31, auf zu neuen ufern`, und bei *dreams* war zu lesen: `w., uralt, hässlich, zu tode betrübt.`

Ja ja, dachte Josie, die Verlassenen hatten's nicht leicht. Davon konnte sie schließlich auch ein Liedchen singen. Zumindest hatte sie jetzt keine Probleme mehr mit dem Chatten, sie wusste, wie es funktionierte. Über sich selbst tippte sie in die Profilleiste: `w., 22, schon fast wieder auf den beinen`

Und dann konnte es losgehen mit dem Chatten!

herzlos: guten abend ihr alle
goldeneye: hi herzlos *freu*
shakespeare: hi du herzlose, wie geht es dir heute?
herzlos: danke, gut, und selbst?
shakespeare: → *sich schmerzenden kopf hält* noch total erledigt von der letzten nacht, war ein bier zu viel

gutn8: hi herzlos
herzlos: hi gutn8, hi schlechtdrauf
shakespeare: schlechtdrauf ist mit dreams pc

Aha. Inzwischen wusste Josie ja, was das bedeutete. Die beiden unterhielten sich in einem privaten Fenster, in das die anderen keinen Einblick hatten.

In diesem Moment erschien ein weiterer Teilnehmer auf der Liste: *kurz*.

Josie löschte den Beitrag, den sie gerade eintippen wollte, und schrieb:

herzlos: hi kurz *freu*
kurz: hi herzlos *knuddel*

Während Josie die nicht minder freundlichen Begrüßungen der anderen las, fühlte sie sich von demselben warmen Gefühl durchströmt wie gestern. Ja, mehr noch: Sie spürte eine fast alberne Freude über *kurz'* Erscheinen.

Sie verfolgte eine Weile das seichte Geplänkel der anderen Chatter und trug ebenfalls die eine oder andere Bemerkung bei, dann wandte sie sich direkt an *kurz*.

herzlos: wir waren mit unserer Unterhaltung nicht fertig geworden, kurz
kurz: ja, das war ein blöder absturz, und als ich wieder reinkam, warst du weg ☹

Danach öffnete sich ein neues Fenster, genau wie gestern, und Josie fand sich in einem Privatchat wieder.

kurz: ich darf doch, oder?
herzlos: wie hast du das gemacht?
kurz: ?
herzlos: dieses fenster?
kurz: doppelklick auf deinen namen
herzlos: aha. anscheinend lerne ich doch immer noch was dazu
kurz: wär ja schrecklich, wenn's anders wär *g*
herzlos: danke übrigens für all deine erklärungen
kurz: aber immer doch
herzlos: darf ich dich mal was fragen?
kurz: auch immer
herzlos: hast du dich schon mal mit frauen aus dem chat getroffen?
kurz: → *sich verlegen den kopf kratzt* ja, einmal
herzlos: und wie war das *neugier*, worüber habt ihr euch unterhalten?
kurz: keine ahnung. das heißt, ich weiß, worüber sie gesprochen hat. ich bin nicht zu wort gekommen *gg*
herzlos: daraus darf man wohl schließen, dass du keine geschwätzigen frauen magst ☺
kurz: kommt glaube ich ganz drauf an, worüber sie reden. in diesem

speziellen fall hatte sie nur ein thema: ihr ex, und das war SEHR ergiebig. am ende wusste ich alles über ihn. wie oft und wie lange er konnte, wie oft er frische unterwäsche anzog, wie oft er sich lieber die sportschau als sie anschaute, wie oft er ohne sie in die kneipe ging. ich glaube, sie hat nicht mal bemerkt, dass ich da war ☹ ☹

herzlos: vielleicht bist du ja in wahrheit so klein, dass man dich leicht übersehen kann ☺

kurz: uups, vielleicht hätte ich meine hohen schuhe anziehen sollen?? mist, das vergess ich immer, wenn ich mich mit tollen frauen verabrede

Josie musste unwillkürlich kichern. Dieser Typ war wirklich witzig!

kurz: he, weißt du was mir gerade auffällt?

herzlos: ?

kurz: ist echt nett, mit dir zu chatten

Das fand Josie auch. Sie mochte diesen Typ auf Anhieb – und das, obwohl sie so gut wie nichts von ihm wusste. Der ganze Ärger, den sie im Laufe des Tages gehabt hatte, war plötzlich sehr weit weg. Als hätte sich alles in einem anderen Leben zugetragen. Sie schrieb:

herzlos: → *rot wird* dito
kurz: danke für die blumen. aber: hey, woher willst du wissen, dass ich dir nicht nur deshalb komplimente mache, weil ich bloß auf das eine aus bin?

Josie grinste breit. Sie fühlte sich mit *kurz* auf einer Wellenlänge. Er nahm sie hoch, aber auf eine Art, die ihr gefiel.

herzlos: *g* verstehe, was du meinst. du könntest theoretisch ein irrer serienkiller sein, der darauf steht, frauen aus dem chat abzumurksen. und mit deinen komplimenten wiegst du sie in sicherheit - bis zum ersten real date *laut um hilfe schreie* …
kurz: → *augen rollt und mit dem rasiermesser rumfuchtelt* …
herzlos: *sfg* machst du eigentlich abends noch was anderes als chatten?
kurz: klar. schlafen. lesen. und arbeiten
herzlos: arbeiten? abends? was denn?
kurz: ich bin geschäftsführender gesellschafter von einer firma
herzlos: wow, das klingt beeindruckend
kurz: ist halb so wild. ein fitnessclub, nichts weiter

Josie starrte die Antwortzeile auf dem Monitor an. Geschäftsführender Gesellschafter eines Fitnessclubs? in diesem Moment schrieb *kurz* den nächsten Satz.

kurz: obwohl das demnächst noch mehr wird, wenn erst der zweite laden aufmacht

Josie hielt ungläubig die Luft an. Solche Zufälle konnte es unmöglich geben, oder?

kurz: he, noch da? oder habe ich wieder standbild?

Josie beeilte sich, eine belanglose Antwort zu tippen:

herzlos: bin noch da, kam nur gerade jemand rein

Das war das Praktische beim Chatten. Man konnte lügen, dass sich die Balken bogen, und niemand merkte es.

kurz: wohnst du nicht alleine? *rasiermesser wetze* ...

Josie lachte laut auf. Rasch tippte sie:

herzlos: nein, bei meiner mutter. ich habe übrigens ganz vergessen, dich zu fragen, in welcher stadt du wohnst

Das war, so fand Josie, eine überaus geschickt eingeflochtene Frage.

kurz beantwortete sie denn auch umgehend, und als Josie den Namen der Stadt im Fenster auftauchen sah, stieß sie mit einem pfeifenden Geräusch den angehaltenen Atem aus. Am anderen Ende dieses Chats hing niemand anderer als der blonde Tarzan aus dem Fitnessclub. Der Mann, auf den auch ihre beste Freundin ein Auge geworfen hatte. Der Mann, der so hieß, wie er aussah: Erik.

Josie fühlte sich von reiner Euphorie durchflutet! Er war es! Nur mit Mühe konnte sie sich auf die Fortsetzung der Unterhaltung konzentrieren. Sie chatteten noch eine Weile weiter, doch nicht mehr über private Dinge, sondern über allgemeine Themen. Tagespolitik, Musik, Internet, Urlaubsreisen, Kunst, Kinofilme – *kurz*, oder besser: Erik, konnte in allen Bereichen mit fundierten Kenntnissen aufwarten. Mit seiner freundlichen Art, seinen differenzierten Betrachtungen und seinem unerschöpflichen Sinn für Humor zog er Josie völlig in seinen Bann.

Irgendwann, sehr spät in der Nacht, kamen sie dann doch zum Ende, obwohl Josie sich wünschte, nie mehr aufhören zu müssen. Immer wieder sah sie ihn vor sich. Seine blauen Augen, das goldene Haar, den göttlichen Körper. Erik, dachte sie benommen.

Nachdem sie sich ausgeloggt hatte, stolperte sie steifbeinig ins Bett. Der Schlaf wollte sich lange nicht einstellen, und als sie dann doch endlich wegdämmerte, wurde sie von unglaublich realistischen Träumen heimgesucht. In einem davon saßen Berit und Erik in der Sauna. Berit hielt ein Maßband an Eriks edelstes Körperteil und pfiff anerkennend durch die Zähne. »Du bist der Größte«, beschied sie ihn, wobei schwer zu sagen war, ob sie damit Erik oder sein Gemächte meinte.

»Dann lass es uns versuchen, Baby«, meinte Erik mit azurblau funkelnden Augen.

Josie musste hilflos zusehen, wie die beiden an Ort und Stelle, mitten auf der Saunabank, zur Tat schritten. Berit litt weder unter Übelkeit noch Vaginismus. Im Gegenteil. Sie gab dieselben Geräusche von sich, die Hanna zu produzieren pflegte, wenn sie von Karlheinz beglückt wurde.

Während Josie sich an ihrem Schrubber festklammerte und auf das gnädige Ende wartete, tauchte von irgendwoher Marius auf, Arm in Arm mit Agnes. Er trug ein gönnerhaftes Lächeln zur Schau und zeigte mit spitzem Finger auf Berit und Erik.

»So ist es bei Agnes und mir auch immer. Sie hat jedes Mal einen Orgasmus. Sie gehört nämlich zu den zweikommafünf Prozent aller Frauen, die problemlos innerhalb von neunzig Sekunden zum Höhepunkt gelangen.«

Mit einem Laut des Entsetzens fuhr Josie hoch. Sie tastete nach dem Schrubber, doch der war verschwunden. Trotzdem dauerte es eine Weile, bis sie merkte, dass sie sich nicht in einer Sauna befand, sondern in ihrem Bett.

Danach wälzte sie sich noch lange schlaflos herum.

Am nächsten Morgen erlebte sie beim Frühstück die übliche Darbietung. Karlheinz und Hanna knutschten wie die Teenager und konnten die Finger nicht voneinander lassen. Leicht beklommen fragte Josie sich, ob sich zwischen den beiden womöglich etwas Ernsteres entwickelte. So hatte ihre Mutter sich noch nie aufgeführt, jedenfalls nicht, soweit Josie sich erinnern konnte. Die meisten Typen, die Hanna mit nach Hause gebracht hatte, waren zu schnell wieder verschwunden, um einen bleibenden Eindruck zu hinterlassen.

Das Buch über Sadomasochismus hatte Hanna mittlerweile völlig durchgearbeitet. Gewissenhaft hatte sie Kapitel für Kapitel studiert und erst gestern davon gesprochen, dass sie nun über alles Bescheid wisse. Damit war sie jetzt vermutlich so etwas wie eine ausgebildete Domina. Zumindest in der Theorie. Was die praktische Seite betraf, so hatte Josie sich bisher darüber keine Gewissheit verschaffen können. Aber das war ohnehin ein Punkt, über den sie nicht näher nachdenken wollte.

Stattdessen ärgerte sie sich über die unzähligen Pinkelflecken, die sie auch an diesem Morgen wieder auf der Klobrille fand. Josie warf nur einen Blick darauf und räumte das Feld. Lieber ging sie in der Uni auf die Toilette. Da hatte sie wenigstens die Gewissheit, dass nur Frauen sie benutzten, und bei denen durfte sie getrost davon ausgehen, dass sie sich zum Pinkeln hinsetzten.

Zu allem Überfluss war ihre Uhr stehen geblieben; die Batterie hatte den Geist aufgegeben. Josie verpasste den Bus und musste auf den nächsten warten. Sie kam zehn Minuten zu spät zur Vorlesung, was ihr einen strafenden Blick des Dozenten eintrug, als sie in den Saal gehuscht kam und sich rasch irgendwo auf einen freien Platz am Ende einer Bankreihe setzte. Berit traf sie erst in der Vorlesungspause. Sie begrüßten einander, dann stellte Josie die unvermeidliche Frage: »Und, wie war's gestern Abend noch so mit Erik?«

Berit fing sofort an zu schwärmen und konnte kaum noch damit aufhören. »Ach, er ist toll. Er sieht nicht nur gut aus, sondern ist auch ein erfolgreicher Geschäftsmann. Habe ich dir schon erzählt, dass er demnächst expandieren will? Er will ein zweites Studio aufmachen.«

»Das habe *ich* dir erzählt«, warf Josie ein.

Berit ließ sich nicht aus dem Konzept bringen. »Außerdem ist er höflich und freundlich und weiß wahnsinnig viel über Muskelaufbau.«

»Und sonst?«

»Wie und sonst?«

»Wie ist er sonst so?«

»Inwiefern?«

»Im Bett«, sagte Josie unverblümt.

»Tja, so weit sind wir natürlich noch nicht. Wir sind ja noch nicht mal verabredet. Gestern Abend hatte er keine Zeit, da musste er noch zu Hause am Computer arbeiten, irgendwelche Buchhaltung erledigen und so.«

Und mit mir chatten, dachte Josie triumphierend.

»Aber ich bleibe am Ball, so viel steht fest. Er ist es allemal wert.«

»Dann wünsch ich dir viel Glück«, log Josie.

Am Nachmittag hatte sie ihren nächsten Therapeutentermin. Sie sah der Sitzung bei Klaus mit gemischten Gefühlen entgegen. Die Wahrscheinlichkeit, dass er ihr in irgendeiner Form helfen konnte, erschien ihr mehr als gering.

Die beiden letzten Tage hatte ihre Nase sich nicht mehr gemeldet, doch kaum hatte sie das Vorzimmer seiner Praxis betreten, als auch schon das Jucken wieder anfing, vor allem im Bereich des rechten Nasenlochs. Zum Glück stand eine volle Kleenexpackung auf dem Tischchen vor ihrem Sessel. Josie bediente sich und schnäuzte sich mehrfach, während Klaus die jeweiligen Pausen zwischen den Trompetengeräuschen ihrer Nase abpasste, um sein Therapiekonzept vorzustellen.

»In Ihrem Fall ist es sehr wichtig, dem bestehenden Problem ins Auge zu sehen«, begann er.

Josie rieb sich die Nase. »Komisch, ich dachte, ich hätte es überwunden, aber auf einmal geht es wieder los.«

»Was denn? Ihre Angst vor Leichen?«

»Nein, dieses Nasejucken. Das Gefühl, als würde da noch was drin stecken. Von dem … Sie wissen schon.«

Klaus streckte die Hand in Richtung Kleenexbox aus, zog sie dann aber rasch wieder zurück. »Das hängt beides ganz eng zusammen. Sie haben das Problem verdrängt, aber spätestens bei der nächsten Übungsstunde werden Sie wieder damit konfrontiert.«

»Ich weiß«, sagte Josie bekümmert. »Das ist schon morgen. Keine Ahnung, ob ich da überhaupt hingehe.«

»Es ist natürlich eine große Versuchung, Vermeidungstaktiken zu entwickeln.«

Josie fand, dass das noch milde ausgedrückt war. »Es ist nicht nur eine Versuchung. Es ist ein *Zwang*.«

»Könnten Sie sich eventuell vorstellen, den Kampf aufzunehmen? Und zwar gemeinsam mit mir?«

Josie musterte ihren Therapeuten erstaunt. Auf Klaus' rundem, vertrauenswürdigem Gesicht stand ein Ausdruck von Aufmunterung und Zuversicht. Doch zugleich glaubte Josie, dort die leise Hoffnung zu entdecken, seine Klientin möge sich ganz entschieden gegen diese Idee verwahren und die Therapie möglichst auf der Stelle abbrechen.

»Wie soll das funktionieren?«, wollte sie neugierig wissen.

»Die übliche Methode besteht darin, die Aversion des Klienten gegen die Objekte seiner Phobie schrittweise zu überwinden. Normalerweise gehe ich so vor, dass ich mit dem Betrachten von Fotos anfange.«

Stimmt, dachte Josie. So hatte er es bei Berit auch gemacht. Mindestens fünf Therapiestunden lang hatte sie sich nur Bilder von allen möglichen Penissen angeschaut und dabei über ihre schlechten Erfahrungen geredet. Danach war sie dann zu realen Objekten übergegangen, die allerdings bisher nur aus Plastik oder Silikon bestanden. Josie fragte sich, welche Form von Habituation bei Berit als Nächstes drankäme. Klaus konnte sich schlecht selbst zur Verfügung stellen, schließlich war er der Therapeut. Doch vielleicht löste sich dieses Problem ja demnächst von allein. Berit war, was Erik betraf, zu allem entschlossen. Diese Zielstrebigkeit hatte sie bei ihren Verflossenen nie gezeigt. Ob sie im Begriff war, ihre Penisphobie endgültig zu überwinden?

»Ich weiß nicht, ob das mit den Bildern bei mir was bringt«, meinte Josie. »Bilder habe ich schon zu hunderten gesehen. Theoretisch ist mir alles bestens geläufig.«

»Das ist mir klar«, räumte Klaus ein. »Deshalb fangen wir bei Ihnen auch gleich mit dem nächsten Schritt an.«

Josie hob ungläubig die Brauen. »Heißt das, Sie wollen mit mir in die Anatomie?«

Jetzt zupfte Klaus doch ein Kleenextuch aus der Box und tupfte sich vorsichtig die völlig trockenen Lippen ab. Er hustete kurz, dann brachte er ein wenig atemlos hervor: »Ich denke, das ist in Ihrem Fall der richtige Ansatz. Natürlich werde ich das, Ihr Einverständnis voraussetzend, vorher noch näher mit Ihrem Professor besprechen.«

Josie lehnte sich nachdenklich zurück. Das Jucken verdoppelte sich, von einem Moment auf den nächsten. »Ich kann mir beim besten Willen nicht vorstellen, dass das was bringt.«

»Wer nicht wagt, der nicht gewinnt«, sagte Klaus.

»Ihr Wort in Gottes Ohr.« Josie nahm sich ein frisches Kleenex und rieb sich die Nase.

Als Josie nach Hause kam, saß Karlheinz in ihrem Zimmer vor dem PC. Er trug nichts außer Shorts und einem Tank-Top, das sowohl seine Muskeln zur Geltung brachte, als auch das Tattoo an seinem rechten Oberarm, das auf frappierende Weise dem von Hanna ähnelte.

»Das ist zufällig mein Zimmer«, sagte Josie.

»Aber es ist zufällig mein PC«, erklärte Karlheinz liebenswürdig. »Den du gelegentlich auch ganz gerne benutzt, wie ich festgestellt habe.«

»Ich kann gerne wieder meinen eigenen benutzen«, gab Josie bissig zurück. »Bloß passt der leider nicht mehr hier rein, weil dein ganzes Gerümpel allen Platz wegnimmt.«

»Dauert nicht mehr lange«, erklärte Karlheinz. »Höchstens noch eine Viertelstunde. Allerhöchstens eine halbe. So lange musst du dich schon gedulden, tut mir Leid.«

Josie platzte der Kragen. »Einen Dreck tut es dir! Dir ist das doch total egal! Du machst dich hier breit mit deinem ganzen Kram, und wir können schauen, wo wir bleiben!«

Karlheinz wandte sich ihr zu. Er hob wortlos die Brauen, dann griff er nach seinen Kopfhörern und setzte sie auf. Eine Sekunde später hatte er sich wieder seinem Monitor zugewandt, und Josie existierte nicht mehr für ihn.

Josie konnte sich nicht erinnern, je in ihrem Leben so wütend gewesen zu sein. Höchstens damals, als sie acht Jahre alt gewesen war und Roland, der Klassenrüpel, sich auf dem Schulhof einen Spaß daraus gemacht hatte, ihr unter den Rock zu greifen und ihren Slip runterzuziehen. Das heißt, er hatte es versucht, dann war ihm etwas dazwischengekommen. Buchstäblich. Und zwar Josies Faust. Seine Oberlippe musste mit vier Stichen genäht werden.

Josie starrte Karlheinz an und ballte die Hände. Sie war stark in Versuchung, es ebenso zu machen wie damals. Doch dann besann sie sich und machte auf dem Absatz kehrt, um sich bei ihrer Mutter zu beschweren. Schließlich war Hanna die Mieterin dieser Wohnung. Und Blut war bekanntlich dicker als Wasser. Sie würde nicht dulden, dass dieser blöde Heini sich das Zimmer ihrer Tochter unter den Nagel riss!

Hanna war in ihrem Zimmer, wo sich die allermeisten von Karlheinz Habseligkeiten türmten. Man musste sich mühsam an mindestens einem Dutzend Kartons vorbeischlängeln, wenn man zum Bett oder zum Kleiderschrank wollte.

Mit einem Summen auf den Lippen sortierte Hanna Karlheinz' Unterwäsche und legte sie in ihre Kommode. Seine Auswahl an erotischen Herrendessous war beachtlich. Ob Raubtierlook, Netzoptik oder echte Seide – alles war vertreten. Josie verzog das Gesicht. Wie konnte ihre Mutter auf einen Kerl abfahren, der solche Wäsche trug?

»Mama, ich muss mit dir reden.«

Hanna blickte auf. »Nur zu, mein Schatz, du störst mich nicht.«

»Dafür stört er *mich*. Und zwar ganz gewaltig. So kann es nicht weitergehen. Er blockiert unsere ganze Wohnung mit seinem Zeug. Und jetzt gerade hockt er in meinem Zimmer und will nicht rausgehen.«

»Hast du ihn ausdrücklich darum gebeten?«

Josie runzelte die Stirn. So direkt hatte sie das nicht getan. Aber nach allem, was sie ihm vor den Latz geknallt hatte, hätte er schon ein extrem dickes Brett vorm Kopf haben müssen, um nicht zu merken, was sie wollte.

»Ich will ihn nicht nur aus meinem Zimmer raushaben. Er soll ganz hier verschwinden. Die Wohnung ist einfach zu klein für vier Leute. Vor allem dann, wenn allein einer davon so viel Hausrat hier reinschleppt, dass man damit noch eine Wohnung wie diese einrichten könnte.«

»Schlag dir das aus dem Kopf«, sagte Hanna kategorisch.

»Was?«, fragte Josie sicherheitshalber.

»Dass er auszieht. Kommt nicht infrage, dass du ihn rausekelst. Er ist mir herzlich willkommen und bleibt es auch. Ich will, dass er hier wohnt.«

»Und für wie lange?«

»So lange es ihm gefällt. Und mir natürlich.«

»Das kann sowieso nicht lange dauern«, erklärte Josie abfällig.

»Diesmal schon. Ich liebe ihn nämlich zufällig.«

Josie starrte ihre Mutter an. »Das kann nicht dein Ernst sein. Dieser … dieser …«

Das Wort *Zuhälter* lag ihr auf der Zunge, doch ein Rest von Zurückhaltung hinderte sie daran, es auszusprechen.

Hanna stemmte die Hände in die Hüften. »Es tut mir Leid, wenn ich dir das so krass sagen muss, Herzchen. Aber wenn es dir nicht passt, dass Karlheinz hier bei uns wohnt, musst du dich nach einer anderen Bleibe umschauen. Ich gebe dir jeden Monat ein bisschen Geld dazu, so viel wie ich lockermachen kann. Für den Rest musst du halt selbst aufkommen, aber damit dürftest du wohl kein Problem haben, im Moment hast du ja einen sehr guten Job.«

Darauf konnte Josie nichts erwidern. Hanna sah so aus, als hätte sie das, was sie da eben gesagt hatte, völlig ernst gemeint. Sie bestand darauf, mit diesem Stehpinkler zusammenzuleben, und wenn aus dieser Wohnung überhaupt irgendjemand ausziehen musste, dann ihre eigene Tochter! Josie konnte es nicht fassen. Doch ein Irrtum war nicht möglich. Hanna wollte, dass sie auszog. Ihrer Mutter war es ganz egal, was aus ihr wurde.

Mit hängenden Schultern wandte Josie sich ab, um auf ihr Zimmer zu gehen und zu heulen. Doch dort hockte ja bereits Karlheinz. Josie verkniff sich fürs Erste die Tränen. Mit brennenden Augen griff sie ihre Handtasche von der Garderobe und verließ die Wohnung.

9. Kapitel

Ziellos lief sie durch die Straßen – und fand sich eine halbe Stunde später im Fitnesscenter wieder. Sie konnte selbst nicht sagen, was sie dorthin gezogen hatte, vier Stunden vor Beginn ihrer regulären Arbeitszeit. Doch dann sah sie, wer hinter der Eingangstheke stand, und ganz plötzlich wusste sie, warum sie hier war.

»Hey, was machst du denn so früh schon hier?«, wollte Erik wissen. Er war damit beschäftigt, Kundendaten in den PC einzugeben.

»Ach, zu Hause ist mir die Decke auf den Kopf gefallen. Da dachte ich, dass ich genauso gut herkommen kann.«

»Prima Idee.« Er lachte sie an, und Josie fühlte, wie ihr Herzschlag sich leicht beschleunigte.

»Möchtest du trainieren? Ein paar von den Geräten ausprobieren? Ich brauche hier noch fünf Minuten, aber danach hätte ich etwas Zeit und kann dich einweisen.«

Die Art, wie er *einweisen* gesagt hatte, brachte Josies Atemrhythmus durcheinander.

»Ja, gerne.« Plötzlich fühlte sie sich von lächerlicher Schüchternheit übermannt. Wieso konnte sie nicht einfach sagen: »Hallo *kurz*, ich weiß mehr über dich, als du denkst, denn wir kennen uns nicht nur hier aus dem Fitnesscenter, sondern zufällig auch aus dem Chatroom …«

Dann würden sie miteinander darüber lachen und sich wie gute alte Freunde fühlen.

Doch sie sagte nichts dergleichen. Sie brachte es einfach nicht fertig. Stattdessen ging sie brav in die Damenumkleide und holte das Sportzeug aus ihrem Spind – Turnschuhe, eine schlichte Jogginghose und das Clubhemd, dieselben Klamotten, die sie auch zum Putzen trug. Nichts davon war besonders elegant, geschweige denn mondän. Wie jede Frau gab Josie hin und wieder gern Geld für schicke Kleidung aus. Manchmal sah sie in einem Schaufenster betörend schöne Unterwäsche oder umwerfende Schuhe, dann brachte sie es fertig, ihre letzten Cents zusammenzukratzen und sich bedenkenlos etwas zu kaufen, das sie sich eigentlich nicht leisten konnte. Doch Sportzeug gehörte nicht gerade zu ihren favorisierten Kleidungsstücken, ganz einfach aus dem Grund, weil sie seit der Schule so gut wie gar keinen Sport mehr getrieben hatte. Sie und Berit waren hin und wieder im Schwimmbad gewesen oder hatten sich im Sommer zum Fahrradfahren aufgerafft, aber das war's auch schon gewesen. Von der allgemeinen Fitnesswelle der letzten Jahre hatte Josie sich bisher noch nicht mitreißen lassen.

Doch das musste ja nicht bedeuten, dass sie ihren Horizont in dieser Richtung nicht jederzeit erweitern konnte. Bekanntlich lernte der Mensch nie aus.

Mit hungrigen Augen musterte Josie ihren goldhaarigen Chef, während er kraftvollen Schritts vor ihr die

Halle durchmaß und beim *Chestpress*-Gerät stehen blieb, jenem Marterinstrument, dem Hanna angeblich ihre *Supertitten* verdankte.

Erik setzte sich und führte Josie die Übung vor. »Damit trainiert man den Oberkörper. Genauer gesagt, die Brustmuskulatur.«

»Du trainierst bestimmt ziemlich viel an dem Ding«, meinte Josie, während sie das Spiel seiner Bilderbuchmuskeln unter dem blauen Clubhemd verfolgte. Sein Brustkorb ließ in der Tat nichts zu wünschen übrig.

»Jeden Tag«, meinte Erik keuchend. Dann hielt er mit der Übung inne und legte noch zwanzig Kilo mehr auf. »Meine Muskeln sind ziemlich austrainiert. Um das zu erhalten, muss ich was tun. Sobald ich mehr als fünf Tage Pause mache, fängt der Muskel an zu verfetten.«

»Praktisch wie der Jojo-Effekt bei den Diäten«, meinte Josie.

Erik grinste. »So ungefähr. Nur gesünder.« Er ließ die Handgriffe los und stand auf. »Jetzt du.«

Josie setzte sich und spürte die Feuchtigkeit an der Rückenlehne, dort, wo sein Schweiß den Kunststoff des Sitzes benetzt hatte. Es machte ihr nicht das Geringste aus, im Gegenteil. Sie spürte den archaischen Drang, sich daran zu reiben.

»Wichtig ist, dass du völlig gleichmäßige Bewegungen machst«, erklärte Erik, während er die Gewichtsbelastung neu einstellte und die Sitzhöhe regulierte. »Nicht ruckartig loslassen, sondern gaaanz langsam zurück. Anspannung und Entspannung, beides ist wichtig.«

Josie führte die Übungen getreu seinen Anweisungen aus und betrachtete dabei intensiv seinen flachen Bauch, der sich direkt vor ihrer Nase befand.

»Spürst du es schon?«, fragte er.

»O ja«, murmelte Josie. Sie spürte so manches. Ob er heute wieder in die Sauna ging? Vielleicht konnte er ihr auch mal den Saunagarten zeigen. Sie hatte den Freiluftbereich zwar schon gesehen, schließlich kehrte sie dort jeden Tag die Fliesen. Doch nackt war sie noch nicht draußen gewesen, geschweige denn mit Erik. Eigentlich war der Saunagarten nur eine Terrasse mit einem hohen Zaun drumherum und ein paar großen Pflanztöpfen zwischen den dort stehenden Liegen, aber es war bestimmt eine interessante Erfahrung, nass geschwitzt und ohne einen Faden im Leib ins Freie zu gehen, neben sich diesen blonden Herkules, und sich gemeinsam von einer milden Sommerbrise trocken pusten zu lassen.

»Das machst du sehr gut«, lobte Erik.

Das fand Josie auch. Sie begann zu schwitzen. Doch in diesem Falle war Schweiß nicht gleich Schweiß. Beim Putzen schwitzte sie ebenfalls häufig. Und in der praktischen Anatomie erst recht. Aber das war kein Vergleich. Das Schwitzen, das sie jetzt erlebte, war wesentlich … sinnlicher. Ob es mit Erik zusammenhing? Oder ob es von der speziellen Übung kam, die sie gerade absolvierte?

»Für den Anfang reicht es«, sagte Erik. »Sonst gibt's schlimmen Muskelkater, und du hast schon keine Lust mehr, bevor du überhaupt richtig angefangen hast.«

Josie war sicher, dass sie *daran* nicht so schnell die Lust verlieren würde.

»Sag mal«, begann sie zögernd, »gehst du eigentlich manchmal ins Internet? Ich meine, nicht nur einfach zum Surfen. Sondern auch mal zum Chatten.«

»Klar. Macht doch jeder, der online ist, oder?«

»Na ja. Kann sein.«

»Wieso fragst du?«

»Ach, nur so.«

Josie kam sich selten dämlich vor. Wieso hatte sie ihn nicht einfach nach seinen Chatgewohnheiten, insbesondere nach seinem Nick und seinen letzten Bekanntschaften gefragt, nachdem sie doch nun schon einmal das Thema angeschnitten hatte?

Während sie sich von Erik die nächste Übung vorführen ließ – an einem Gerät, mit dem man ruderartige Bewegungen machen musste –, überlegte sie, warum sie es nicht fertig brachte, ihn direkt auf ihre gemeinsamen Chats anzusprechen.

Ob es mit Berit zusammenhing? Wenn Josie an ihre Freundin dachte, spürte sie mehr als nur den Hauch eines schlechten Gewissens. Berit hatte ihre Ansprüche zuerst angemeldet. Sie hatte ganz offen gesagt, dass sie scharf auf Erik war, während sie selbst so getan hatte, als hätte sie nicht das geringste Interesse an ihm. Gestern hatte Josie noch halbwegs geglaubt, tatsächlich nichts von Erik zu wollen. Heute sah die Sache schon anders aus.

Genau genommen war sie drauf und dran, Berit auf ziemlich gemeine Art und Weise zu hintergehen. Das war eine Tatsache, an der es nichts zu rütteln gab.

Na schön, Josie hatte erst gestern Nacht erfahren, dass *kurz* und Erik ein und dieselbe Person waren.

Der Chatter, zu dem sie sich auf so eigentümliche Weise hingezogen fühlte, hatte auf einmal ein reales Gesicht bekommen. Und dieses gehörte einem Mann, wie er einer Frau nicht alle Tage über den Weg lief!

Das Wunderbare an all dem war, dass Josie kaum noch an Marius denken musste! Wenn Erik das bewirken konnte, musste er einfach ein Traummann sein!

Aber hatte das die Situation auf eine Weise geändert, die es rechtfertigte, dass Josie ihre einmal gefassten Vorsätze über den Haufen warf und ausgerechnet einem Typ schöne Augen machte, auf den ihre beste Freundin es abgesehen hatte?

Ja, beschloss Josie nach kurzem Nachdenken. Allerdings sollte sie fairerweise mit Berit darüber sprechen. Gute Freundinnen hatten schließlich keine Geheimnisse voreinander.

Die halbe Stunde, in der Erik ihr die Anwendung der wichtigsten Geräte erklärte, war viel zu schnell vorbei. Josie betrachtete jede seiner Bewegungen mit hingerissener Aufmerksamkeit und ahmte anschließend alles nach, so gut sie konnte. Besonders begabt stellte sie sich nicht an. Erik musste sie häufig verbessern, wobei es nahe lag, dass er ihre Arme und Beine berührte, um ihr den korrekten Bewegungsablauf zu demonstrieren.

Er hatte gerade beide Hände auf ihrem Zwerchfell liegen, während sie auf einem Gerät zur Kräftigung der Rückenpartie saß, als eines der Mädchen vom Empfang angelaufen kam und sie beide mit der Mitteilung aufscheuchte, dass mal wieder das Computerprogramm für die elektronische Sperrschranke abgestürzt sei. Niemand könne mehr raus oder rein, die Leute stauten sich schon bis auf den Parkplatz beziehungsweise hier drin bis zur Treppe.

»Mist«, fluchte Erik. Er schaute ziemlich erbost drein. »Ich hab's doch gestern erst gecheckt. Wer zum Teufel hat da schon wieder seine Finger drin gehabt?«

»Ich war's nicht«, beteuerte das Mädchen. Sie hieß Maren und war neunzehn. Zweimal die Woche jobbte sie nach der Schule am Empfang und im Bistro.

»Bis später«, sagte Erik zu Josie, in ziemlich gleichgültigem Ton, wie sie fand. Dann marschierte er zusammen mit Maren hinüber zum Empfang, wobei jeder seiner Schritte gehörigen Ärger ausdrückte. Ob er Berit auch so hätte stehen lassen?

Mit einem Mal war Josies Euphorie verflogen. Unvermittelt machte sie sich klar, dass sie sich möglicherweise die ganze Zeit über etwas eingebildet hatte. Wenn sie Erik attraktiv fand, hieß das noch lange nicht, dass er umgekehrt dasselbe für sie empfand. Dass er nett zu ihr war, besagte überhaupt nichts. Er war auch zu Berit nett gewesen. Und zu Hanna, sie schwärmte ja permanent davon, *wie* nett er war. Und zu anderen Kundinnen und Angestellten war er ebenfalls nett. Das gehörte hier zur Geschäftsmaxime. Freundlichkeit war kein Luxus, sondern pure Notwendigkeit. Nur Menschen, die sich gut behandelt fühlten, kamen wieder. Schließlich gaben sie einen Haufen Geld dafür aus, hier ihren Körper zu schinden. Da wollte wenigstens die Seele gestreichelt werden. Jeder, der hierher kam, sei es, um zu arbeiten, sei es, um zu trainieren, wollte das Gefühl haben, willkommen zu sein. Diesem Bedürfnis trug die Geschäftsleitung Rechnung. Wieso sollte ausgerechnet sie, Josie, da ein Ausnahmefall sein? Dass Eriks Liebenswürdigkeit in dem Moment nachgelassen hatte, als es drüben an der Theke Stress gab, war der Beweis dafür, dass er nur auf professionelle Art nett war.

Josie verfluchte sich für ihre Blauäugigkeit. Ihre Laune sackte binnen Sekunden auf den Pegel von heute Morgen und dann noch ein paar Striche tiefer. Während sie die Treppe hoch und zu den Wirtschaftsräumen marschierte, erinnerte sie sich auch wieder an all ihre anderen Probleme. Alles kam mit Macht wieder hoch, und Josie fand, dass ihre Lage insgesamt an Hoffnungslosigkeit kaum noch zu überbieten war. Von welcher Warte aus sie es auch immer betrachtete: Alle wichtigen Bereiche in ihrem Leben waren sozusagen im Eimer. Wenn sie für sich selbst ein aktuelles persönliches Horoskop hätte erstellen müssen, wäre ihr die Deutung nicht schwer gefallen.

Im Bereich *Liebe und Beziehung* standen die Sterne nicht nur schlecht, sie waren gänzlich untergegangen. Ihr Freund hatte sie mit einer anderen betrogen und im Anschluss daran praktischerweise gleich abserviert – zumindest aus seiner Sicht war es praktisch gewesen, denn nun hatte er eine neue Geliebte, die nicht zu viel dachte, dafür aber gut putzen konnte. Vermutlich hatte sie auch nicht das Geringste gegen Sex, der nicht länger als drei Minuten dauerte. Schließlich genoss sie den Vorzug, Beifahrerin in einem Porsche zu sein. Das machte bestimmt so manchen Quicky erträglicher.

Auf dem Gebiet *Beruf und Studium* sah es ähnlich

erbärmlich aus. Hier standen die Sterne derart in Opposition zueinander, dass ein Urknall unausweichlich war. Da gab es kein Vertun, egal was Klaus oder Berit oder wer auch sonst immer dazu meinen mochte: Josie konnte nicht mit Leichen. Punkt. Daran würde sich niemals etwas ändern. Es würde nicht lange dauern, und sie würde ihr Studium schmeißen und sich eine Vollzeitstelle als Putzfrau suchen müssen.

Blieb noch der Sektor *Heim und Familie.* Josie wurde von einem Schaudern erfasst, wenn sie nur daran dachte. Karlheinz im Leopardentanga und Hanna im Jungfrauenlook. Tätowierungen. Bücher über *Dinge, die eine gute Domina wissen muss* ... Und schließlich die bittere Erkenntnis, dass sie in ihrem eigenen Zuhause nicht länger willkommen war.

Energisch verbannte Josie alle Gedanken daran. Mit astrologischen Deutungen konnte man dieser Katastrophe sowieso nicht beikommen. Hier konnte von einem wie auch immer gearteten Sternbild gar keine Rede mehr sein. Höchstens von einem Schwarzen Loch.

Gerade, als sie dachte, dass es gar nicht mehr mieser für sie laufen konnte, begegnete sie Daisy, und Josie machte sich klar, dass sie einen wichtigen Bereich in der Auflistung ihrer persönlichen Katastrophen vergessen hatte: *Freizeit und Aushilfsjob.*

Daisy stand vor der Damentoilette und schaute ziemlich verärgert drein.

»Lass mich raten«, sagte Josie. »Es hat sich wieder eine den Hintern verätzt.«

»Du solltest hier lieber nicht so eine große Klappe riskieren«, gab Daisy zurück.

»Ich habe gestern abgezogen«, versicherte Josie friedfertig.

Daisys Augen versprühten Funken der Wut. »Ich habe das Gefühl, du willst dich über mich lustig machen.«

»Nein, ganz und gar nicht«, sagte Josie, erschöpft von dem ganzen Hin und Her. An diesem Tag war schon zu viel passiert. Ihre Nerven waren nicht mehr die besten. Sie hatte das dringende Bedürfnis nach einem stillen Winkel, in dem niemand sie beim Heulen störte.

»Eins lass dir gesagt sein«, meinte Daisy in giftigem Tonfall, »wenn du dich an Erik ranmachen willst, musst du früher aufstehen!«

»Also du auch noch«, entfuhr es Josie.

»Was heißt hier *auch noch*?«

»Nix. Vergiss es.«

»Er steht nicht auf solche Tussis wie dich«, klärte Daisy sie auf. »Er kann nämlich keine dicken Titten leiden. Er findet sie einfach *hässlich*.«

Josie fühlte sich nicht in der Stimmung, das zu kommentieren. Das übernahm Ben, der in diesem Moment die Treppe hochkam. Er hatte Daisys letzten Satz zwangsläufig mitbekommen, da sie keinen Anlass gesehen hatte, ihre Stimme zu senken.

»Eine schöne Frau kann nichts entstellen«, sagte er fröhlich.

Daisy entfernte sich mit einem verächtlichen Schnauben.

Josie wollte sich niedergeschlagen an Ben vorbeischieben, doch er hielt sie an der Schulter fest. »He, was ist los, Jo?«

Die Art, wie er ihren Namen abkürzte, vermittelte Josie ein tröstliches, freundschaftliches Gefühl. Sie fühlte, wie etwas in ihr schmolz, und ihre letzten Reste an Selbstbeherrschung lösten sich auf und flossen mit den Tränen, die im nächsten Moment aus ihren Augen stürzten, davon. Einen Augenblick später fand sie sich abermals in Bens Armen wieder und heulte sich an seiner Schulter aus.

»Er trägt Raubtiertangas und p-pinkelt im Stehen«, schluchzte sie. »Und ich k-kann nicht mal in mein Zimmer!«

»Das ist hart«, sagte Ben. Er wiegte sie sanft, was sie zu einem weiteren Gefühlsausbruch animierte.

»Ich m-muss daheim raus, und k-keine Sau interessiert sich für mich!«

Danach blieb sie für eine Weile stumm und durchnässte lediglich Bens Hemd gründlich mit ihren Tränen. Als sie wieder so weit war, den Kopf zu heben und sich die Augen zu reiben, stellte sie fest, dass er sie durch die nächstbeste Tür in einen Raum gezogen hatte, damit niemand ihr beim Heulen zuschauen konnte.

Es war der Putzraum.

Anscheinend war es ihr vom Schicksal vorherbestimmt, dass sie immer wieder in der Nähe von Schrubbern und Wischtüchern landete, ob mit oder ohne eigenes Zutun.

»Danke«, sagte sie schniefend.

»Wofür?«

»Na, ich habe dir doch jetzt in einer Woche schon zum zweiten Mal das Hemd vollgeheult.«

»Das macht nichts, ich kann's bei sechzig Grad waschen«, frotzelte er.

Josie musste trotz ihres Kummers grinsen. Sie fing an, ihre Putzausrüstung zusammenzusuchen.

»Heute bist du früher da als sonst«, bemerkte Ben.

»Ach, ich hab's zu Hause nicht mehr ausgehalten.«

»So schlimm?«

Josie nickte mit abgewandtem Gesicht. »Schlimmer als schlimm. Ich muss unbedingt ausziehen.«

»Wann denn?«

»Am liebsten gestern. Du kennst nicht zufällig jemanden, der preiswert 'ne Wohnung zu vermieten hat, oder?«

»Doch«, sagte Ben.

Josie wandte sich zu ihm um. »Wirklich? Wo denn?«

Er nannte ihr die Adresse.

»Wo genau ist das?«, wollte sie wissen.

»Fünf Minuten von der Uni entfernt. Zu Fuß. Und von hier vielleicht fünfzehn. Höchstens.«

Josie war plötzlich hellwach. »Und was soll das kosten?«

Ben zuckte die Achseln und nannte dann einen Mietpreis, bei dem Josie nur ungläubig auflachen konnte. »Du willst mich verarschen. Wer vermietet denn für diese paar Euro eine Wohnung?«

»Ich«, sagte Ben. Er schaute ein wenig kläglich drein.

Josie blickte ihn verdutzt an. »Du? Ich wusste gar nicht, dass du Wohnungen zu vermieten hast. Und schon gar nicht zu dem Preis. Da stimmt doch was nicht.«

»Tja, die Sache ist die …« Er räusperte sich, doch bevor er den Satz fortführen konnte, fiel Josie ihm ins Wort.

»Warte, sag es nicht. Ich weiß es auch so. Die Wohnung ist so günstig, weil der Mieter das ganze Haus putzen muss.«

»Dreimal die Woche«, entgegnete er mit todernstem Gesicht. »Inklusive Keller und Dachboden. Und die Gartenarbeit wäre auch noch zu erledigen. Nicht zu vergessen die beiden Dalmatiner, die täglich fünfmal Gassi geführt werden müssen.«

Josie kicherte. »Du Witzbold.« Dann wurde sie ernst. »Jetzt sag schon, was ist der Pferdefuß? Und jetzt erzähl mir bloß nicht, dass es keinen gibt!«

Ben griff sich einen der Putzeimer, drehte ihn um und setzte sich darauf. »Es gibt einen, du hast Recht. Aber mit Putzen hat es nichts zu tun. Die Sache ist die, dass es keine separate Wohnung ist, sondern nur zwei möblierte Zimmer innerhalb einer größeren Wohnung, ohne eigenen Eingang. Du hättest ein Badezimmer für dich alleine, aber die Küche muss mit dem Mitbewohner geteilt werden.«

»Also eine Art WG.«

»So in etwa. Die Möbel sind nicht mehr ganz neu, aber noch gut in Schuss.«

»Und wer wäre der Mitbewohner? Auch eine Studentin?«

Ben schaute zu ihr hoch. »Ein Student. Und zwar ich.«

Bevor Josie etwas sagen konnte, hob er die Hand. »Sekunde. Ehe du irgendwelche falschen Schlüsse ziehst – es wäre eine reine Zweckgemeinschaft. Vorher habe ich mir die Wohnung auch mit einer anderen Studentin geteilt, aber die ist mit ihrem Freund nach Hamburg gezogen.«

»Und das hat echt geklappt?«, fragte Josie zweifelnd.

»Keine Ahnung, ich habe seitdem nichts mehr von ihr gehört.« In seinen Augen funkelte es mutwillig.

»Du weißt genau, was ich meine!«

Jetzt grinste er. »Ja, es hat geklappt. Sehr gut sogar, jedenfalls die meiste Zeit. Außerdem wären wir beide ja nicht allein. Es wohnt noch jemand bei mir.«

»Noch eine Frau? Bist du so eine Art moderner Blaubart? Sammelst du deine weiblichen Trophäen im Keller?« Mit bezeichnendem Blick schaute Josie sich um. »Oder in der Besenkammer?«

Ben lachte laut. »Ich sehe schon, wir werden uns blind verstehen. Nein, nein, es ist keine *Sie*, sondern ein *Er*. Er heißt Freddy. Aber er hat das kleinste Zimmer in der Wohnung. Du wirst ihn sowieso nicht viel zu Gesicht kriegen, weil er fast den ganzen Tag pennt.«

»Arbeitet Freddy nachts?«

Ben nickte. »Er wird dich nicht stören, keine Sorge.«

»Wir unterhalten uns hier, als wäre alles schon ausgemacht«, meinte Josie zögernd.

»Also magst du nicht.« Ben verzog kummervoll das Gesicht. »Ich kann tun, was ich will. Bei mir will einfach keine Frau anbeißen.«

Josie lachte und warf einen Putzlappen nach ihm. »He, glaub bloß nicht, dass ich dieses Superangebot ablehne! Wenn du Pech hast, zieh ich morgen schon bei dir ein!«

Ben fing den Lappen mit einer eleganten Bewegung auf, legte ihn sich wie ein Kellner über den angewinkelten Arm, schnappte sich mit der anderen Hand eine Flasche Domestos und streckte sie Josie mit galanter Gebärde hin. »Mylady, gestattet, dass ich Euch diesen Tropfen zum Verkosten einschenke.«

»Ich fürchte, dieser Jahrgang hat einen leicht ätzenden Beigeschmack«, erwiderte Josie hochnäsig. Dann brach sie in unbändiges Gelächter aus. Der Tag war gerettet! Mit einem Mal war ihre Welt wieder herrlich bunt.

An diesem Abend ging ihr die Arbeit leicht von der Hand. Nicht einmal Daisys bitterböse Blicke konnten Josie aus der Ruhe bringen. Sie setzte Ben sogar davon in Kenntnis, dass sie heute Abend die Herrenumkleide samt -duschen selbst putzen wolle. Ben meinte gutmütig, sie möge tun, was sie nicht lassen könne, aber Vereinbarung sei Vereinbarung, und übermorgen finde die nächste ärztliche Aufnahmeuntersuchung statt, da sei dann ganz ihr Typ gefragt, zumal er noch daheim die Wohnung durchputzen müsse, weil demnächst eine fremde Frau bei ihm ihr Lager und ihre Spiegeleier aufschlagen wolle. In dieser Art witzelte er weiter, und Josie wollte sich schier ausschütten vor Lachen.

Erik sah sie nur noch aus der Ferne. Sie reckte jedes Mal den Hals, wenn sie ihn irgendwo zwischen den Geräten oder bei den Trainingsgruppen auftauchen sah, aber er war zu beschäftigt, um sie auch nur zu bemerken. Doch Josie ließ sich davon nicht mehr niederdrücken. Sie fieberte bereits dem Moment entgegen, in dem sie heute Abend wieder in den Chat gehen konnte.

Da sie an diesem Tag früher mit der Arbeit begonnen hatte als sonst, war sie auch entsprechend eher fertig. Sie war schon um zehn Uhr zu Hause, früh genug, um ihre Mutter noch anzutreffen, die sich gerade für die Arbeit zurechtmachte. Karlheinz war zum Glück nirgends zu sehen, anscheinend war er schon vorher gegangen.

»Hi«, sagte Josie.

»Hallo, Süße«, sagte Hanna, als hätte die Auseinandersetzung am Morgen nie stattgefunden. Sie machte einen Schmollmund und wandte sich Josie zu. »Wie findest du diesen Lippenstift? Macht er meine Zähne zu gelb?« Sie bleckte zwei makellos weiße Zahnreihen, dann schüttelte sie den Kopf. »Ich weiß nicht. Komisch. An dir sieht die Farbe immer klasse aus, deshalb dachte ich, dass ich sie mal probiere. Das Rot passt so gut zu dem Top.«

Jetzt wusste Josie auch, warum ihr die Farbe des Lippenstifts bekannt vorkam.

Das Top indessen verdiente diesen Namen nicht, da es sich hauptsächlich durch die Abwesenheit von Stoff auszeichnete. Außer zwei reichlich mit Strass bestickten runden Fetzchen an strategisch unumgänglicher Stelle sowie ein paar dünnen Bändern, die alles irgendwie zusammenhielten, war oberhalb des Bauchnabels praktisch nichts vorhanden. Und im Bauchnabel selbst ...

Josie schluckte und schaute ein zweites Mal hin. Dort, im Bauchnabel ihrer zweiundvierzigjährigen Mutter, steckte ein veritables Piercing!

»Ich wollte dir nur eben sagen, dass ich jetzt doch ausziehe«, erklärte Josie mit schwankender Stimme. »Wahrscheinlich schon diese Woche.«

»Wirklich?«, freute sich Hanna. »Na so was! Das ging aber schnell!« Sie lächelte strahlend. »Das ist meine Tochter!«

Josie konnte dem Lob nicht viel abgewinnen. Falls Hanna sie damit hatte aufbauen wollen, so hatte sie ziemlich weit daneben gezielt. Josie konnte sich nicht verkneifen, darauf hinzuweisen.

»Es scheint dir völlig egal zu sein, wenn ich nicht mehr hier bei euch lebe.«

Hanna zog die Brauen hoch. Sie wirkte ehrlich bestürzt. »Liebes! Nicht doch! Wie kannst du das sagen! Wir lieben dich doch! Wenn du hier bleiben möchtest – keiner hindert dich daran!«

Sie begriff es einfach nicht. Josie musste zähneknirschend hinnehmen, dass ihre Mutter in dieser Angelegenheit so feinfühlig war wie ein Elefant, dem plötzlich jemand das Stelzenlaufen beibringen wollte. Es war schlicht und ergreifend hoffnungslos.

Hanna rückte summend ihren silberbeschlagenen Gürtel zurecht, der von der Machart her sehr gut zu der knallengen, nachtschwarzen Lederhose und den extrem spitzen, extrem roten Cowboystiefeln passte, die Josie heute zum ersten Mal sah. In diesem Look kam Hanna wie eine etwas größere, etwas ältere – und sehr viel unanständigere – Schwester von Annie Oakley daher. Fehlte nur noch der Colt. Aber vielleicht hatte Hanna den ja auch schon irgendwo bereitgelegt. Vermutlich war heute im *4you2* wieder eine Mottoparty angesagt, möglicherweise mit dem verheißungsvollen Namen *Stampede* oder *Rangers in the Night* oder irgendetwas anderes, mit Sicherheit ähnlich Bescheuertes.

Ohne das Thema *Umzug* weiter zu vertiefen, sagte Josie ihrer Mutter gute Nacht und ging auf ihr Zimmer. Karlheinz hatte die Umsicht besessen, seinen PC nicht abzuschalten. Josie streifte nur rasch ihre Schuhe ab, dann ging sie online und wählte den Chatroom an. Sie überflog die Reihe der Besuchernamen und gab ein erleichtertes Seufzen von sich.

Bingo, dachte sie aufgeregt. Erik, oder besser *kurz* hatte sich heute Abend schon vor ihr eingeloggt.

Sie hielt sich gar nicht erst damit auf, die anderen zu begrüßen, sie öffnete gleich per Doppelklick auf *kurz'* Namen ein separates Fenster und fing an zu tippen.

herzlos: hi
kurz: he, herzlos *freu*
herzlos: schön, dass du hier bist. sorry, dass ich dich gleich angeklickt habe, ich glaube, laut netiquette muss man vorher fragen *schäm*
kurz: hm, habe heut meinen großzügigen tag und verzeih dir ausnahmsweise. habe gehofft, dass du wieder reinschaust. habe sogar schon auf dich gewartet. das erste mal, dass ich so richtig gerne in dieser singlebox bin
herzlos: danke
kurz: de nada

Es folgte eine kurze Verlegenheitspause, dann tippte Josie *die* Füllfrage schlechthin:

herzlos: und wie geht's dir sonst so?
kurz: sehr gut, danke. und dir?
herzlos: hatte einen stressigen tag. und wie war's bei dir so?
kurz: das übliche. ist immer viel zu tun

Kein Wunder, dachte Josie mitfühlend. Erik hatte heute wirklich keine ruhige Minute gehabt! Ständig musste er irgendwas erledigen, sie hatte ihn den ganzen Abend nur herumflitzen sehen!

herzlos: scheint kein zuckerschlecken zu sein, ein fitnessstudio zu leiten
kurz: bringt ne menge arbeit mit sich, das stimmt. aber auch spaß

Josie fand es an der Zeit, eine wohlberechnete Frage zu stellen.

herzlos: kommst du gut mit deinen angestellten und kunden klar?
kurz: wunderbar, da gab's noch nie probleme. sind alle sehr nett. und bei dir, was geht da so ab? was macht das studium?
herzlos: eine katastrophe. höre wahrscheinlich auf
kurz: *schock* wieso???

herzlos: unüberwindliche abneigung
kurz: gegen einen prof von dir?
herzlos: nein, gegen leichen
kurz: mal im ernst!
herzlos: ist mein ernst. komme mit der praktischen anatomie nicht klar
kurz: hm. scheint vielen so zu gehen. habe da neulich schon mal so eine story gehört

Wahrscheinlich hatte Berit ihm davon erzählt. Die beiden hatten sich ja in der Sauna sehr angeregt über alles Mögliche unterhalten! Josie machte sich umgehend daran, es herauszufinden.

herzlos: von wem denn?
kurz: ach, von einer frau, die ich im fitnessstudio kennen gelernt habe. auch eine medizinstudentin

Wusste ich's doch, dachte Josie, grimmig entschlossen, das Thema zu vertiefen.

herzlos: du lernst bestimmt viele tolle frauen da kennen, oder?
kurz: jeden tag mindestens zehn neue, und eine schöner als die andere *sfg*

Josie begriff sofort, dass er sich über sie lustig machte, doch das war ihr egal. Sie fühlte sich wie ein Bluthund, den nichts und niemand von der einmal aufgenommenen Fährte abbringen konnte.

herzlos: und, nichts für dich dabei?

Josie wartete, doch eine ganze Weile kam nichts. Hastig schrieb sie:

herzlos: sorry, will nicht indiskret sein, geht mich ja auch nichts an

Wieder nichts.

Dann, als sie schon dachte, die Verbindung sei vielleicht abgerissen, erschien eine Antwort im Dialogfenster.

kurz: neinein, wieso sollst du's nicht wissen. habe da vielleicht jemanden getroffen

Josie hielt die Luft an, dann fragte sie betont beiläufig:

herzlos: bestimmt eine von diesen fitnessgöttinnen, oder?
kurz: das nun nicht gerade. von fitness versteht sie nicht allzu viel. NOCH nicht. aber so wie's aussieht, will sie's lernen
herzlos: aha, eine neue
kurz: genau

Das konnte sich sowohl auf Berit als auch auf sie selbst beziehen, so wie alles, was Erik bisher zu diesem Thema geäußert hatte. Josie dachte fieberhaft nach, wie sie ihre nächste Frage formulieren konnte, ohne allzu aufdringlich und neugierig zu wirken.

herzlos: und wie sieht sie aus, die frau, die nichts von fitness versteht?

Plumper ging's kaum noch. Josie merkte es sofort, kaum dass sie es getippt und eingegeben hatte. Doch danach war es zu spät, um noch etwas dran zu ändern. Die Frage erschien ohne Zeitverzögerung im Dialogfenster. Doch zu Josies Erleichterung beantwortete *kurz* sie umgehend.

kurz: nicht besonders groß, würde ich sagen. und sie hat ein wunderbares lachen

Josie fühlte zaghafte Hoffnung aufkeimen. Damit konnte Erik nur sie meinen! Berit war alles andere als klein! Dann runzelte Josie die Stirn. Von Eriks Warte aus wirkten zwangsläufig alle Frauen mickrig, sogar Berit. Und wenn Berit lachte, glaubte jedermann, die Sonne aufgehen zu sehen. Jedenfalls empfand Josie das so. Wenn jemand ein wunderbares Lachen hatte, dann Berit!

Mist. Wie konnte sie rauskriegen, wen er meinte?

Hinter Josie ging die Tür auf, und ihr ziemlich verschlafen dreinschauender Bruder erschien. »Was geht denn hier ab? Hast du 'ne Party laufen oder was?«

»Nichts«, wehrte Josie ab. »Geh wieder ins Bett.«

Tobi verzog sich grummelnd.

kurz: bist du noch da?
herzlos: ja, war nur wieder mal gerade jemand hier

Diesmal nicht gelogen.

kurz: komisch
herzlos: ?
kurz: ich mag diese frau aus dem fitnesscenter sehr. aber dich auch. chatte wirklich SEHR gerne mit dir. würde dich zu gern mal persönlich kennen lernen

Josie schloss beseligt die Augen. Das wirst du, dachte sie inbrünstig. Und ob du das wirst!

Glücklich tippte sie:

herzlos: wieso nicht? können wir ja mal so locker einplanen
kurz: hast du e-mail?
herzlos: klar

Es traf sich gut, dass ihre E-Mail-Anschrift keine näheren Hinweise auf ihren Namen enthielt, sie bestand lediglich aus ihren Initialen, verbunden mit einer Zahlenkombination, wie es heute vielfach üblich war, *js99@* …

Die von kurz lautete schlicht *kurz@* …

kurz: mailst du mir?
herzlos: nur wenn du mir zuerst mailst …

kurz: gemacht
herzlos: ☺
kurz: ☺

Danach ging das Geplänkel noch eine Weile hin und her. Josie war wie im Rausch, und *kurz* schien es genauso zu gehen. Sie chatteten wieder einmal über Gott und die Welt. Der Auswahl der Themen, die sie beide interessierten, schienen keine Grenzen gesetzt. Irgendwann bemerkte Josie erschrocken, dass es schon fast halb drei war. Widerstrebend beendeten sie das Gespräch für diesmal.

kurz: dann wünsch ich dir ne gute nacht. schlaf schön
herzlos: danke und dito
kurz: cu
herzlos: ?
kurz: kürzel für see you. und … herzlos?
herzlos: ja?
kurz: ich mag dich

Josies Herz klopfte schneller.

herzlos: ich mag dich auch. mit dir zu reden ist einfach wunderbar
kurz: *grummel* jetzt drück endlich auf aus, sonst sitzen wir beide morgen mittag noch hier!
herzlos: ok. cu. ciao

Schweren Herzens trennte sie die Verbindung und loggte sich aus. Anschließend schwebte sie wie auf Wolken ins Bad, wo sie sich die Zähne putzte und sich dabei pausenlos mit Unmengen Schaum vorm Mund selbst im Spiegel angrinste.

In dieser Nacht schlief sie wunschlos glücklich ein.

10. Kapitel

Ihre Laune hielt sogar noch bis nach dem Aufstehen vor – aber nur so lange, bis sie beim Betreten des Bades einen neuen Mitbewohner vorfand. Er lag in der Wanne und bewegte sich träge, als Josie hereinkam.

Sein Anblick entlockte Josie ein durchdringendes Kreischen.

»Mann«, schimpfte Tobi. Er kam im Schlafanzug aus seinem Zimmer getapert. »Musst du eigentlich hier immer so rumbrüllen? Ständig beschwerst du dich, dass die anderen Radau machen, aber du bist noch von allen Personen hier die lauteste!«

Josie wies mit zitterndem Zeigefinger auf die Wanne. »Da liegt eine Schlange drin.«

Sie versperrte Tobi den Weg. »Geh nicht da rein. Vielleicht ist sie giftig.«

Tobi drängte sich ungerührt an ihr vorbei. »Mann, cool! Das ist 'ne echte Python!«

»Es heißt *der* Python.« Hanna kam aus der Küche. Sie frottierte sich die frisch gewaschenen Haare und lächelte. »Guten Morgen, meine Süßen! Habt ihr schon mit Juppi Freundschaft geschlossen?«

»Wo kommt die Schlange her?«, wollte Josie wissen.

»Ach, die gehört einem Bekannten von Karlheinz. Der musste kurzfristig verreisen, und da haben wir Juppi halt in Pflege genommen.« Hanna trat näher.

»Aber er ist total zahm.« Sie streckte die Hand aus und streichelte Juppi den Kopf. »Wisst ihr noch, wie ihr früher, als ihr klein wart, immer gebettelt habt, dass wir uns ein Haustier anschaffen? Und jetzt haben wir eins!« Aufmunternd drehte sie sich zu ihrem Sohn um. »Fass ihn ruhig mal an!«

Das ließ Tobi sich nicht zweimal sagen. Begeistert streichelte er das gefleckte, armdicke Untier, was bei Josie einen Schauer des Entsetzens auslöste.

»Hat er kein Terrarium?«, fragte sie ungläubig.

»Doch, natürlich. Aber das haben wir in den Club schaffen lassen, hier ist doch so wenig Platz. Heute Abend nehmen wir Juppi dann mit rüber.«

Sofort erstand vor Josies geistigem Auge ein farbenfrohes Fantasiebild, in dem Hanna sich Juppi wie eine überdimensionale Stola um den Hals legte und dann vor versammelter Swingerschar einen Bauchtanz hinlegte. In ihrer Vorstellung sah Josie dabei sogar das Piercing blitzen.

»Wundern würde mich das kein bisschen«, murmelte sie.

»Was meinst du?«, fragte Hanna.

»Ich habe gerade gesagt, dass ich heute schon ausziehe.«

»Dann können wir das Terrarium ja auch in dein Zimmer stellen«, überlegte Hanna.

Josie verzichtete aufs morgendliche Zähneputzen und Waschen. In diesem Irrenhaus hielt sie es keine Minute länger aus. Und wozu auch? Es interessierte ja doch keinen, ob sie selbst oder statt ihrer ein Python hier wohnte. Sie zog aus, und Juppi zog ein. Schwups, so schnell ging das.

Unter diesen Umständen hatte sie auch keine Lust zum Frühstücken. Außerdem war es besser, wenn sie heute Morgen nichts aß, denn es stand sozusagen die Stunde der Wahrheit bevor. Für neun Uhr war sie mit Klaus verabredet. Heute sollte ihre erste Habituationssitzung stattfinden. Und zugleich ihre nächste Übung in praktischer Anatomie. Drei Stunden hatte sie inzwischen geschwänzt, womit sie sich hart am Limit bewegte. Wenn sie zu häufig bei den praktischen Übungen fehlte, würde sie schon allein deswegen durchfallen, ganz egal, ob sie die restlichen Testate versiebte oder nicht.

Er stand schon dort und wartete auf sie. Im Licht der grellen Neonröhren war sein Gesicht wächsern bleich. Vermutlich sah sie ebenso aus.

Josie gab ihm die Hand und begrüßte ihn. »Warten Sie schon lange?«

»Fünf Minuten.«

»Sie sind blass«, scherzte sie. »Passen Sie nur auf, dass Sie sich nachher nicht aus Versehen unten irgendwo hinlegen. Da gibt's nämlich Anatomiediener. Sie wissen schon, die Typen mit der Säge.«

Ihr Versuch, die Atmosphäre aufzulockern, stieß bei Klaus nicht gerade auf Begeisterung. Er nickte mit zusammengepressten Lippen. Während sie die Treppen zum Kellergeschoss hinunterstiegen, zog er einen Mundschutz aus der Hosentasche und legte ihn an.

»Wo haben Sie den denn her?«, fragte Josie.

»Aus der Apotheke. Ich dachte nur, es wäre vielleicht eine gute Idee.«

Josie überlegte trübsinnig, dass sie so etwas bei

ihrem letzten Testat auch ganz gut hätte gebrauchen können. Nicht, dass sie damit bestanden hätte. Gegen den Geruch taugten diese Dinger nicht das Geringste. Doch zumindest hätte sie damit das Geld für ungefähr dreihundert Tempos gespart. Und Marius, dieser dämliche Egomane, hätte sich nicht eingebildet, dass sie sich seinetwegen tagelang die Augen ausgeheult hätte.

»Sagen Sie, kann ich Sie mal was Fachliches fragen?«, wollte Josie wissen, während sie zu den Umkleideräumen hinübergingen, um sich mit Kitteln und Handschuhen auszustaffieren.

»Natürlich«, sagte Klaus.

»Vielleicht wissen Sie es auch gar nicht«, schränkte Josie ein, »aber es könnte ja immerhin sein, dass Sie mal was drüber gelesen haben oder so.« Sie hüstelte und reichte Klaus einen frischen Kittel, von dem sie glaubte, dass er groß genug für seine fassartige Statur war.

Dann hüstelte sie abermals und stieß wie aus der Pistole geschossen hervor: »Haben Sie schon mal von einer Statistik gehört, wonach von allen Frauen zweikommafünf Prozent nur neunzig Sekunden bis zum Orgasmus brauchen?«

Klaus starrte sie an. »Nicht, dass ich wüsste. Warum?«

»Ach, nur so. Das hat neulich mal jemand behauptet, den ich kenne.«

»Vielleicht handelt es sich nicht um eine psychologische, sondern um eine soziologische oder sogar eine medizinische Abhandlung«, gab Klaus zu bedenken.

Genau genommen handelte es sich um einen Albtraum, aber damit wollte Josie sich jetzt nicht auch noch unbedingt blamieren.

Auf dem Weg zum Anatomiesaal erzählte Klaus, dass er sein Vorhaben bereits mit Professor Wiedelmann besprochen hatte.

»Und der hatte nichts dagegen?«, vergewisserte Josie sich.

»Nein, im Gegenteil. Er äußerte sich dahingehend, dass Sie eine seiner begabtesten Studentinnen seien.«

Das verschlug Josie die Sprache. Sie mochte kaum glauben, dass Professor Wiedelmann so etwas über sie gesagt hatte. Ob es sich vielleicht um eine Verwechslung handelte?

Klaus besprach mit ihr sein Konzept für die bevorstehende Sitzung – die natürlich ausnahmsweise im Stehen stattfinden sollte, da für diesen Morgen eine Übung im Abdominalbereich angesagt war. Klaus erläuterte Josie, wie er sie Schritt für Schritt durch die Übung begleiten wollte. Die Vorgehensweise, die er sich dafür überlegt hatte, bestand darin, dass Josie jeden einzelnen ihrer Handgriffe kommentierte. Und zwar nicht aus medizinischer, sondern aus emotionaler Sicht. Sie sollte darüber sprechen, was sie fühlte. Und Klaus würde dementsprechend in Krisensituationen beruhigend auf sie einwirken und dafür sorgen, dass sie ihren Ansatz stabilisieren konnte. Natürlich von ihrer Einstellung her, nicht mit dem Skalpell.

Sie hatten den Anatomiesaal erreicht, wo sie unter den Grüppchen von anderen Studenten auch Berit sahen. Sie stand an einem der Seziertische und hatte sich bereits mit ihrem Skalpell an die Arbeit gemacht.

Josie warf aus sicherer Entfernung einen Blick in die offene Bauchhöhle und erschauerte.

»Hallo«, rief sie mit gedämpfter Stimme.

Berit hob das Skalpell und winkte damit. »Hi Süße! Hallo Klaus! Kommt hier rüber, es kann losgehen! Ich habe schon mal angefangen!«

Josie hatte den Eindruck, dass ihre Nase kurz vom Explodieren stand. Ihr rechtes Nasenloch fühlte sich an, als sei es mit Dynamit gefüllt.

Professor Wiedelmann löste sich aus einer Gruppe von Studenten und kam näher. Er gab Josie die Hand.

»Schön, Sie wieder mal hier zu sehen.«

»Ich war … ähm, krank«, meinte Josie lahm. »Das ist übrigens mein Therapeut.«

»Ich weiß, wir haben uns ja schon unterhalten.« Professor Wiedelmann schüttelte Klaus die Hand. »Ich muss sagen, ich bin sehr gespannt. Letzte Woche habe ich Ihren Aufsatz über neue Methoden in der Habituationsforschung gelesen. Interessante Denkanstöße, wirklich.« Der Professor deutete auf den Tisch, an dem Berit stand.

»Wenn ich dann bitten darf?«

Josie schluckte und zwang sich dazu, nicht an ihre scheußlich juckende Nase zu denken. Zaghaft trat sie einen Schritt näher, dann noch einen. Und auf einmal stand sie ganz dicht beim Tisch. Nah genug, um das Skalpell zu ergreifen, das Berit ihr reichte.

»Du kannst es«, sagte Berit.

Josie streckte die Hand mit dem Skalpell aus. Ihre Finger zitterten, als hätte sie jemand unter Strom gesetzt.

»Ich weiß nicht«, wisperte sie.

»Doch!«

Josie äugte auf das Arbeitsfeld. Sie sah das Gewirr von Darmschlingen und holte Luft. Das hätte sie vielleicht nicht tun sollen. Ihr rechtes Nasenloch war komplett zugeschwollen. Aber das linke war dafür tadellos in Ordnung. Sie konnte damit problemlos den typischen, infernalischen Gestank wahrnehmen, der hier durch alle Räume waberte.

»Das hier vorherrschende Odeur ist unbeschreiblich grauenhaft«, erklärte Josie in leierndem Tonfall. »Es verursacht erhebliche körperliche Beeinträchtigungen im Bereich des Geruchsempfindens.«

»Wozu erzählst du mir das?«, fragte Berit erstaunt. »Das weiß doch eh jeder, oder? Weshalb musst du da noch drauf rumreiten, davon wird's auch nicht besser.«

»Weil ich's mit Klaus so ausgemacht habe.« Josie räusperte sich. »Ich fühle wachsende Übelkeit, die sich mehr und mehr bis hin zum Unerträglichen steigert.«

»Komm, lass das blöde Gelaber und reiß dich zusammen! Fang einfach erst mal an, dann überwindest du das schon.«

Das sah Josie völlig anders. »O Gott, ich muss kotzen«, stieß sie hervor.

Sie legte das Skalpell weg und gab ein trockenes Würgen von sich.

»Hast du etwa gefrühstückt?«, wollte Berit erschrocken wissen.

Josie schüttelte den Kopf. Das Würgen ließ zum Glück rasch nach, allmählich konnte sie wieder atmen. Aber sie würde auf keinen Fall etwas mit diesem Skalpell unternehmen können. Seit dem letzten

Mal hatte sich nicht das Geringste an ihrer Aversion geändert. Sie fragte sich, wo ihr Therapeut steckte. Bis jetzt hatte er nicht das kleinste bisschen unternommen, um ihren Ansatz zu stabilisieren.

»Ich glaube, für heute kannst du das Ganze sowieso vergessen«, meinte Berit. Sie deutete über die Schulter zur Tür.

Josie folgte ihren Blicken. Drüben hatte sich eine Traube von Studenten um einen am Boden liegenden Mann zusammengeschart. Zwei von ihnen kauerten auf den Knien und hielten Klaus in den Armen, ein dritter fächelte ihm Luft zu. Professor Wiedelmann winkte einem Anatomiediener und befahl ihm, eine Bahre herbeizurollen. Er gehorchte umgehend. In diesem Moment kam Klaus zu sich, sah den bekittelten Bediensteten mit der Bahre – und sprang augenblicklich auf die Füße.

»Da soll mich doch einer«, meinte Josie.

»Ach, guck mal«, sagte Berit, »ich glaube, das ist der Appendix.«

»Wer?«, fragte Josie zerstreut. Sie konnte es nicht fassen. Klaus war in Ohnmacht gefallen!

»Bevor ich's vergesse«, warf Berit ein, »heute Abend komme ich wieder ins Fitnesscenter. Ich glaube, es ist Zeit für eine kleine Wiederholungsübung.«

Dazu hätte Josie ihr einiges erzählen können, doch aus unerfindlichen Gründen brachte sie es nicht fertig.

»Habe ich dir schon erzählt, dass meine Slipeinlage feucht geworden ist, als er sich letztens von mir verabschiedet hat?«

Dazu fiel Josie erst recht nichts ein.

Klaus war sein Zusammenbruch entsetzlich unangenehm. Er entschuldigte sich tausend Mal bei Professor Wiedelmann und weitere tausend Mal bei Josie. Beim nächsten Mal werde er besser vorbereitet zur Sitzung kommen, dergleichen werde ihm nicht noch einmal passieren, Josie solle völlig unbesorgt sein. Professor Wiedelmann wiegte zweifelnd den Kopf und meinte, hier seien schon härtere Burschen umgekippt, und meist lasse sich das nicht von einer Woche auf die nächste abstellen. Doch nichtsdestotrotz war er bereit, Josie eine weitere Chance – aber wirklich nur noch eine einzige! – einzuräumen, da er der Meinung war, dass sie es vielleicht doch noch schaffen konnte, auch ohne ein Semester zu verlieren.

Josie glaubte selbst ganz und gar nicht an diese Möglichkeit, doch die Sache störte sie weniger, als es vielleicht unter normalen Umständen der Fall gewesen wäre. So weit es sie betraf, waren die Umstände nämlich alles andere als normal. Als sie nach der misslungenen Habituationssitzung dem Dunstkreis der Anatomie entfloh, war sie, kaum dass sie die Treppen zum Erdgeschoss hochgeflitzt war, mit ihren Gedanken längst ganz woanders. Die praktische Anatomie, beziehungsweise ihre Unfähigkeit zur Ausübung derselben, kratzte sie kein bisschen. Sie konnte nur an den bevorstehenden Abend denken und daran, endlich Erik wieder zu sehen.

Ob sie bereits heute die Gelegenheit wahrnehmen und ihn darüber aufklären sollte, dass sie und *herzlos* ein- und dieselbe Person waren? Oder ob sie lieber abwarten sollte, bis er den ersten Schritt tat? Die meisten Männer waren ja heutzutage emanzipiert genug, um auch einmal den Frauen das Anbaggern zu überlassen. Aber es gab immer noch erstaunlich viele Vertreter des starken Geschlechts, die das lieber selbst in die Hand nahmen.

Ein lästiges kleines Stimmchen in Josies Kopf machte sie darauf aufmerksam, dass sie bis jetzt immer noch nicht mit Berit über Erik geredet hatte. Heute Morgen hätte sie mehr als genügend Zeit dafür gehabt, ihrer Freundin alles zu erklären. Doch Josie hatte einfach nicht gewusst, wie sie es anstellen sollte. Eine feuchte Slipeinlage war ein gravierendes Argument für Berits ernste Absichten. Das ließ sich nicht so leicht aus der Welt räumen! Doch Josie war entschlossen, sich bis heute Abend eine gute Strategie zurechtzulegen. Irgendwie würde sie Berit schon begreiflich machen, dass sie selbst den Vortritt hatte.

Zu Hause begann sie sofort damit, ihren Umzug in Angriff zu nehmen. Ben hatte ihr gestern noch seine Telefonnummer und einen Wohnungsschlüssel gegeben und dabei gesagt, dass sie sich jederzeit mit Sack und Pack bei ihm einfinden könne. Den Mietvertrag könne sie dann an Ort und Stelle unterschreiben.

Als Josie ihn anrief, meldete sich der Anrufbeantworter. »Hallo, hier ist der Anschluss von Benedikt Gruber, ich bin leider momentan nicht da. Hinterlassen Sie nach dem Signalton eine Nachricht, ich rufe dann so schnell wie möglich zurück. Tschüs.«

»Hallo Ben, hier ist Josie. Ich wollte nur sagen, dass ich heute schon bei dir einziehen will. Hoffentlich passt es dir. Heute Nachmittag, sagen wir, so gegen drei?«

Sie wartete ein paar Sekunden, in der Hoffnung, dass er doch zu Hause sein und abheben möge, doch es tat sich nichts. Sie legte auf und beschloss, später noch einmal anzurufen. In der Zwischenzeit konnte sie ja schon mal ihre Siebensachen zusammenpacken. Praktischerweise standen überall noch leere Kartons herum, in denen sich vorher Karlheinz' Zeug befunden hatte. Josie hielt sich nicht damit auf, ihre Sachen beim Einpacken besonders sorgfältig zu ordnen. Sie warf alles so in die Kisten und ein paar Taschen, wie es ihr unterkam, Bücher, CDs, Klamotten, Handtücher, Duschzeug. Zum Glück benötigte sie keine Küchenausrüstung. In Bens Küche war alles vorhanden.

Nachdem Josie alles verstaut hatte, ging sie in Tobis Zimmer und verscheuchte ihn von ihrem PC.

»Den muss ich leider mitnehmen.«

Er stellte sich zwischen seine Schwester und den Computer. »Das kannst du nicht machen!«

»Sorry, aber das kann ich doch«, beschied Josie ihn. In diesem Punkt würde sie kein Jota nachgeben. Es kam überhaupt nicht infrage, dass sie ohne PC hier auszog. Nachdem sie einmal herausbekommen hatte, was man damit alles tun konnte, würde sie nicht im Traum auf die Idee kommen, darauf verzichten zu wollen.

Tobis Stimme bekam einen weinerlichen Beiklang. »Und was soll *ich* dann machen?«

»Vielleicht ein bisschen für die Schule lernen«, schlug Josie vor.

Tobi starrte sie ungläubig an.

Josie zuckte die Achseln. »Vor allem Latein. Da

steht schließlich schon fest, dass du 'ne Fünf auf dem Zeugnis kriegst. Wenn die Englischarbeit jetzt auch noch daneben ist, sind es zwei Fünfen. Dann ist die Nachprüfung deine einzige Chance.«

Doch natürlich konnte sie diese harte Tour nicht durchhalten. Nicht, wenn ihr kleiner Bruder drauf und dran war, in Tränen auszubrechen.

»Ich überlasse dir hiermit offiziell meine Nutzungsrechte an Karlheinz' Rechner«, meinte sie großmütig. »Der ist sowieso schneller als meiner. Und super Sound hat er auch.«

»Echt?« Tobi war gerührt. »Das find ich toll von dir!«

Dann machte er sich umgehend daran, seine Programme auf CDs zu brennen, um anschließend alles auf Karlheinz' Festplatte deponieren zu können.

Josie versuchte derweil erneut, Ben anzurufen. Diesmal hatte sie mehr Glück, er ging sofort dran.

»Benedikt Gruber.«

»Ich bin's«, sagte sie erfreut, »Josie.«

»Hi! Ich habe eben deine Nachricht abgehört! Schön, dass du heute schon kommst. Ist alles fix und fertig, du kannst auf der Stelle einziehen.«

»Na ja, die Sache ist die ... ich habe kein Auto. Wahrscheinlich klappt es erst heute Abend, das heißt, falls Berit den Wagen von ihrer Mutter haben kann.«

»Wenn du willst, kann ich dir auch rasch dein Zeug rüberfahren. Ist es viel?«

Josie schätzte im Geiste das Volumen ihrer gestapelten Besitztümer. Drei Kisten, zwei Taschen, der PC mitsamt Monitor.

»Passt alles in einen normal großen Kofferraum plus Rückbank, würde ich sagen.«

»Fein. Ich bin in zehn Minuten da.«

Tobi half Josie beim Runtertragen ihrer Sachen.

»Hast du dich schon von Mama verabschiedet?«, wollte er wissen. In diesem Moment sah er sehr kindlich aus. Das blonde Haar stand verstrubbelt in alle Richtungen ab, weil er sich wieder mal nicht richtig gekämmt hatte. Um seinen Mund lag ein trotziger Zug, der jedoch nicht die Empfindsamkeit verbergen konnte, die trotz seiner zur Schau getragenen Lässigkeit noch in ihm steckte.

»Ich bin doch nicht aus der Welt«, beruhigte Josie ihn. »Heute Abend komme ich noch mal her und melde mich offiziell ab. Natürlich komme ich auch oft zu Besuch.«

»Ich meine ja nur«, sagte Tobi.

Josie wurde unvermittelt von heftigem Abschiedsschmerz gepackt. Wenn sie ihren kleinen Bruder dort im Hausflur stehen sah, bekam sie schon Heimweh, bevor sie ausgezogen war!

»Glaub bloß nicht, dass ihr mich so schnell loswerdet«, erklärte sie mit bewegter Stimme. »Außerdem – wer soll denn außer mir mit dir Latein pauken?«

»Karlheinz hat schon gesagt, dass er das macht. Er hatte in der Schule auch Latein. Er hat sogar Großes Latinum.«

Josie unterdrückte ein Zähneknirschen. So viel zum Thema Ersetzbarkeit!

»Ich glaube, da kommt Ben«, sagte sie, als sie draußen einen Wagen vorfahren hörte.

Tobi öffnete die Haustür. »Wow, ist er das?«

Josie wuchtete eine Kiste hoch. »Wenn er rote Haare hat – ja.«

»Hat er. Und er fährt einen geilen BMW. Siebener Modell, vom Feinsten. Sieht brandneu aus.«

»Echt?« Josie stemmte die Kiste auf die Schulter und folgte der Blickrichtung ihres Bruders. »Tatsache. Na so was.«

Ben stieg aus und winkte ihr zu, dann öffnete er den Kofferraum. Er schüttelte Tobi die Hand, während Josie die Vorstellung übernahm, dann luden sie gemeinsam alles ein. Anschließend verstauten sie das, was nicht mehr hineinpasste, auf den Rücksitzen. Josie hatte sich nicht verschätzt. Es ließ sich alles bequem unterbringen.

Josie wandte sich zu Tobi um, weil sie ihn zum Abschied umarmen wollte, doch er hatte bereits einen Sicherheitsabstand zwischen sich und seine Schwester gelegt, als hätte er ihre Absicht vorausgeahnt. Josie erinnerte sich daran, wie grässlich er es fand, in der Öffentlichkeit mit Zärtlichkeiten bedacht zu werden. Schon als Erstklässler hatte er ihr und Hanna vehement verboten, ihn vor den Augen der anderen Kinder zu umarmen, und erst recht, ihn abzuküssen.

»Tschüs, bis heute Abend!«, rief Josie ihm zu.

»Bis später«, meinte er, und im nächsten Augenblick war er auch schon im Hausflur verschwunden. Die Tür fiel mit einem endgültig klingenden Geräusch hinter ihm zu.

Josie stieg zu Ben in den Wagen, und als sie losfuhren, hätte sie gern ein bisschen geweint. In diesem Haus war sie aufgewachsen. Na gut, es war ein hässlicher Kasten von einem Mietshaus, sicher gab es in der ganzen Stadt nicht viele Häuser, die unansehnlicher und abgewohnter waren. Aber bis jetzt war es das einzige Zuhause gewesen, das sie kennen gelernt hatte. Die Luxuswohnung, in der sie mit Marius hatte zusammenleben wollen, war niemals vollständig Realität geworden, sie war von Anfang an ein unerfüllbarer Traum gewesen, wie eine schillernde Seifenblase, die den Betrachter verlockt, sie einzufangen, nur um dann bei der leisesten Berührung sofort zu zerplatzen.

Josie fühlte sich von ihren eigenen Gedankengängen in eine Art lyrischen Taumel versetzt. Sie hatte kein Problem damit, das entsprechend fortzuspinnen. Es war ein bisschen wie im Märchen, überlegte sie. Da mussten auch immer alle möglichen armen Waisenkinder ihr freudloses Zuhause verlassen und in die weite Welt hinausziehen, in die gefährliche Fremde …

»Mit dem Bus brauchst du bloß zehn Minuten von mir bis zu deiner Mutter«, riss Ben sie aus ihren Gedanken an Frau Holle, Schneewittchen und Hänsel und Gretel.

»Ich weiß«, sagte Josie. Ihr Blick fiel auf das reichlich mit Elektronik bestückte Armaturenbrett. »Woher hast du eigentlich diesen tollen Wagen? Geborgt?«

»Ach, der ist als Geschäftswagen aufs Fitnesscenter zugelassen.«

»Und du darfst den einfach so privat fahren?«

Ben musterte Josie leicht irritiert von der Seite. »Klar, wieso nicht?«

Richtig. Erik war ja sein Freund. Warum sollte er Ben nicht mal seinen Wagen zur Verfügung stellen?

Ben bog in eine kaum befahrene Nebenstraße ein und hielt ein paar Häuser weiter an. Josie blickte sich verdutzt um. Das war dieselbe Wohngegend, in der sich die Seifenblasenwohnung befand, höchstens drei Straßenecken und vielleicht dreihundert Meter Luftlinie von hier entfernt!

»Da wären wir«, sagte Ben überflüssigerweise. Er stieg aus, ging um den Wagen herum und öffnete Josie die Tür. Sie registrierte die höfliche Geste kaum, so sehr war sie damit beschäftigt, das Haus anzustarren. Es war nicht einfach irgendein schlichtes Mietshaus, o nein! Von der Bezeichnung her fiel es eher in dieselbe Kategorie wie das Seckbach'sche Anwesen, mit anderen Worten: Es war eine veritable Prachtvilla, die beim freien Verkauf auf dem Immobilienmarkt sicherlich eine sechsstellige Summe erbracht hätte.

Die Bauart war jedoch völlig anders. Das Heim von Marius' Eltern war neu und in postmodernem Stil errichtet, während es sich bei diesem Schmuckstück hier um ein Haus älterer Bauweise handelte. Es stammte aus der Gründerzeit, eine wunderschöne, liebevoll restaurierte, elfenbeinfarben verputzte Patriziervilla. Umrahmt vom üppigen Grün eines ziemlich verwilderten Gartens, wirkte sie wie eine kostbare Gemme in einer zauberhaften Fassung.

Für den Moment war Josie zu überwältigt, um die nahe liegende Frage zu stellen, wie Ben an so ein Haus kam. Wortlos folgte sie ihrem neuen Vermieter durch das hölzerne Portal in eine kleine, marmorgeflieste Eingangshalle von zeitloser Eleganz. Eine geschwungene Treppe mit gedrechseltem Geländer führte ins Obergeschoss.

»Hier unten wohne ich«, sagte Ben. Er zeigte ihr nacheinander die Räume. Es gab ein Arbeitszimmer, ein Schlafzimmer, ein Wohnzimmer, ein Bad, eine große Küche mit Essecke und eine Art Hauswirtschaftsraum, in dem Waschmaschine und Trockner standen. Alles war hell und modern, aber nicht allzu kostspielig eingerichtet. Das eigentlich Wertvolle war das Haus selbst. Vom Wohnzimmer und von der Küche aus führten jeweils Glastüren auf eine große Sandsteinterrasse hinaus, die an drei Seiten von dem wild wuchernden Garten begrenzt wurde.

Josie wanderte sprachlos durch die Räume und genoss den Anblick der hohen Stuckdecken, der fünfeckigen Erker, des blank gewienerten Schiffsplankenparketts.

Wenn sie sich je ein Traumhaus vorgestellt hatte, so sah es aus wie dieses hier. Nicht wie die Wohnung, die Marius für sie beide ausgesucht hatte.

»Es ist wunderschön«, sagte sie mit belegter Stimme. »Hast du's geerbt?«

Er lächelte ein wenig kläglich. »Nein, gekauft. Ich bin letztes Jahr ganz plötzlich zu Geld gekommen. Kurz darauf habe ich dieses Haus gesehen. Und mich auf Anhieb verliebt.«

»Das kann ich verstehen«, sagte Josie sofort. »Wenn ich das Geld dafür gehabt hätte – ich hätte auch nicht lange überlegt.«

»So ging's mir auch. Ich musste es einfach haben. Die Leute, denen es vorher gehörte, sind nach Neuseeland ausgewandert, zu ihrer Tochter und den Enkeln. Ich habe dann zufällig über Bekannte gehört, dass sie das Haus verkaufen wollten. Da habe ich nicht lange gefackelt und sofort unterschrieben, bevor das Objekt bei irgendeinem Makler landen konnte. Das ging Knall auf Fall, sie wollten keine

Zeit verlieren. Der Mann war ziemlich krank, es hieß, dass er nicht mehr lange zu leben hat.«

»Oh«, sagte Josie betroffen.

»Soweit ich weiß, hat er sich wieder gut erholt«, sagte Ben. »Neulich kam eine Karte, auf der sie sich dafür bedankt haben, dass ich Ihnen den Start in ein neues Leben ermöglich habe.«

»Das Haus war bestimmt wahnsinnig teuer.«

Ben nickte grinsend. »Unvorstellbar. Und es ist auch noch nicht abgezahlt. So ganz gereicht hat es nämlich nicht, ich musste eine nette Hypothek dafür aufnehmen.«

Vermutlich musste er deshalb auch an sie und Freddy untervermieten. Womit natürlich noch nicht die Frage beantwortet war, wie er an so viel Geld gekommen war, um dieses Haus kaufen zu können. Josie tippte darauf, dass er, wenn schon nicht die Villa selbst, dann doch auf jeden Fall das Geld für den Kauf geerbt haben musste. Doch so indiskret, ihn danach zu fragen, wollte sie nun auch wieder nicht sein. Wer wurde schon gern an den Verlust eines nahe stehenden Menschen erinnert?

»Das Haus ist übrigens voll unterkellert«, sagte Ben. »Falls du der Typ bist, der verrückt auf Gartenarbeit ist – da unten findest du alles, was man dafür so an Geräten braucht. Es gibt jede Mengen Liegen und Gartenstühle und so weiter. Und ein paar alte Fahrräder von den Vorbesitzern sind auch noch da. Bedien dich ruhig an allem, was du findest.«

»Danke«, sagte Josie. »Und wo wäre dann mein Zimmer?«

Bens sommersprossiges Gesicht verzog sich zu einem mutwilligen Grinsen. »Da du jünger bist als ich und bestimmt besser Treppen steigen kannst, musst du mit einem der oberen Zimmer vorlieb nehmen.«

Josie folgte ihm ins Obergeschoss, wo es ebenso viele Zimmer gab wie unten. Zwei davon sowie ein Badezimmer waren fertig eingerichtet, die übrigen Räume standen leer.

Das kleinere Zimmer war ein komplett möbliertes Schlafzimmer, von dem ein runder Durchgang in den benachbarten Raum führte, der als Wohn- und Arbeitsraum eingerichtet war. Der Stil war hier ein wenig anders als unten. Diese Räume besaßen eine unverkennbar weibliche Note. Helle Holzregale, ein gemütliches Leinensofa, eine kleine antike Kommode, ein Webteppich in sanften Rosentönen, auf dem Bett eine Tagesdecke mit geklöppelter Spitze, hauchzarte Gardinen mit eingewirktem Blumenmuster – hier passte einfach alles zusammen, und es war nicht zu übersehen, dass das Mobiliar mit viel Liebe zum Detail ausgewählt worden war.

»Wer hat vorher hier oben gewohnt?«, wollte Josie wissen. »Die Frau, die nach Hamburg gezogen ist?«

»Nein, die hatte unten ihr Zimmer. Sie hat natürlich ihre Möbel mitgenommen, und als sie weg war, habe ich mich ein bisschen ausgebreitet und mir ein Arbeitszimmer eingerichtet. Hier oben ist eigentlich alles so geblieben, wie es war, als ich eingezogen bin. Die Leute, denen das Haus gehörte, haben eigentlich auch nur die untere Etage bewohnt. Jedenfalls die letzten zehn Jahre oder so.«

Josie zog sofort den richtigen Schluss. »Also waren das hier die Zimmer der Tochter.«

Ben nickte. »Die Vorbesitzer haben bei ihrem Auszug den ganzen Hausrat hier gelassen. Sie meinten, ich könnte damit machen, was ich wollte. Unten hatten sie lauter dunkle, uralte Stilmöbel, das war nicht mein Fall, also habe ich das gleich verkauft. Hier oben habe ich alles so gelassen und die erste Zeit auch hier gepennt, während ich unten renoviert habe.«

Josie atmete tief durch. Das hier war also ihr neues Zuhause! Sie fühlte sich auf Anhieb wohl. Besser hätte sie es auch nicht einrichten können!

Das Bad lag gegenüber vom Schlafzimmer und war, anders als das Bad im Erdgeschoss, noch nicht saniert, aber Josie war sofort entzückt von den altertümlich geformten Armaturen und der auf Klauenfüßen ruhenden Wanne. Sollte Marius doch mit Agnes in seinem Jacuzziverschnitt planschen – um nichts in der Welt hätte Josie diese entzückende alte Wanne gegen eine andere eintauschen mögen!

»Es ist … es ist einfach traumhaft«, sagte Josie leise. Sie drehte sich zu Ben um, der ihr gefolgt war.

»Freut mich, dass es dir gefällt«, sagte er vergnügt.

»Weißt du übrigens, dass du meine Rettung bist?«

Sein Gesicht nahm einen ernsten Ausdruck an.

»Aber ja, Mylady. Dergleichen vollbringe ich täglich. Ein Ritter kennt kein anderes Begehr, als bedrängten Maiden sein Geleit anzutragen.«

Er legte eine Hand auf den Rücken und deutete eine höfische Verbeugung an. »Immer der Eure, Mylady.«

Josie brach in Kichern aus und versetzte ihm einen Klaps auf die Schulter. »Du kannst einfach nicht ernst sein!«

»Doch«, widersprach Ben sofort. »Manchmal schon.«

»Wann?«, wollte sie sofort wissen.

»Wenn's um den wahren Grund deines Hierseins geht«, sagte er prompt.

Josie fuhr zu ihm herum. »Was genau meinst du denn *damit*?«

»Dass ich nicht kochen kann.«

»Ja ... und?«

»Und das ist der andere Pferdefuß.« Ben trat hinter sie, fasste sie bei den Schultern und schob sie sanft vor den runden Kristallspiegel über dem Waschbecken. »Darf ich vorstellen: Josefine Strehlitz. Meine neue Küchenmagd.«

Josie brach mit einem Lachkrampf in seinen Armen zusammen.

11. Kapitel

Nachdem sie sich halbwegs beruhigt hatte, holten sie gemeinsam Josies Hausrat aus dem Wagen. Während Ben sich daranmachte, alles nach oben zu schleppen, schaute Josie sich das restliche Haus an. Es gab noch ein Dachgeschoss mit vier kleinen Kammern, die jedoch alle leer standen. Zu Anfang des letzten Jahrhunderts hatten hier vermutlich die Dienstboten der ersten Besitzer gewohnt. Ben hatte erzählt, dass er bei seinem Einzug dort haufenweise wertloses altes Gerümpel vorgefunden hatte, das er gleich zum Sperrmüll gegeben hatte.

Josie lief die Treppen wieder hinunter und stromerte durch die Kellerräume, wo sie nicht nur die von Ben erwähnten alten Fahrräder und Gartenstühle fand, sondern auch jede Menge eingekochte Kirschen in völlig verstaubten Gläsern. Sie ging zurück nach oben, drehte sich in der Halle um ihre eigene Achse und schwelgte förmlich in der Weitläufigkeit dieses Hauses. Unter Platzmangel würde sie wohl nicht mehr leiden müssen!

Da fiel ihr ein …

»Sag mal, wo hat eigentlich Freddy sein Zimmer?«, wollte sie verwundert wissen. Wenn sie sich nicht sehr getäuscht hatte, hatte sie jedes einzelne Zimmer in diesem Haus gesehen. Sogar die kleinen.

»Ach ja.« Ben ging voraus in sein Arbeitszimmer und winkte Josie, ihm zu folgen. In einer Ecke blieb er stehen und deutete auf …

»Ein Hamster!« Konsterniert betrachtete Josie den Käfig. »Freddy ist ein Hamster! Du hast mich reingelegt!«

Ben zog den Kopf ein und schaffte es, wie ein gescholtener Siebenjähriger auszusehen. »Willst du jetzt wieder ausziehen?«

Josie wusste nicht recht, ob sie grollen oder lachen sollte. Bevor sie sich für eines von beidem entscheiden konnte, richtete Ben sich wieder auf und bedachte sie mit vorwurfsvollen Blicken. »Aber du hast mir ja auch nicht verraten, dass du ein Haustier hast. Also sind wir jetzt wohl quitt.«

Josie schaute ihn verständnislos an. »Ich weiß gar nicht, wovon du redest!«

»Na, von diesem Kameraden da drüben.« Ben zeigte auf einen Punkt hinter Josies Rücken. Sie drehte sich um – und erstarrte.

»O Shit«, stöhnte sie.

»Heißt er so?«, wollte Ben interessiert wissen.

»Nein«, antwortete sie mit Panik in der Stimme. »Das ist Juppi. Und er wird ganz sicher nicht hier wohnen!«

Juppi hatte sich offenbar in einem der Umzugskartons verkrochen, ohne dass Josie es bemerkt hatte. Ben nahm es auf sich, das Vieh einzufangen und es wieder in eine der Kisten zu legen, die Josie eigens zu dem Zweck umgekippt und ausgeleert hatte. Josie verfolgte die Aktion aus sicherer Entfernung.

»Soll ich Klebeband holen?«

»Ich weiß nicht«, meinte Ben, »vielleicht erstickt er dann.«

»Wir können ja Luftlöcher reinmachen.«

Gesagt, getan. Ben trug die Kiste ins Auto und spielte abermals den Chauffeur, diesmal für eine Riesenschlange. Zwanzig Minuten später übergab Josie die sorgfältig zugeklebte und mit einer ausreichenden Anzahl von Luftlöchern versehene Kiste ihrem Bruder, dem Juppis Fehlen noch gar nicht aufgefallen war.

»Da hat jemand für dich angerufen«, sagte Tobi. »Irgend so ein Ernst oder Erich.«

Josies Herz hüpfte ein paar Takte schneller. »Vielleicht Erik?«

Tobi zuckte die Achseln. »Kann sein. Keine Ahnung.«

»Was wollte er denn?«

»Er hat gefragt, ob du heute vielleicht eine Stunde früher zur Arbeit kommen kannst.«

Natürlich konnte Josie. Nichts lieber als das!

Sie kritzelte Bens Anschrift und Telefonnummer auf einen Zettel und drückte ihn Tobi in die Hand, für den Fall, dass nochmals jemand für sie anrief. In erster Linie dachte sie dabei natürlich an Erik.

»Sei so lieb und gib Mama den Zettel, wenn sie wiederkommt, damit sie Bescheid weiß.«

Josie fuhr mit Ben zurück und bedankte sich überschwänglich für seinen Einsatz, dann tänzelte sie nach oben in ihr herrlich altmodisches Bad, um zu duschen und sich zu stylen. Normalerweise verschwendete sie keine Zeit darauf, sich großartig fürs Putzen herzurichten, doch jetzt war alles anders. Jetzt wusste sie ja, dass Erik sie mochte. Da wollte sie ihn nicht enttäuschen. Es kam gar nicht infrage, dass sie verschwitzt und erschöpft vom Umzug im Studio auflief. Das Auge wollte schließlich auch was haben!

Anschließend räumte sie rasch ihre Sachen ein und blickte sich zufrieden um. Der Tag hatte zwar miserabel angefangen, aber mittlerweile lief alles so gut, wie sie es sich in ihren kühnsten Träumen nicht hatte vorstellen können.

Theoretisch hätte sie noch ausreichend Zeit gehabt, für die Klausur zu lernen, die in der kommenden Woche anstand, doch das Studium war für Josie momentan Äonen weit weg. Fragte sich, ob sie überhaupt je wieder zur Uni ging, nachdem es heute früh wieder so gründlich schief gelaufen war.

Statt die verbleibende Zeit für nutzloses Lernen zu verplempern, entschied Josie sich für etwas, das in ihren Augen weit sinnvoller war: Sie hatte entdeckt, dass es in ihrem Wohnzimmer eine Telefonbuchse gab. Also schloss sie ihren PC an, sodass sie sofort online gehen und ihre Mailbox abfragen konnte. Frohlockend las sie die Betreffzeile im Posteingang: *re: kurz und herzlos.*

Er hatte ihr eine E-Mail geschickt – sogar noch gestern Nacht! Josie rief sie auf und überflog sie hastig.

hi, meine liebe unbekannte aus der singlebox,

melde mich wie versprochen mit der ersten mail! kann noch nicht einschlafen, weil mir zu viele gedanken im kopf herumwandern. wir haben viel geredet (besser: geschrieben), und es kommt mir so vor, als ob ich dich schon jahre kenne. bin ein wenig durcheinander, weil zur zeit einiges in meinem leben passiert. ein teil davon bist du … du beginnst, wichtig für mich zu werden. dabei weiß ich nichts von dir. oder doch jedenfalls so gut wie nichts. ich hoffe, dass sich das bald ändert!

in diesem sinne einen internetten gruß und eine virtuelle umarmung

dein kurz

p. s. sehen wir uns heute abend wieder im chat?

Josie schloss die Augen. Was für eine süße E-Mail! Sie konnte sich nicht erinnern, dass ein Mann ihr je so wundervolle Dinge geschrieben hätte! Am liebsten hätte sie den Monitor umarmt!

Sie drückte den Antwort-Button und entwarf in aller Eile ebenfalls eine Mail.

lieber kurz,

freue mich, post von dir zu bekommen! mein tag fing nicht besonders an, es gab wieder mal ärger in der anatomie. ich neige mehr und mehr dazu, alles hinzuschmeißen, weil ich das gefühl habe, es vielleicht doch nicht zu schaffen, egal, wie ich es anstelle!

dafür war dann der rest des tages wunderbar, alles hat bestens geklappt!

Es klopfte an der Tür, und Ben rief von draußen: »Da ist jemand für dich am Telefon, hast du Zeit?«

»Wer ist es denn?«

»Deine Freundin Berit!«

»Ich komme! Eine Sekunde noch!« Josie schrieb rasch einen letzten Satz.

```
muss jetzt schließen, habe gerade tele-
fon, und danach muss ich zur arbeit.
wir sehn uns heute abend im chat!
  cu, deine herzlos
```

Dann flitzte sie zur Tür und ließ sich von Ben das tragbare Telefon aushändigen.

»Danke«, flüsterte sie ihm zu. Dann sagte sie ins Telefon: »Hi Berit.«

Berit überfiel sie sofort mit einem vorwurfsvollen Wortschwall. »Sag mal, das finde ich ja supertoll. Ich rufe bei dir zu Hause an und erfahre von deiner Mutter, dass du mal eben umgezogen bist! Hättest du mir das auch irgendwann erzählt?«

»Ich hab's ja selbst erst heute ganz spontan beschlossen.« Das war nicht mal direkt geflunkert. »Ich wollte dich auch noch anrufen, aber dann hat Ben gemeint, er könnte genauso gut eben meine Sachen zu sich rüberfahren …«

Berit ließ einen fassungslosen Aufschrei hören. »Wer ist Ben?«, wollte sie wissen. »Und wie, zum Teufel, konnte es passieren, dass du auf einmal mit einem Kerl zusammenwohnst, von dem ich heute zum ersten Mal höre?«

Natürlich kam sie sofort vorbei, um Josies neue Bleibe eingehend zu kontrollieren. Unter vielen *Aaahs* und *Ooohs* marschierte sie durchs Haus und geizte nicht mit anerkennenden Bemerkungen über den Geschmack des Eigentümers.

Letzterer war allerdings zu Berits Verdruss nicht da. Ben war zu einem Elektrofachmarkt gefahren, um Zubehörteile zu besorgen, damit Josie oben in ihrer Wohnung gleichzeitig telefonieren und ins Internet gehen konnte.

»Du siehst ihn aber wahrscheinlich sowieso heute Abend«, meinte Josie. »Das heißt, falls du immer noch vorhast, ins Fitnesscenter zu kommen. Er arbeitet nämlich auch da.«

»Ob ich komme? Da kannst du aber drauf wetten! Wie sieht er aus, dieser Ben?«

»Groß, schlaksig, rote Haare, endlos viele Sommersprossen.«

Berit konnte sich nicht erinnern, ihn schon gesehen zu haben. Sie wollte augenblicklich alles über Ben wissen. Wie alt er war, was er studierte, woher er das Geld für dieses tolle Haus hatte. Die wichtigste Frage hob sie sich bis zum Schluss auf. »Ist er sexy?«

War er das? Josie dachte nach. Bestimmt, auf seine Art irgendwie schon. Doch so weit es sie betraf, war diese Frage rein theoretisch, weil ihr gesamtes Denken momentan nur um einen einzigen Mann kreiste: Erik alias *kurz*.

»Ich bin schon ganz nervös wegen nachher«, sagte Berit.

»Wieso?«, fragte Josie begriffsstutzig.

»Na, wegen Erik! Ich glaube, ich bin sogar fast so

weit, ihn heute zu fragen, ob er mit mir einen trinken geht.«

Josie erschrak. *Einen trinken gehen* bedeutete bei Berit für gewöhnlich *zur Sache kommen.*

Wie hatte Josie das bloß so komplett verdrängen können! Du lieber Himmel, was sollte sie jetzt tun? Berit hatte ja immer noch keine Ahnung, dass Erik quasi schon vergeben war! Doch woher sollte sie die auch haben, wenn Josie es nicht hinkriegte, darüber zu sprechen?!

»Übrigens habe ich heute eigens eine Extrasitzung bei Klaus eingeschoben«, erzählte Berit. »Der war immer noch ziemlich durch den Wind wegen heute Morgen. Nicht nur, weil er umgefallen ist. Sondern auch meinetwegen.«

»Deinetwegen?«, fragte Josie zerstreut. Um Himmels willen, sie musste endlich mit der Wahrheit herausrücken – aber wie?

»Ja, er wollte wissen, warum ich mir ausgerechnet diese Leiche zum Sezieren ausgesucht habe.« Berit schüttelte den Kopf. »Ich habe zuerst total auf der Leitung gestanden. Ich wusste gar nicht, was er meinte, und als ich ihm sagte, dass wir uns die Leichen *überhaupt* nicht aussuchen können, sondern dass sie uns zugeteilt werden, wollte er das gar nicht glauben. Ständig ritt er auf diesem Thema rum. Was ich *gefühlt* hätte, als ich mit dieser Leiche konfrontiert wurde und so weiter. Das ging so gut zwanzig Minuten, und dann endlich fiel bei mir der Groschen.« Berit grinste. »Dreimal darfst du raten, worüber der gute Klaus so mächtig beunruhigt war.«

Josie musste nicht lange nachdenken. Bei ihrer

ersten männlichen Leiche hatte sie diese Besonderheit ebenfalls als äußerst verstörend empfunden. Mittlerweile war das allerdings von allen Aspekten der Anatomie noch ihr geringstes Problem.

»Na ja, dann habe ich ihm ganz zartfühlend erklärt, dass die toten Männer in der Anatomie alle so ein gigantisches Ding haben und dass es von der Konservierungsflüssigkeit in den Schwellkörpern kommt, nicht etwa daher, weil die alle mit einer Riesenerektion gestorben sind oder so. Da war er ein bisschen beruhigt. Aber dafür ist leider die Hälfte der Sitzung draufgegangen.« Berit lächelte fröhlich. »Aber das macht nichts. Ich denke mal, es ist sowieso an der Zeit, allmählich von der Theorie auf die Praxis umzusteigen!«

»Vielleicht solltest du das nicht ausgerechnet bei Erik versuchen!«, entfuhr es Josie.

Berit war irritiert. »Wie bitte?«

Josie starrte ihre Freundin verzweifelt an. »Ich … ähm, ich … Also ich …«

»Was ist mit dir?«

»Ich weiß gar nicht, wie ich es dir sagen soll, aber die Sache ist die …« Josie verstummte lahm.

»*Wie* ist sie?«, bohrte Berit.

In Josies Kopf rotierten die Gedanken. Mit rasendem Eifer überlegte sie, wie sie die schockierenden Tatsachen in möglichst gefällige Worte kleiden konnte. Sie konnte doch unmöglich einfach sagen: *Ich will ihn für mich selber*! Nicht, nachdem sie vorher steif und fest behauptet hatte, nichts von ihm wissen zu wollen!

»Weißt du, er ist … Erik hat … Ich habe …«

»Was denn nun?«, schnitt Berit ihr gereizt das Wort ab.

»Er ist schwul«, platzte Josie heraus.

»Das ist nicht dein Ernst!« Berit zeigte alle Anzeichen tiefster Erschütterung. »Dieser göttlich schöne Wikinger – schwul?«

Josie nickte, halb betreten, halb erleichtert. »Ja, es sind ja leider oft die super aussehenden Typen, die mit Frauen nichts am Hut haben.«

»Ich kann das gar nicht fassen«, meinte Berit. »Das ist so … so eine Verschwendung!«

»Tja, so ist das Leben halt manchmal. Komm mit in die Küche, ich mache uns erst mal einen Kaffee.«

In Bens Küche war alles leicht zu finden. Der einzige Nachteil war, dass Josie auf einen Stuhl steigen musste, um die Tassen und den Kaffee aus dem Schrank zu holen.

Während die Kaffeemaschine gluckerte, saß Berit am Tisch und starrte niedergeschlagen vor sich hin.

»Ich hatte mich schon total darauf eingestellt«, bekannte sie. »Das wirft mich Jahre zurück, weißt du das?«

Josie fühlte, wie ihre Wangen brannten. Die Scham und das schlechte Gewissen wegen ihres Verrats setzten ihr mehr zu, als sie gedacht hatte. Noch nie hatte sie Berit angelogen! Sie kannten einander seit der fünften Klasse. Sie hatten bis zum Abitur immer nebeneinander gesessen und wurden von allen *Die Unzertrennlichen* genannt. Sie hatten sich zusammen in Medizin eingeschrieben und gemeinsam jeden Kurs belegt.

Wie hatte sie nur so tief sinken können, Berit

das anzutun? Warum konnte sie nicht einfach auf Erik verzichten, wenigstens so lange, wie Berit ihn brauchte? Wahrscheinlich wäre das sowieso nur für eine Nacht.

Doch dann dachte Josie an die Stunden, die sie mit ihm im Chat verbracht hatte. An die vielen witzigen, unwiderstehlich charmanten Bemerkungen. An die liebevolle E-Mail. Es war nicht einmal so sehr Eriks Äußeres, das sie in seinen Bann zog. Es war seine Art, über die wichtigen und unwichtigen Dinge dieser Welt zu reden. Es war die Art, wie er mitten in einem ernsten Thema ein Smiley auftauchen ließ. Wie er sie zum Lachen und zum Nachdenken brachte.

Und plötzlich wusste sie ganz genau, dass sie eben *nicht* auf ihn verzichten wollte. Jedenfalls nicht freiwillig.

Als Josie mit zwei Tassen Kaffee an den Tisch kam, setzte Berit sich plötzlich kerzengerade auf. »Weißt du, was der Hammer ist? Ich habe gestern erst im Internet einen Artikel gelesen, dass nur zweikommafünf Prozent aller Männer wirklich richtig stockschwul sind. Die meisten sind bi, entweder offen oder heimlich. In neunzig von hundert Fällen geben sie es nicht zu, aber nach neueren Untersuchungen kommt es viel häufiger zu heterosexuellen Kontakten, als viele glauben.«

Während Josie noch rätselte, aus welchem Grund die genannten Zahlen sie so irritierten, setzte Berit triumphierend hinzu: »Und weißt du, was Klaus neulich meinte?«

»Äh … nein.«

»Er sagte, ich zitiere: *Möglicherweise wäre Ihr Prob-*

lem in einer Beziehung zu einem bisexuellen Partner weniger eklatant.«

Josie fühlte sich von einer unguten Vorahnung beschlichen. »Warum soll es da weniger eklatant sein?«

»Weil die viel weniger penetrationsfixiert sind!«, rief Berit begeistert aus.

Als Josie kurz darauf gemeinsam mit Berit zum Fitnesscenter fuhr, musste sie sich wohl oder übel eingestehen, dass dieser Schuss eindeutig nach hinten losgegangen war. Sofern das überhaupt möglich war, hatte sich Berits Entschluss, mit Erik *in medias res* zu gehen (so nannte sie es), noch gefestigt, und zwar in einem Ausmaß, dass Josie darin schon so etwas wie Besessenheit zu erkennen glaubte. Jetzt erst recht, so lautete Berits Devise.

Wie auch immer, Josie hatte mit ihrer Lüge ein Eigentor geschossen. Sie hatte sich gründlich alle Möglichkeiten verbaut, jetzt noch mit der schlichten Wahrheit herauszurücken – dass sie es nämlich selbst auf Erik abgesehen hatte. Und er umgekehrt ebenso auf sie, jedenfalls dann, wenn alles so lief, wie sie es mit Fug und Recht nach den bisherigen Chats erwarten durfte.

Während der ganzen Fahrt über redete Berit davon, wie praktisch doch diese neue Fügung der Dinge sei.

»Ich bin sowieso der Meinung, dass es keine Zufälle gibt. Es kommt immer so, wie es kommen soll.«

Ja ja, dachte Josie entnervt. Alles ist im Fluss, und das Leben ist ein ewiger Kreis, und so weiter und so weiter. Meistens ließ sie Sprüche von dieser Sorte gutmütig über sich ergehen, vor allem, wenn sie von Berit kamen, doch heute brachte es sie zur Weißglut.

Fehlte nur noch, dass Berit eine neue Theorie aufstellte, derzufolge sie in einem früheren Leben eine abtrünnige Nonne gewesen war, weshalb sie mindestens einmal als unbemanntes Wesen wieder geboren werden musste. Oder so ähnlich.

Berit marschierte als Erste durch die Tür. Sie hielt ihr Clubticket vor das elektronische Lesegerät – und blieb prompt im Drehkreuz stecken.

»Es geht nicht«, sagte sie mit frommem Augenaufschlag zu Maren, die hinter der Empfangstheke stand. »Du solltest besser sofort Erik rufen.«

Eine Minute später war er auch schon da. Josies Herz schlug einen kurzen Trommelwirbel, als sie ihn herbeieilen sah. Berit holte tief Luft. Josie konnte es ihr nachfühlen. Dieser Mann war wirklich eine Augenweide! Allein die Art, wie seine Bizepse sich bewegten, als er das Drehkreuz packte und daran ruckte!

Es bewegte sich auch sofort völlig problemlos, was allerdings den Effekt hatte, dass Berit ihrem Retter quasi in die Arme flog.

»Uups«, keuchte sie, während sie sich mit allem, was sie hatte, an ihm festklammerte.

»Hallo, Berit«, sagte er lachend. »Na, du bist ja ein richtiger Wirbelwind!«

Berit nutzte die Gelegenheit und betastete unauffällig Eriks stramme Rückseite. »Gott sei Dank, dass du mich aufgefangen hast. Das blöde Drehkreuz hat sich nicht mehr bewegt.«

»Ja, das Ding ist ziemlich oft kaputt.«

Josie hielt ihre eigene Karte vor das elektronische Auge und passierte die Schranke ohne Schwierigkeiten.

»Hallo Erik«, sagte sie.

Er ließ Berit los und wandte sich zu Josie um.

»Hi, Josie. Alles im grünen Bereich?«

»Ja«, antwortete Josie. »Wie geht es dir?«

»Bestens, danke. Wenn ihr beiden Hübschen am Horizont auftaucht, sowieso.«

»Du hattest bei mir angerufen?«, fragte Josie mit schmelzender Stimme.

Er strahlte sie an. Jetzt sagt er gleich was Nettes, dachte Josie mit wackligen Knien. Zum Beispiel: *Kommst du vielleicht mal eben mit in mein Büro, ich will noch ein paar Dinge mit dir besprechen, aber ganz ungestört …*

Dann, im Büro, würde Erik sie an sich ziehen, seine Hände unter ihr Hemd schieben und mit rauer Stimme erklären: *Ich kann nicht länger so tun, als wärst du nur meine Putzfrau! Ich bin verrückt nach dir!*

Erik schaute sie fragend an, und Josie erwiderte seinen Blick wie ein hypnotisiertes Karnickel.

»Ja«, stieß sie hervor. »Ich meine: Ja, ich auch.«

Erik runzelte verblüfft die Stirn, und erst jetzt begriff Josie, dass er irgendetwas gesagt hatte, das sie nicht mitgekriegt hatte, weil sie gerade vollauf damit beschäftigt gewesen war, sich auszumalen, wie er mit ihr *in medias res* ging.

»W-Was hast du gerade gesagt?«, brachte sie stotternd hervor.

»Dass ich es toll finde, dass du früher kommen

konntest. Wir hatten nämlich heute Morgen eine Wahnsinnsverstopfung. Es hat gestunken wie in einer Klärgrube. Die Klempner haben drei Stunden gebraucht. Die blöde Elektrospirale hat einen Lärm gemacht wie hundert Presslufthämmer, es war Wahnsinn.«

»Hat wohl irgendeine ihre Binde ins Klo geworfen«, warf Berit ein.

»Nein, es war auf der Herrentoilette«, sagte Erik. »Aber die Überschwemmung ging bis rüber in die Umkleiden und die Duschen. Maren hat schon mal alles provisorisch mit dem Schlauch ausgespritzt, aber es stinkt immer noch irgendwie. Ich schätze, es muss mal gründlich gewischt und desinfiziert werden.«

Josie hing an seinen Lippen. Die Art, wie er bei dem Wort *gewischt* die Lippen geschürzt hatte, ließ es in ihrem Magen kribbeln. »Das mache ich doch gern«, hauchte sie.

»Okay, dann hätten wir das ja.« Er schaute sie an. Mit diesen unglaublich blauen Augen …

Josie musste sich am Drehkreuz festhalten.

»O fein«, meinte Berit zu Erik, »dann bist du ja bestens entlastet und kannst mir noch ein paar Sachen zeigen.« Sie hakte ihn unter. »Beim letzten Mal bin ich zum Beispiel mit dieser Oberschenkelmaschine nicht so richtig klargekommen. Und wie war das noch gleich mit diesen Dehnungsübungen, von denen du mir erzählt hattest?«

Und schon spazierten die beiden in aller Seelenruhe davon. Josie schaute ihnen verdattert hinterher. Was war denn da auf einmal passiert? Wieso stand sie plötzlich allein hier, wie ein lästiges Überbleibsel? Sie kam sich vor wie ein angebissenes Butterbrot, das niemandem schmeckte.

Doch dann straffte sie sich. Sie wusste genau, wen Erik wirklich wollte! Wenn sie nur ein paar Sekundenbruchteile länger Blickkontakt gehalten hätten, wäre das Knistern sogar akustisch wahrnehmbar gewesen! Als er mit Berit losgezogen war, hatte er damit nur bewiesen, dass er über einen gesunden Geschäftsinstinkt verfügte. Zum einen musste er seine Kundinnen höflich behandeln, zum anderen konnte er nicht einfach in der Öffentlichkeit mit seinen Angestellten anbandeln, auch wenn es ihn noch so sehr danach verlangte. Das würde ein sehr schlechtes Licht auf ihn werfen. Die Leute würden anfangen zu tuscheln, und in null Komma nichts wäre sein guter Ruf dahin. Und ihr eigener sowieso. Wenn er sich also vorläufig zurückhielt, war das nichts weiter als pure Rücksichtnahme!

Josie wurde es warm ums Herz, nachdem sie diesen unwiderlegbar logischen Schluss gezogen hatte. Gut gelaunt machte sie sich auf den Weg zum Putzraum.

Leider begegnete sie ihrem Traummann an diesem Abend nicht mehr. Die nächsten drei Stunden war sie ohne Unterlass damit beschäftigt, die Umkleideräume der Herren nebst Toiletten und Duschen zu schrubben. Sie verbrauchte drei Flaschen Desinfektionsmittel und zehn Eimer Wasser. Kurz bevor sie endlich fertig war, tauchte Ben auf.

»He, ich habe gerade gehört, was passiert ist. Kannst du noch, oder soll ich den Rollstuhl holen?«

»Du kannst mich ja tragen«, sagte Josie.

»War's sehr schlimm?«

»Du siehst hier einen Profi bei der Arbeit«, erklärte Josie überheblich.

Er lachte, dann schnüffelte er. »Himmel, es stinkt immer noch. Ich glaube, wir brauchen keinen Rollstuhl, sondern ein Riechfläschchen.«

»Morgen merkt man nichts mehr, wenn über Nacht die Fenster aufbleiben. Außerdem ist das doch wirklich harmlos, zumindest im Vergleich zu dem Gestank in der Anatomie.«

»Richtig«, sagte Ben, »damit hast du ja ein Problem. Wie läuft's denn im Moment so?«

»Gar nicht. Ich denke mal, da wird nicht mehr viel passieren. Vielleicht versuche ich es noch ein-, zweimal, dann werde ich wohl das Handtuch werfen müssen. Dann habe ich halt zwei Semester in den Sand gesetzt.«

Er kam näher. Diesmal lächelte er nicht. »So darfst du das nicht sehen, Jo. Man lernt nie umsonst. Und Fehlschläge gehören zum Leben dazu. Sie bringen uns weiter.«

»Fragt sich nur wohin.« Josie wrang ihr Wischtuch aus und rieb sich das schmerzende Kreuz. »Zumindest im Putzen bin ich ein Ass. Vielleicht kriege ich bei guter Führung hier eine Dauerstelle, was meinst du?« Dann hob sie den Schrubber und stach wie mit einer Lanze spielerisch in Bens Richtung. »Und überhaupt, was ist eigentlich mit deinen Retterqualitäten passiert?«

Er wich geschickt aus. »He, lass das! Wovon redest du überhaupt?"

»Wenn ich mich recht entsinne, soll *ich* für dich

morgen früh bei den ärztlichen Aufnahmeuntersuchungen die Trainingsprotokolle schreiben. Und *wer* wollte dafür die ganze Woche die Herrenklos putzen?«

Ben grinste berechnend. »Wenn du jetzt anfängst, unsere gegenseitigen Dienstleistungen gegeneinander aufzurechnen, dann lass dich daran erinnern, wer heute mit bloßen Händen ein riesiges, lebensgefährliches Reptil eingefangen und entsorgt hat.«

»Na gut«, räumte Josie lachend ein, »ich stehe in deiner Schuld.«

Das tat sie sowieso. Sie konnte bald nicht mehr zählen, wie oft er ihr aus der Klemme geholfen hatte. Oder sie einfach nur getröstet hatte.

Plötzlich hielt sie inne und schaute ihn an.

»Was ist?«, fragte er erstaunt.

Josie war ein wenig verlegen. »Ich wollte bloß wissen, welche Farbe deine Augen haben.«

»Ach, von allem etwas«, meinte Ben. »Eine richtige Promenadenmischung.«

Doch er hielt lange genug still, um Josie einen Blick in seine Augen zu ermöglichen. Sie waren von einem klaren, warmen Braun, mit winzigen grünen Flecken darin. Um die Pupille zog sich ein feiner goldener Rand. Und er besaß unglaublich lange Wimpern, die längsten Wimpern, die Josie je an einem Menschen gesehen hatte. Sie waren allerdings zu hell, um auf den ersten Blick aufzufallen. Sein Pech, dass er ein Mann war, sonst hätte er sie tuschen und damit Eindruck schinden können.

»Na, Inspektion beendet?«, scherzte er. »Oder soll ich noch mein Hemd ausziehen?«

»Gute Idee«, sagte Josie frech.

»Na warte. Du hast es nicht anders gewollt. Zuerst das Hemd, dann die Hose. Und dann der ganze Rest.« Er griff an den Saum seines T-Shirts und zog es sich mit einem Ruck über den Kopf, dann kam er breitbeinig auf sie zu. Josie schnappte sich kichernd ihren Putzeimer und den Schrubber und räumte eilig das Feld.

Wenig später schlug ihre Stimmung rapide um. In der Damenumkleide stieß sie auf Berit, die nackt vor ihrem Spind stand und alles zusammenpackte, was sie für die Sauna benötigte.

Josie betrachtete neidisch die endlos langen, schlanken Beine und die spitzen kleinen Brüste, die allen Gesetzen der Schwerkraft zu trotzen schienen.

Berit wandte sich mit verschwörerischer Miene zu Josie um. »Ich glaube, er ist einer von den Typen, die bloß darauf warten, ein *Coming out* zu erleben«, flüsterte sie aufgekratzt.

»Wie kommst du darauf?«

»Ich bin mir fast sicher, dass er vorhin, als er die Dehnübungen mit mir gemacht hat, einen Ständer gekriegt hat!«

»Oh«, sagte Josie betreten.

»O ja!«, frohlockte Berit. »Ich würde jede Wette eingehen, dass er bi ist!« Sie schlüpfte in ihre Gummilatschen, wand sich das Handtuch um den Körper und entfernte sich in Richtung Sauna. »Wünsch mir Glück!«, sagte sie über die Schulter. »Ich ruf dich auf jeden Fall an und erzähl dir alles! Gute Freundinnen haben schließlich keine Geheimnisse voreinander!«

Josie blieb reglos und stumm stehen und schaute Berit nach, bis die Tür zur Sauna hinter ihr zugefallen war. Falls Erik wirklich eine Erektion gehabt haben sollte, fiel das nicht mehr in die Sparte *Geschäftstüchtigkeit* oder *Kundenservice*. Das wäre einfach nur pure Geilheit gewesen.

Aber wer sagte eigentlich, dass Berit Recht hatte? Sie konnte sich genauso gut getäuscht haben. Was männliche Geschlechtsteile betraf, so war ihr Blick für die Realität ohnehin getrübt. Berit war, das ließ sich nicht leugnen, in puncto Erektionen leicht gestört. Kein Wunder, dass sie allen Männern eine andichten wollte. Das war wie mit den weißen Mäusen. Wenn man erst Angst vor ihnen hatte, bildete man sich ein, in allen Ecken welche zu sehen.

Halbwegs beruhigt machte Josie mit der Arbeit weiter. Sie kam nur schleppend voran, denn zwischendurch musste sie dem regelmäßig wiederkehrenden Drang widerstehen, den Saunabereich durchwischen zu wollen. Daisy trieb sich heute Abend dort herum und würde mit Sicherheit jeden Versuch in dieser Richtung sabotieren. Schließlich hatte Josie dort schon geputzt, und zwar sehr gründlich. Leider ohne einen einzigen Blick auf Berit oder gar Erik erhaschen zu können, die vermutlich im Saunagarten lustwandelten. Als Josie endlich Feierabend machte, hatte sie gründlich die Nase voll. Auf dem Heimweg war sie längst nicht so euphorisch wie am frühen Abend, als sie hergekommen war.

Sie überlegte, ob sie noch in ihrem alten Zuhause vorbeischauen sollte, wie sie es Tobi gegenüber angekündigt hatte, doch nichts zog sie dorthin. Außerdem war es schon fast halb elf, ihr Bruder würde sowieso längst schlafen. Und nur um Hanna dabei zuzusehen, wie sie sich vor dem Spiegel den letzten Schliff für ihren abendlichen Auftritt gab, würde Josie ganz sicher nicht die späte Fahrt mit dem Bus auf sich nehmen.

12. Kapitel

Ben war schon da, als sie nach Hause kam. Der BMW stand vor dem Haus. Anscheinend durfte er ihn länger als einen Tag fahren. Erik war wirklich sehr großzügig, zumal er selbst nur einen ganz normalen Volvo fuhr, der zudem schon ein paar Jährchen auf dem Buckel hatte.

Josies Herz wurde weit bei dem Gedanken an ihren Chef und Chatfreund. Der Anblick des erkerbewehrten Hauses, das im Licht der Straßenlaternen an ein verwunschenes Märchenschloss erinnerte, tat ein Übriges, um Josies rührselige Stimmung zu vertiefen.

Ben kam aus seinem Arbeitszimmer, als sie die Eingangshalle betrat.

»Hallo«, sagte er. »Müde?«

»Es geht.« Sie zog ihre Jacke aus und hängte sie an die Garderobe.

»Hunger?«

Josie musste nicht lange nachdenken. Sie nickte.

»Ziemlich.« Schuldbewusst setzte sie hinzu: »Es gibt nur ein Problem: Ich habe heute nichts zum Essen eingekauft.«

»Wann hättest du das denn machen sollen?« Er ging voraus in die Küche. »Komm, wir schauen mal, was so da ist. Ich könnte auch noch einen Happen vertragen.«

Vor dem Kühlschrank ging er in die Hocke. Dabei zeichneten sich unter seiner Jeans überraschend kräftige Beinmuskeln ab. Josie erinnerte sich, wie er ihr erzählt hatte, dass er regelmäßig joggen ging. Auch die Breite seiner Schultern ließ nichts zu wünschen übrig. Es war seine Größe, die ihn so schlank wirken ließ. Wahrscheinlich gehörte er zu den glücklichen Menschen, die alles essen konnten, was sie in die Finger kriegten, ohne davon auch nur ein einziges Gramm zuzunehmen.

»Wir haben Eier, Thunfisch, Bockwürstchen, Camembert«, zählte Ben auf. »Außerdem Knäckebrot, Toast und ein einsames Brötchen von heute Morgen.«

Josies Magen begann zu knurren. »Das klingt doch gut.«

»Dann schlage ich vor, Mylady decken schon mal den Tisch.«

Mylady zog sich einen Stuhl zum Geschirrschrank und reckte sich, um die Teller herauszuholen. Ben stand da, in der einen Hand den Käse, in der anderen eine Butterdose, und beobachtete seine neue Untermieterin sprachlos. Dann stellte er die Dinge, die er gerade in der Hand hatte, auf dem Tisch ab und streckte die Arme aus, um Josie vom Stuhl zu helfen.

Durch die plötzliche Bewegung aus dem Konzept gebracht, kam Josie ins Straucheln und drohte mitsamt den Tellern herunterzufallen.

Die Teller landeten in einem Schauer von Scherben auf dem gefliesten Küchenboden – und Josie in Bens Armen.

»Mannomann«, sagte sie atemlos, das Gesicht gegen seine Brust gedrückt. Wie oft hatte er sie schon so gehalten? Josie rechnete rasch und kam auf dreimal. Doch diesmal war es völlig anders als sonst. Zuerst kam sie nicht darauf, woran das lag, doch dann fiel ihr ein, dass sie die beiden anderen Male geflennt hatte wie ein Schlosshund.

Und noch etwas war anders. Um zu ergründen, worum es sich handelte, musste Josie ein wenig länger überlegen. Dann war ihr klar, dass es sein Geruch war. Der war ihr bei seinen vorangegangenen Umarmungen nicht aufgefallen, weil ihre Nase vom Heulen geschwollen und damit völlig nutzlos gewesen war.

Er roch gut. Unbewusst schmiegte Josie sich enger an ihn und schob ihre Nase gegen seinen Kragen, wo sein Geruch noch intensiver war.

Als Nächstes fiel ihr auf, dass er sie noch immer so festhielt, wie er sie aufgefangen hatte. Ihre Füße berührten nicht einmal den Fußboden. Die Zehen baumelten ein paar Zentimeter über den Tellerresten in der Luft. Ben drehte sich ein wenig, damit sie nicht mit den Scherben in Berührung kam, und ließ sie langsam herunter. Ohne sie loszulassen.

Sie spürte jeden Zentimeter seines kräftigen Oberkörpers, als er sie an sich herabgleiten ließ. Und auch noch einige Zentimeter unterhalb der Gürtellinie.

»Jo«, sagte er heiser. Er hielt sie immer noch fest. Und dann verstärkte er seine Umarmung.

Sie hob den Kopf. Er neigte sein Gesicht zu ihr, und sie sah das Glitzern in seinen Augen. In seiner Miene spiegelte sich so etwas wie Verwirrung, gepaart mit Neugier, doch im nächsten Moment wich dieser Ausdruck unverfälschter Begierde. An ihm war nichts Jungenhaftes mehr, als er den Kopf noch tiefer beugte, um Josie zu küssen.

Josie verlor sich im Zauber dieses Augenblicks. Sie erwiderte seinen Kuss mit einem Hunger, von dem sie bisher nicht gewusst hatte, dass er überhaupt in ihr existierte. Sein Mund war wild und unersättlich. Ben schmeckte genauso gut, wie er roch. Josie bekam kaum noch Luft, doch wer musste schon atmen? Rastlos fuhr sie mit beiden Händen über Bens Rücken, betastete seinen Brustkorb, den flachen Bauch, zerrte am Saum seines Hemdes. *Diesmal* wollte sie wirklich, dass er es auszog! Ihre Finger glitten wie von allein unter den Stoff und fühlten nackte, erhitzte Haut. Ben stöhnte gegen ihre Lippen, dann brachte er erneut seine Zunge zum Einsatz, und zwar so gekonnt, dass Josie in seinen Armen zu schmelzen glaubte. Irgendwie geschah es, dass ihre Füße wieder den Kontakt zum Fußboden verloren. Und sie selbst jeden Bezug zur Realität. Anders konnte sie es sich hinterher nicht erklären, warum sie auf einmal der Länge nach auf dem Bett in Bens Schlafzimmer lag – und Ben auf ihr.

»Meine Güte, Josie«, stieß Ben schwer atmend hervor. Er richtete sich auf, aber nur weit genug, um sein Hemd ausziehen zu können. Es ging so schnell, dass Josie seinen Bewegungen kaum mit den Augen folgen konnte. Ihr eigenes Hemd war hochgerutscht und hatte sich um ihren Hals gewickelt.

Ben zog es ihr aus und erwürgte sie fast dabei, doch sie bemerkte es kaum, weil sie zu sehr damit beschäftigt war, an seinem Gürtel herumzuzerren. Ben half ihr, und nur Augenblicke später flog der Gürtel mitsamt Hose durch die Luft. Josies Hose folgte kurz darauf. Ben betrachtete Josies nackten Körper. Aus der Halle fiel Licht durch den Türspalt und zeichnete helle Reflexe auf seine Schultern und seine Brust. Sein Gesicht lag im Schatten, doch Josie konnte deutlich den fast schmerzlichen Ausdruck von Begierde erkennen.

»Gott, bist du schön«, murmelte Ben. Er beugte sich herab und küsste sie sanft auf den Hals und auf die Brüste, und dann waren sein Mund und seine Hände plötzlich überall dort, wo es sich gut anfühlte. Und ein paar andere Körperteile von ihm auch.

Dumpf schoss es Josie durch den Kopf, dass Berit ihr heute Nachmittag noch eine selten dämliche Frage gestellt hatte: *Ist er sexy?*

Diese Frage konnte Josie heute Nacht zweifelsfrei beantworten.

»Ja«, flüsterte sie, »o ja!«

Wie leidenschaftlich er ist, dachte sie. Und dann: Du lieber Himmel, ich glaube, ich gehöre zu den zweikommafünf Prozent aller Frauen, die innerhalb von neunzig Sekunden zum Orgasmus kommen!

Und dann konnte sie überhaupt nicht mehr denken.

In einem Liebesroman hätte der feurige Lover nach dem Akt zu seiner willenlos und erschöpft unter ihm liegenden Geliebten gesagt: *Ich liebe dich.* Oder wenigstens: *Liebst du mich*? Oder, in einem eher zeitgenössischen Roman: *Du bist die geilste Braut, die mir je untergekommen ist.*

Ben sagte nichts dergleichen. Er räusperte sich und rollte von Josie herunter.

»Es tut mir Leid«, sagte er.

Josie konnte ihn nur benommen anstarren. Oder besser: seinen Rücken. Ben hatte sich aufgesetzt und hangelte neben dem Bett nach seinen Klamotten.

»Das war total überstürzt. Ich hätte dich nicht so überfallen dürfen.« Er raufte sich die Haare, bis sie in alle Richtungen abstanden. »Außerdem stehst du in einem Abhängigkeitsverhältnis zu mir. Es ist nicht fair von mir, wenn ich das ausnutze.«

Josie konnte immer noch nichts sagen. Sie musste zuerst die erschütternde Erfahrung verdauen, dass sie soeben den ersten Orgasmus ihres Lebens unter Mitwirkung eines Mannes gehabt hatte. Und dann war natürlich noch Bens merkwürdige Reaktion zu bedenken. Das waren gleich zwei Punkte, die sie vorläufig am Reden hinderten.

»Du musst nichts dazu sagen, wenn du nicht willst«, sagte Ben.

Josie sagte nichts.

Ben zog seine Hose und sein Hemd an. Er bückte sich, klaubte Josies BH vom Boden auf und reichte ihn ihr. »Wieso sagst du nichts?«

Josie zog sich an. Sie sagte immer noch nichts.

Ben hielt sie am Arm fest, als sie das Zimmer verlassen wollte. »He, sag doch was!«

»Wir können einfach so tun, als wäre nichts gewesen«, schlug Josie leichthin vor. »Was ist schon eine kleine Nummer unter Freunden?«

Ben ließ sie los. »Wenn du das so siehst …«

»Wie soll ich das sonst sehen?«, gab Josie forsch

zurück. »Ich meine: Was war denn schon dabei? Wir haben doch nichts getan, was nicht alle anderen auch tun. Jeden Tag. Keine Sorge, ich werde das bestimmt nicht überbewerten, das habe ich bei diesen Dingen noch nie gemacht.«

Ben bedachte sie mit unergründlichen Blicken. »Dann ist es ja in Ordnung.«

»Gute Nacht.« Mit stolz erhobenem Kopf marschierte Josie in Richtung Treppe.

»Warte!«, rief Ben ihr nach.

Josie drehte sich zu ihm um. Jetzt würde er sie nochmals um Verzeihung bitten, aber diesmal dafür, dass es ihm Leid getan hatte!

»Du hast noch gar nichts gegessen.«

Josie unterdrückte mit Mühe einen empörten Aufschrei. Drei Sekunden später knallte die Tür ihres Schlafzimmers hinter ihr ins Schloss.

Sie warf sich rücklings auf ihr Bett und starrte an die Decke. In dieser Position blieb sie liegen. Sie brauchte mindestens fünf Minuten, bis sie den ersten klaren Gedanken fassen konnte. Der ganze Stress der letzten Wochen schien auf einmal völlig bedeutungslos gegen das Jahrhundertereignis, was sich vorhin im Bett ihres Vermieters zugetragen hatte. Bis jetzt hatte sie geglaubt, dass nur Frauen in Filmen oder Büchern so etwas erlebten. Oder Frauen wie ihre Mutter. Und jetzt war es ihr selbst passiert! Josie massierte sich die Schläfen. Sie war völlig durcheinander.

Und was tat der Typ, der sie in die Arme genommen und in den Himmel entführt hatte? Richtig: Er ließ sie runterfallen. Rücksichtslos, kilometerweit, bis sie wieder auf dem harten Boden der Tatsachen gelandet war.

Was sollte dieser Schwachsinn mit dem Abhängigkeitsverhältnis? War sie etwa nicht mehr Herrin ihrer Entscheidungen, bloß, weil sie hier bei ihm zur Untermiete wohnte?

Und wieso, in Dreiteufelsnamen, hatte es ihm Leid getan?

Dann machte Josie sich klar, dass Männer derlei Vorkommnisse für etwas völlig Normales hielten. Was für sie ein unglaubliches, bahnbrechendes, nie da gewesenes Ereignis gewesen war, bedeutete für ihn sozusagen Alltag. Für Männer war es nichts Besonderes, beim Sex zum Orgasmus zu kommen. Kein Wunder, dass sie es ständig tun wollten. Vermutlich war Ben in dieser Beziehung nicht anders veranlagt als Marius. Die Kerle hielten es mit dem Sex wie mit dem Essen: Wenn sie Hunger hatten, gingen sie an den Kühlschrank und holten sich eine ordentliche Portion.

Josies Magen knurrte heftig, und sie hätte sich ohrfeigen mögen, dass sie sich vorhin nicht wenigstens noch rasch in der Küche das Brötchen geschnappt und mit nach oben genommen hatte. Jetzt kam es natürlich keinesfalls infrage, noch mal runterzugehen und womöglich Ben in die Arme zu laufen. Morgen würde sie ihm lässig und mit der gebotenen Überlegenheit entgegentreten können. Vielleicht. Heute Nacht jedoch auf keinen Fall mehr!

Mittlerweile war es halb eins geworden. Josie spürte jeden einzelnen Knochen im Leib; der Tag hatte es wahrhaftig in sich gehabt! Es war höchste Zeit für eine Mütze voll Schlaf. Die ärztlichen Aufnahmechecks im Fitnesscenter waren für halb neun angesetzt und sollten bis mittags dauern.

Doch an Schlaf war nicht zu denken. Josie war aufgekratzt wie nie zuvor in ihrem Leben. Ruhelos stromerte sie durch ihre beiden Zimmer und ließ jede Sekunde der feurigen Begegnung mit Ben noch einmal Revue passieren. Was Berit wohl dazu sagen würde, wenn sie es ihr erzählte?

Dieser Gedanke zog unweigerlich die Frage nach sich, wie weit wohl Berits Pläne mit Erik gediehen sein mochten. Ob sie es wohl geschafft hatte, mit ihm *in medias res* zu gehen?

Josie empfand ein nagendes Gefühl der Eifersucht, das jedoch zu ihrer eigenen Überraschung nicht ganz so heftig ausfiel wie noch am frühen Abend, als Berit und Erik zusammen losgezogen waren und Josie am Drehkreuz hatten stehen lassen.

Plötzlich unterbrach sie ihren Marsch durch die Zimmer und blieb mitten im Schritt stehen. Sie fuhr zu ihrem PC herum. Ihr war siedend heiß eingefallen, dass sie ja mit Erik alias *kurz* im Chat verabredet war!

Mit einem Mal wollte sie mehr als alles auf der Welt mit *kurz* sprechen. Mit ihrem Freund und Seelenverwandten, dem einzigen Menschen, der sie wirklich verstand, mit dem sie über alle wichtigen Dinge reden konnte, ohne sich zu verstellen, ohne Angst haben zu müssen, dass er sie verletzte oder ihre Gefühle missachtete.

Flink warf sie ihren Rechner an, wählte sich ins Internet ein, rief die Singlebox-Seite auf und klickte den Chatroom an.

Er war da und wartete auf sie! Josie öffnete sofort ein Fenster.

herzlos: hi, guten abend, kurz
kurz: hi. du bist spät
herzlos: ich weiß *schäm* - bin einfach nicht eher an den pc gekommen, sorry. wartest du schon lange?
kurz: auch erst seit ein paar minuten, hatte heute ziemlich viel um die ohren
herzlos: stress bei der arbeit oder beim studium?
kurz: nein, eher privat. ist ziemlich kompliziert ...
herzlos: musst nicht drüber reden, wenn du nicht willst, möchte auf keinen fall indiskret sein

Das war natürlich nichts weiter als eine höfliche Umschreibung für: *Ich fände es ziemlich mies und geheimnistuerisch von dir, wenn du jetzt nichts darüber erzählen willst, nachdem du das Thema schon einmal angeschnitten hast!* Josie hielt die Luft an und wartete darauf, dass *kurz* erzählte, ob und was mit Berit gelaufen war. Schließlich konnte sie Berit unmöglich noch um diese Zeit anrufen und danach fragen, doch sie würde platzen, wenn sie es nicht endlich erfuhr!

kurz: will offen zu dir sein. wir kennen uns erst seit ein paar tagen, aber ich habe mehr mit dir geredet als mit irgendeinem anderen menschen im laufe des letzten jahres. du bist für mich wie ein vertrauter freund, mit dem ich alles teilen kann

Josie holte Luft. Er fühlte dasselbe wie sie!

kurz: da ist diese frau aus dem fitnesscenter, von der ich dir erzählt habe. ich war heute abend mit ihr zusammen.

Josie starrte wie gelähmt auf den Bildschirm. Erik und Berit. Berit und Erik. Komisch, wieso fiel ihr eigentlich erst jetzt auf, dass die beiden schon vom Namen her ausgezeichnet zueinander passten?

kurz: bist du noch da?

Josie zögerte mit der Antwort. Nach einer kleinen Ewigkeit rang sie sich endlich dazu durch, eine Antwort zu tippen.

herzlos: ja
kurz: du sagst ja gar nichts mehr
herzlos: ich weiß nicht, was ich dazu sagen soll. doch, jetzt weiß ich was: wie war es mit ihr? hat es geklappt?

Das war sozusagen ihre letzte Chance: dass Erik und Berit es nicht hingekriegt hatten. Vielleicht war es

Berit wieder übel geworden!? Die Wahrscheinlichkeit dafür war immerhin ganz beträchtlich! Gespannt wartete Josie auf die Antwort, doch stattdessen kam eine Gegenfrage:

kurz: habe ich dich verletzt?
herzlos: ja. nein. ich weiß nicht
kurz: was denn nun?
herzlos: vergiss es. ich dachte nur … nein, ich dachte nichts. ich habe kein recht, in bezug auf dich irgendwas zu denken
kurz: falsch. du hast jedes recht. weißt du, dass ich mich hin und her gerissen fühle? dass ich nicht mehr weiß, was ich denken und fühlen soll? ich weiß nur eins: ich will klarheit haben
herzlos: ?
kurz: möchte dich persönlich kennen lernen. will wissen, was ich fühle, wenn du mir gegenüberstehst. du hast mir noch nicht gesagt, in welcher stadt du lebst. kann ich dich besuchen?

Josie frohlockte im Stillen. Wenn er sie immer noch persönlich kennen lernen wollte, konnte es mit Berit nicht so toll gewesen sein! Sie freute sich jetzt schon auf Eriks Gesicht, wenn er zu diesem Blind Date erschien, sie mit seinen unglaublich blauen Augen ansah und begriff, dass die Frau seiner Träume die ganze Zeit in seiner Reichweite gewesen war! Jetzt galt es nur noch, das Ganze vernünftig auf die Beine zu stellen, sprich, es mit der gebotenen Romantik zu inszenieren!

herzlos: bin nicht weit weg; kenne mich sogar ganz gut dort aus. wir treffen uns irgendwo - sagen wir, im schlosspark, beim springbrunnen?
kurz: einverstanden. wann?

Josie verspürte einen winzigen Impuls, zu kneifen, doch darüber setzte sie sich energisch hinweg. Feigheit war jetzt absolut fehl am Platze.

herzlos: nachmittags um fünf?
kurz: ok. wie erkenne ich dich?
herzlos: du WIRST mich erkennen
kurz: so sicher? aber - ja, ich bin es auch. diese nähe zu dir ... wir werden uns erkennen, du hast recht

Josie merkte, wie ihr Tränen in die Augen stiegen. Ja, sie fühlte sich ihm näher als je zuvor einem anderen Mann! O, Erik, mein Liebster, dachte sie elegisch.

kurz: was geht dir durch den kopf?
herzlos: vieles. ich freue mich auf morgen. kann es kaum erwarten
kurz: geht mir auch so. bin nervös beim gedanken, dich endlich zu sehen!
herzlos: sicher nicht so nervös wie ich

Damit waren sie beim Thema Nervosität an sich, und von dort ging es weiter zu Nervenkrankeiten, Übergewicht, Amerikanern, internationalem Terrorismus, Kulturkrieg.

Als Josie das nächste Mal auf die Uhr schaute, war es fast vier.

herzlos: → *erschrocken zusammenzuckt* wir müssen aufhören, habe morgen – nein, heute! – früh einen termin!!! ☹
kurz: ich erst wieder nachmittags um fünf ☺. werde dir noch eine e-mail schicken! schlaf schön *dir liebe träume sende* ...
herzlos: danke und cu
kurz: cu

Schweren Herzens beendete Josie den Chat und ging zu Bett. Diesmal hatte sie keine Probleme mit dem Einschlafen. Ihr Kopf hatte kaum das Kissen berührt, als sie auch schon weggedämmert war.

Im Traum stand sie im Schlosspark beim Springbrunnen und wartete auf Erik. Die barocken, steinernen Wasserspeier plätscherten munter vor sich hin. Singvögel saßen auf der Einfassung des Beckens und tschilpten fröhlich. In der Nähe war das Lachen von Kindern zu hören. Die Nachmittagssonne überhauchte die ganze Szenerie mit goldenem Glanz. Josie war froh, dass sie diesen Treffpunkt für ihre Verabredung gewählt hatte. In der ganzen Stadt gab es keinen schöneren Ort für ein erstes Date!

Und da sah sie ihn auch schon näher kommen. Sein Haar schimmerte in der Sonne, und seine Schultern schienen Josie noch breiter zu sein als sonst, als er mit federndem Schritt auf sie zuhielt. Sie hatte sich hinter einem der marmornen Tritonen verborgen. Erst im letzten Moment, als er schon begonnen hatte, sich suchend umzublicken, trat sie aus ihrem Versteck hervor.

»Du bist gekommen«, sagte sie schlicht.

Der Ausdruck in seinen Augen, als er ihrer ansichtig wurde, was das Schönste, was Josie je in ihrem Leben gesehen hatte.

»Du«, hauchte er ergriffen.

»Ja, ich bin es«, antwortete Josie bewegt.

»Dies ist der glücklichste Moment in meinem Leben«, erklärte Erik mit vor Rührung erstickter Stimme. Er ging mit ausgestreckten Armen auf sie zu. Das heißt, ein Arm war ausgestreckt. Mit dem anderen hielt er ein Geschenk umfasst, einen Blumenstrauß und einen großen, eingewickelten Gegenstand.

Der Strauß bestand aus entzückenden, fremdartigen Knospen, die Josie noch nie gesehen hatte. Erst bei genauerem Hinschauen erkannte sie, dass es lauter kleine Schrubber waren.

»Wie niedlich«, sagte sie.

Erik reichte ihr das große Geschenk, und hastig wickelte sie es aus. Es war ein Putzeimer.

»Oh, wie … originell.«

Erik nickte strahlend. »Freut mich, wenn er dir gefällt.«

Ihre Freude über das Geschenk wäre vielleicht größer gewesen, wenn der Eimer neu gewesen wäre. Leider sah er ziemlich gebraucht aus. Es befand sich sogar noch die Neige vom letzten Putzwasser darin, und dieses roch durchdringend nach der Überschwemmung, die gestern im Fitnessclub stattgefunden hatte.

»Ich wollte dir etwas mitbringen, das zu dir passt«, erklärte Erik.

Leicht irritiert fragte Josie sich, woher er gewusst hatte, dass er mit *ihr* verabredet war. Schließlich war dies ein *Blind Date*, oder nicht? Jedenfalls für ihn. Diese Verabredung entwickelte sich nach einem viel versprechenden Anfang in eine Richtung, die ihr nicht besonders behagte.

»Du bist die Frau meines Lebens«, sagte Erik. »Ich liebe Sauberkeit über alles. Für mich gibt es nichts Schöneres als ein gut geputzter Fußboden und eine blitzblanke Toilette. Der Geruch nach Schmierseife und WC-Reiniger ist für mich die Erfüllung.«

»Und wie ist es mit … Sex?«

»Ooch, das brauch ich eigentlich überhaupt nicht«, antwortete Erik. »Wenn ich mal ordentlich schwitzen will, kann ich auch in die Sauna gehen.« Er lächelte strahlend. Seine Augen leuchteten so blau wie der Sommerhimmel. »Weißt du, warum ich dich so liebe, mein Herz?«

»Äh … nein. Warum?«

»Weil du die beste Putzfrau der Welt bist. Da stören mich nicht mal deine dicken Titten.«

Josie schluckte heftig. Sie wusste plötzlich nicht mehr so recht, ob Erik wirklich ihr Traummann war.

Behutsam stellte sie den Eimer auf dem Rasen ab und steckte den Schrubberstrauß umgekehrt hinein. »Ich fürchte, ich muss jetzt los«, sagte sie.

Erik schaute betroffen drein. »Willst du nicht mit zu mir nach Hause kommen? Ich habe gestern einen neuen Staubsauger gekauft! Mit Mikrofilter und automatischer Füllanzeige! Mit sechsfach verstellbarer Düse, bei einer Saugleistung von eintausendsechshundert Watt!«

Doch Josie hatte sich bereits vom Brunnen entfernt und strebte dem Ausgang des Parks zu. Als Erik ihr folge, beschleunigte sie ihre Schritte.

»Wo willst du hin?«, rief er ihr nach.

»Bloß erst mal weg«, schrie sie.

Dann war sie durch das Tor gerannt und hatte es geschafft.

Keuchend schrak sie hoch und blickte sich wild um. Sie befand sich in einem fremden Bett, in einem fremden Zimmer! Hatte Erik sie doch irgendwie zu sich nach Hause geschleppt? Es dauerte ein paar panikerfüllte Sekunden, bis sie begriffen hatte, dass sie nicht bei Erik, sondern bei Ben war. Und sie hatte alles nur geträumt! Erleichtert stöhnte sie auf. Erik war derselbe, der er immer war. Mit Schrubbern und Putzeimern hatte er nichts am Hut, jedenfalls nichts Beziehungsmäßiges. Solche Freaks kamen nur in schlechten Filmen vor. Oder in Albträumen.

Josie legte sich wieder hin, doch ein trüber Blick auf die Uhr ließ sie sofort wieder hochfahren. Es war schon fast acht! Durch die dicht schließenden Rolläden drang nicht der winzigste Lichtstrahl. Um ein Haar hätte sie verschlafen! Nach den Ereignissen der letzten Nacht hatte sie völlig vergessen, den Wecker zu stellen.

Todmüde und vollkommen übernächtigt taumelte

sie ins Bad, setzte sich in die Wanne und duschte sich eiskalt ab. Danach fühlte sie sich nur geringfügig wacher. Sie brauchte mindestens zwei, besser noch drei Tassen Kaffee, um richtig zu sich zu kommen. Nachdem sie sich angezogen hatte, schlich sie auf Zehenspitzen nach unten und in die Küche. Doch ihre Vorsicht war überflüssig. Ben war bereits auf. Er saß am Küchentisch, las Zeitung und trank dazu Kaffee.

Josie starrte ihn an. Hatte sein Haar immer schon diesen kupfernen Glanz gehabt? Es sah sehr reizvoll aus, wenn die Morgensonne darauf fiel. Dann erinnerte sie sich schlagartig an letzte Nacht und fühlte, wie Hitze ihr Gesicht überflutete. Mit einem Mal fühlte sie sich schwach und lebendig zugleich. In ihrem Magen machte sich ein sehr merkwürdiges Kribbeln breit. Und ihre Knie zitterten ganz eigenartig.

Doch der Teufel sollte sie holen, wenn sie sich von alledem etwas anmerken ließ!

Mit elastischen Schritten kam sie in die Küche und setzte ein strahlendes Lächeln auf. »Oh, hi Ben! Schönen guten Morgen!"

Sein Gesichtsausdruck war nicht zu deuten. »Morgen, Jo.«

»Kann ich mir Kaffee nehmen?«

»Nur zu.«

Leider wurde ihre nonchalante Haltung ein wenig dadurch beeinträchtigt, dass sie wieder auf einen Stuhl steigen musste, um sich eine Tasse aus dem Schrank zu holen. Ben stand auf, und Josie sprang blitzartig vom Stuhl, nur für den Fall, dass er im Sinn gehabt hatte, ihr wieder zu »helfen«. Doch er machte keine Anstalten, sie zu berühren. Er näherte sich ihr nicht weiter als bis auf drei Schritte.

»Wie geht es dir?«, fragte er.

»Sehr gut«, behauptete sie.

»Hast du gut geschlafen?«

»Ganz toll.«

»Was Schönes geträumt?«

»Wieso?«, wollte sie misstrauisch wissen.

»Man sagt doch, was man die erste Nacht in einem fremden Bett träumt, geht in Erfüllung.«

Josie verschüttete etwas von dem heißen Kaffee und verbrannte sich die Hand.

»Mist«, fluchte sie.

»Warte.« Ben war sofort an ihrer Seite. »Lass mich das anschauen.«

Er nahm ihre Hand, doch Josie entzog sie ihm sofort. »Nicht nötig, so schlimm war das nicht.«

»Lass am besten kaltes Wasser drüber laufen«, schlug er vor.

»Ach, es geht schon.« Josie schnappte sich ihre Kaffeetasse und setzte sich an den Tisch, so weit weg von seinem Stuhl, wie es eben ging.

»Nimm dir ruhig was von der Zeitung«, sagte Ben.

Josie hielt das für eine vernünftige Idee. Auf diese Weise konnte sie zwei Fliegen mit einer Klappe schlagen. Sie konnte sich etwas vors Gesicht halten und kam außerdem nicht in die Verlegenheit, sich mit ihm unterhalten zu müssen.

Im Lokalteil wurde über ein neues Fitnesscenter berichtet, das in zwei Wochen mit einer großen Feier eröffnet werden sollte. Josie wusste natürlich, dass es sich dabei nur um Eriks geplante Expansion handeln konnte, doch sie war viel zu nervös, um den Artikel zu lesen.

»Wegen gestern Nacht«, begann er plötzlich.

Josie knüllte die Zeitung zusammen und schaute ihn erbost an. »Mein Gott, wenn du jetzt wieder davon anfängst, dass es dir Leid tut, kriege ich einen Schreikrampf!«

»Jo, ich …«

»Kannst du nicht einfach die Klappe halten?«, fuhr sie ihn an.

Er nickte friedfertig. »Meinetwegen.«

»Warum lassen wir das Thema nicht einfach ruhen?«

»Ganz wie du willst.«

»*Ich* muss nicht ständig drüber reden!«, fauchte Josie.

»Gut, dann lassen wir es halt.«

»Es war ein stinknormaler One-Night-Stand, nichts weiter!«

»Okay, okay. Ich sage ja gar nichts.«

Josie stand ruckartig auf. »Es war einfach nur Sex, und damit basta! Und ich will *nicht* mehr drüber reden!«

Mit diesen Worten stolzierte sie aus der Küche, nahm im Vorbeigehen ihre Jacke vom Garderobenhaken und verließ das Haus. Ihr Abgang verlor allerdings dadurch drastisch an Wirkung, dass sie gleich darauf den Klingelknopf drücken musste, weil sie ihre Tasche mitsamt Schlüssel vergessen hatte.

Ben öffnete ihr die Tür, und Josie schlüpfte mit abgewandtem Gesicht an ihm vorbei. Sie rannte die Treppe hoch, immer zwei Stufen auf einmal nehmend.

Genauso schnell war sie – diesmal mit Tasche – wieder unten und zur Türe hinaus. Ben stand nach wie vor beim Eingang. »Wiedersehen«, schnappte sie im Vorbeigehen.

»Wiedersehen.«

Als sie an der nächsten Straßenecke einen Blick über die Schulter warf, sah sie, dass er ihr mit undeutbarer Miene nachschaute.

13. Kapitel

An der nächsten Telefonzelle blieb sie stehen, weil ihr schlagartig eingefallen war, dass sie um ein Haar etwas immens Wichtiges versäumt hätte. Sie grub eine Telefonkarte aus ihrer Tasche aus und rief bei Berit an. Zu ihrem Ärger meldete sich nach mehrmaligem Klingeln nur der Anrufbeantworter. Die Stimme von Berits Mutter bat in sonnigem Tonfall um Namen und Telefonnummer des Anrufers, man werde schnellstmöglich zurückrufen.

»Hallo, hier ist Josie. Berit, rufe mich bitte unbedingt nachher im Fitnesscenter an. Unbedingt, hörst du? Es ist *wichtig*. Danke, tschüs und bis später.«

Sie hängte ein und legte mit einem mulmigen Gefühl im Magen die restliche Strecke bis zum Fitnessstudio zurück. Der Aufruhr in ihrem Inneren erreichte kurz darauf nie geahnte Ausmaße, denn der erste Mensch, der ihr nach dem Passieren des Drehkreuzes über den Weg lief, war Erik höchstpersönlich. Seine Augen waren genauso blau wie in ihrem Traum, doch von einem Schrubber oder einem Putzeimer war weit und breit nichts zu sehen. Dennoch verspürte Josie den kaum bezwingbaren Wunsch, wegzulaufen und sich vor ihm zu verstecken. Das war der Mann, nach dem sie sich mit aller Macht sehnte! Mit dem sie die halbe Nacht geredet hatte wie mit keinem Menschen je zuvor! Wieso fühlte sie sich dann so merkwürdig, wenn sie ihn sah? So … zerrissen?

Sie sagte sich, dass es die Nervosität wegen heute Nachmittag war. Die Angst vor dem Moment, in dem der Schleier sich lüften würde. Vielleicht bekam er ja einen Riesenschreck, anstatt sich zu freuen?! Das war, so begriff Josie mit plötzlich einsetzender Panik, eine Möglichkeit, die sie noch nicht in Betracht gezogen hatte!

»Hi«, begrüßte Erik sie strahlend. »Ich bin schon im Bilde, Ben hat mir Bescheid gesagt.«

»Er hat … Du weißt, dass er und ich …«, stammelte Josie.

Erik nickte gut gelaunt. »Ich muss sagen, dass ich im ersten Moment ein bisschen irritiert war deswegen. Aber dann fand ich es ganz in Ordnung.«

Josie starrte ihn fassungslos an. »Du … ähm … Wirklich?«

»Ben meinte, du hast es drauf. Also glaube ich das erst mal. Wenn du das nur halb so gut machst wie die Putzerei, hat er wohl recht. Okay, dann gehen wir gleich mal rüber und schauen, wie du dich anstellst.«

Er kniff ihr ein Auge zu, drehte sich um und marschierte hinüber zu den Büroräumen. Josie blieb wie angenagelt stehen und glotzte ihm hinterher.

Dann merkte er, dass sie ihm nicht gefolgt war. Ungeduldig drehte er sich um. »Was ist, kommst du? Der Arzt wartet schon!«

Mit einer gemurmelten Verwünschung setzte Josie sich in Bewegung. Sie konnte sich nicht erinnern, schon einmal so fest auf der Leitung gestanden zu haben wie vorhin. Anscheinend war in den letzten Tagen zu viel auf sie eingestürmt. So, wie sie selbst es beurteilte, war sie dermaßen mit den Nerven runter, dass nur noch ein Urlaub helfen würde. Aber daran war überhaupt nicht zu denken. Die nächsten Semesterferien lagen in weiter Ferne – es sei denn, sie würde tatsächlich ihr Studium hinschmeißen …

Josie merkte, wie in ihrem rechten Nasenloch ein schwaches Jucken einsetzte. Bevor es stärker werden konnte, verbannte sie energisch jeden Gedanken an Anatomie. Zumindest die Art von Anatomie, mit der sie sich bislang hatte herumplagen müssen.

Das, womit sie sich heute beschäftigen sollte, hatte zum Glück nur am Rande damit zu tun, eine absolut harmlose Geschichte.

Die sportärztlichen Untersuchungen fanden in zwei Räumen statt, die unmittelbar an den Bürotrakt grenzten. Erik stellte Josie dem Arzt vor, ein gestresst wirkender Orthopäde, der einen nicht unerheblichen Teil seines Einkommens damit erzielte, in allen Fitnessclubs der näheren und weiteren Umgebung die Aufnahmeuntersuchungen durchzuführen, die heutzutage zum Service fast aller Sportstudios gehörten. Die Ausstattung der Räume war weit von dem entfernt, was Patienten in einer Facharztpraxis erwarten konnten, doch ein paar unverzichtbare Utensilien – EKG, Ergometer, Untersuchungsliege – waren vorhanden.

Josie erhielt ein Klemmbrett mit Trainingsbögen, die von ihr mit den Daten der einzelnen Clubmitglieder auszufüllen waren. Letztere wiederum – in der Regel alle Neuzugänge des letzten Monats – wurden der Reihe nach aufgerufen und wurden vom Arzt auf Haltungsschäden, Muskelschwächen und Knochenabbau untersucht. Jeder Einzelne wurde gewogen, gemessen und zu seinen sportlichen Gewohnheiten befragt. Anschließend wurde auf dem Ergometer die Leistungskraft getestet und ein EKG erstellt. Der Arzt ging professionell und gründlich vor, man merkte ihm seine Erfahrung bei jeder Bewegungsabfolge und jedem Kommentar an. Für Josie war dies mehr oder weniger die erste Gelegenheit, praktische anatomische Erfahrungen zu sammeln, ohne dass der Patient dabei auf einem Seziertisch lag. Sie hörte genau zu, was der Arzt sagte, und verfolgte aufmerksam jeden seiner Handgriffe. Sie fand das ganze Prozedere unglaublich interessant und merkte überhaupt nicht, wie die Zeit verging.

Erik saß derweil an einem Schreibtisch und machte sich nach den jeweiligen Beurteilungen des Arztes Notizen und heftete die Untersuchungsergebnisse ab. Zwischendurch diktierte er Josie Anweisungen für Geräteauswahl und Übungsumfang, die sie in die Trainingsbögen auf ihrem Klemmbrett eintrug. Ein Clubmitglied nach dem anderen wurde durch die Untersuchung geschleust. Alles klappte wie am Schnürchen – bis zu dem Augenblick, als jemand aufgerufen wurde, den sie kannte, aber nicht unbedingt wiedersehen wollte.

Josie schaute belämmert diesem speziellen Neuzugang entgegen. Elisabeth Seckbach war wahrlich die letzte Person, die sie in diesem Moment erwartet hatte!

Spontan streckte Josie die Hand aus, um sie zu begrüßen, doch Elisabeth schaute betont an ihr vorbei und tat so, als hätten sie einander noch nie gesehen.

Josie zog die Hand zurück und war froh, dass sie ihr Klemmbrett zum Festhalten hatte. Am liebsten hätte sie es dieser Tussi über den perfekt ondulierten Schädel gezogen. Ausgerechnet Marius' Mutter, die sich immer so viel auf ihre makellose Kinderstube einbildete, brachte es nicht einmal fertig, der Ex ihres Sohnes die Hand zu geben!

Ein gesunder Argwohn brachte Josie dann allerdings dazu, nach einem anderen Grund für Elisabeths Verhalten zu suchen. Es konnte durchaus mit der Version zusammenhängen, die Marius seiner Mutter über die Trennung hatte zuteil werden lassen. Es musste etwas äußerst Zugkräftiges gewesen sein. Schließlich konnte er nicht einfach wenige Tage vor dem geplanten Einzug in die gemeinsame Wohnung zu seinen Eltern sagen: He, wir haben es uns einfach anders überlegt.

Während Josie noch rätselte, welche Gründe er wohl tatsächlich für das urplötzliche Scheitern ihrer Beziehung angeführt haben mochte, ließ der Arzt Elisabeth die übliche Reihenfolge von Routineuntersuchungen angedeihen. Elisabeth war sich derweil keineswegs zu fein, ein wenig Smalltalk vom Stapel zu lassen, quasi so von Arztgattin zu Arzt.

»Mein Mann ist auch Arzt, wissen Sie. Aber die Arbeit lässt ihm nicht viel Zeit für Freizeitvergnügungen dieser Art.«

»Freizeit und Sport sollten nicht nur als Vergnügen, sondern auch als Investition in die Gesundheit gesehen werden«, dozierte der Arzt.

»Oh, es ist keineswegs so, als hätte Justus keine Hobbys. Er ist im Rotary Club. Das nimmt er sehr ernst. Er ist ein Mensch, dem die Belange der Allgemeinheit wichtig sind. Flatterhaftigkeit und Zügellosigkeit sind ihm ein Gräuel. Und mir auch.«

Dabei schoss sie einen bitterbösen Blick in Josies Richtung.

»Niemand wird Ihnen solche Dinge unterstellen, nur weil Sie hier trainieren«, brummte der Arzt. Dann wurde Elisabeth aufs Ergometer verfrachtet, wo ihr binnen kürzester Zeit für den Smalltalk die Puste ausging, sodass sie bald nur noch ein abgehacktes Keuchen von sich geben konnte.

Während Josie noch damit beschäftigt war, für ihre Ex-Fast-Schwiegermutter die Daten einzutragen, die Erik ihr diktierte, klopfte es, und Daisy schaute herein.

»Telefon für Josefine.«

»Das passt jetzt aber ganz schlecht«, sagte Erik.

»Da ist eine Frau dran, die hat gesagt, es ist wichtig.«

Josie legte das Klemmbrett zur Seite. »Ich bin gleich wieder da.«

Elisabeth wollte vom Ergometer steigen, doch der Arzt schüttelte den Kopf. »Sie sind noch nicht fertig, strampeln Sie ruhig noch ein bisschen.«

Josie eilte zum Empfang, wo Daisy mit Unheil verkündender Miene neben dem Telefon wartete.

Wehe, es ist nicht mindestens ein Todesfall!, sagte ihr eisiger Blick.

»Ja?«, meldete Josie sich atemlos.

»Hi, ich bin's.«

»Berit! Was ist los?«

»Na, du bist mir ein Herzchen! Wer hat mir denn auf den AB gesprochen, dass ich dich unbedingt im Fitnesscenter anrufen soll?!«

»Rufst du deswegen an?«

»Ja, was dachtest du denn? Ich dachte, es ist was total Wichtiges! Das habe ich auch zu Daisy gesagt, sonst hätte die dich sowieso nicht ans Telefon geholt. Was ist denn jetzt, ist es was Wichtiges, weswegen ich dich anrufen soll oder nicht?«

Das war es durchaus. Das Problem war nur, dass Josie nicht so ohne weiteres darüber reden konnte. Nicht, solange Daisy direkt hinter ihr stand und darauf lauerte, dass Josie infolge einer möglichst tragischen Nachricht einen Nervenzusammenbruch erlitt.

Abgesehen davon hatte Josie ein Problem mit der Formulierung. Im Grunde war es nur eine einfache Frage, nämlich: *Hattest du Sex mit Erik?*

Doch was würde wohl Daisy davon halten?

Verärgert wandte Josie sich zu ihr um. »Hör mal, deine Indiskretion geht mir echt auf den Geist!«

Daisy runzelte verständnislos die Stirn, dann meinte sie wütend. »Aha, Madame lässt ihr Abitur raushängen, was?«

Josie kehrte ihr wieder den Rücken zu. Ihr war gerade eine Idee gekommen.

»Und?«, fragte sie in den Hörer, »warst du mit ihm *in medias res*?«

Das war anscheinend die richtige Methode. Daisy fand das Gespräch offenbar langweilig und trollte sich.

»*Deswegen* sollte ich dich zurückrufen?«, meinte Berit verblüfft.

»Du bist meine beste Freundin!«, rechtfertigte Josie sich. »Ich konnte kaum schlafen vor Sorge!« Das waren zwei vollkommen zutreffende Aussagen, dachte Josie. Meilenweit entfernt von jeder Unwahrheit.

Trotzdem kreuzte sie vorsorglich hinterm Rücken zwei Finger.

Berit war gerührt. »Wie süß von dir! Ach, du ahnst nicht, wie gut es tut, wenn sich jemand so um einen sorgt!«

»Und? Habt ihr nun oder nicht?«

Berits Antwort wurde von Daisys schadenfroher Stimme übertönt. »Erik hat gesagt, du sollst jetzt sofort zurückkommen, wenn es keine lebensbedrohliche Sache ist.«

Josie warf ihr einen ungehaltenen Blick zu. »Ja doch, ich komm sofort!«

»Du, ich muss jetzt auch weg«, meinte Berit, »habe gleich einen Friseurtermin. Wollen wir uns später zum Essen treffen? Um eins bei dir?«

»Nicht bei mir«, sagte Josie schnell. »Lieber bei Luigi.«

Sie verabschiedete sich und legte auf. Nun war sie genauso schlau wie zuvor. Immerhin standen ihre Chancen bei Erik keineswegs schlecht, tröstete Josie sich. Selbst wenn er mit Berit geschlafen hatte, wollte das noch nicht viel heißen. Für Männer war Sex nicht mehr als ein netter Zeitvertreib. Das hatte mit Liebe nicht das Geringste zu tun. Die gemeinsamen Chats mit Josie kamen dem schon viel näher.

Als sie in den Untersuchungsraum zurückkam,

durfte Elisabeth gerade schwitzend und mit rotem Gesicht vom Ergometer steigen. Sie konnte kaum noch japsen. Beim Hinausgehen würdigte sie Josie keines Blickes.

Josie kümmerte sich nicht weiter darum. Im Moment gingen ihr andere Gedanken durch den Kopf. Nachdenklich betrachtete sie Eriks muskulösen Rücken und fragte sich, wieso sie nicht den geringsten Groll bei dem Gedanken empfand, dass er möglicherweise gestern mit Berit geschlafen hatte.

Schließlich kam sie auf die nahe liegende Lösung. Es machte ihr deshalb nichts aus, weil sie selbst ungefähr zur gleichen Zeit mit Ben im Bett gewesen war. Da verbot es sich gewissermaßen von allein, dass sie Erik den Sex mit Berit übel nahm.

Trotz dieser auf den ersten Blick bestechenden Erklärung hatte Josie den vagen Eindruck, dass irgendetwas an dieser Argumentation vielleicht nicht ganz stichhaltig war. Doch sie kam nicht darauf, was es war.

Dann hörte sie auf, darüber nachzudenken, weil sie sich wieder auf ihre Arbeit konzentrieren musste. Josie war mit Feuereifer bei der Sache. Sie war überrascht, dass die praktische Seite der Medizin auch Spaß machen konnte!

Der Rest des Vormittags verging wie im Flug, und kurz nach zwölf wurde die letzte Aufnahmeuntersuchung beendet. Zum Schluss schüttelte der Arzt Josie die Hand. »Besten Dank, Frau Kollegin. Und viel Erfolg für Ihr weiteres Studium! Ich bin sicher, Sie haben das richtige Händchen dafür! Bestimmt sieht man sich bald wieder!«

Als er anschließend mit Erik hinüber ins Büro ging, schaute Josie ihm wie vom Donner gerührt nach.

Um Punkt eins saß sie in Luigis Restaurant und wartete ungeduldig auf Berits Eintreffen.

Berit kam eine Viertelstunde zu spät. Sie blieb beim Tisch stehen und schüttelte ihre frisch geschnittene und geföhnte Mähne. »Wie seh ich aus?«

»Gut«, sagte Josie ungeduldig. »Und, was lief denn nun gestern? Ich hab's vorhin am Telefon nicht verstanden, weil Daisy dazwischengequatscht hat!«

Berit setzte sich. »Sie ist übrigens scharf auf Erik, wusstest du das?«

Josie gab sich erstaunt. »Echt?«

»Ja, allerdings. Obwohl ich das nicht verstehe. Sie könnte jeden haben. Sie sieht toll aus, finde ich.«

Josie verzog das Gesicht. »Das ist Geschmackssache.«

»Wirklich? Na, egal. Pass auf, jetzt kommt der absolute Hammer.« Berit beugte sich mit blitzenden Augen vor. »Er ist *nicht* schwul!«

»Was du nicht sagst«, tat Josie ungläubig.

»Nicht mal bi«, ergänzte Berit zufrieden.

»Im Ernst?«

»Ich vermute mal, dass Daisy dir diesen Floh ins Ohr gesetzt hat. Hat sie?«

Josie zuckte die Achseln, was Berit offenbar als *ja* wertete.

»Dachte ich's mir doch«, meinte Berit. »Finde ich sogar ziemlich raffiniert von ihr, vielleicht würde ich es genauso machen, wenn ich hinter ihm her wäre.«

»Moment mal«, sagte Josie verdutzt. »Du *bist* doch hinter ihm her. Oder nicht?«

Der Ober kam, um ihre Bestellung aufzunehmen, was Berits Antwort auf alle brennenden Fragen erneut verzögerte. »Tja«, meinte Berit endlich, nachdem er wieder gegangen war, »natürlich will ich es mit ihm versuchen. Irgendwann muss ich ja damit anfangen, mich meiner Phobie zu stellen. Und da eignet er sich genauso gut wie jeder andere Typ.« Berit hielt inne. »Nein, das stimmt nicht. Sogar noch viel besser. Mir ist noch nie jemand über den Weg gelaufen, der so viel Ähnlichkeit mit Brad Pitt hat.«

»Aber bis jetzt hat es noch nicht hingehauen?«, bohrte Josie.

Berit verdrehte die Augen. »Wie oft soll ich das denn noch sagen? Nein! Es war nicht so, dass ich es nicht gewollt hätte. Und ich glaube, er war auch bereit dazu. Aber dann kam *sie* dazwischen.«

»Wer?«, fragte Josie begriffsstutzig.

»Na, Daisy. Eigentlich hatte ich ihn schon so weit, dass er zusammen mit mir einen trinken gehen wollte. Die anderen waren schon alle gegangen, Erik wollte dann abschließen. Da kam auf einmal Daisy und behauptete, sie hätte einen Blinddarmdurchbruch.«

»Einfach so?«

»Natürlich nicht einfach so. Sie zog die komplette Show ab. Hielt sich den Bauch und stöhnte und jammerte und verlangte von Erik, dass er sie sofort ins Krankenhaus brachte. Na ja, das hat er dann auch gemacht.«

»Heute Morgen war sie wieder ganz gesund.«

»Die war nie krank«, meinte Berit in missfälligem Ton. »Höchstens vor Eifersucht. Du, ich verstehe das überhaupt nicht. Sie hat das doch eigentlich gar nicht nötig, so, wie sie aussieht. Die könnte doch wirklich jeden haben mit ihrer Figur und ihrem hübschen Gesicht.«

»Das sagst du jetzt schon zum zweiten Mal. Und wie läuft es jetzt weiter zwischen dir und Erik?«

Berit grinste. »Wir sind für heute Nachmittag verabredet.«

Josie zuckte zusammen. »Wann denn?«

»Um sechs bei ihm.«

Der Ober brachte die Spaghetti, und Josie starrte in den dampfenden Teller, ohne etwas zu sehen. Um sechs Uhr wollte er sich mit Berit treffen. Und um fünf mit ihr. Was wollte ihr das sagen? Josie versuchte, einen wie auch immer gearteten Schluss daraus abzuleiten, dass ihr Traummann eine Stunde nach ihrem ersten, so schmerzlich erwarteten Date bereits die nächste Flamme treffen wollte, doch es gelang ihr nicht. Sie konnte keinen klaren Gedanken fassen. Ihr Kopf war gähnend leer.

»Schmeckt dir das Essen nicht?«, fragte Berit mit vollem Mund.

»Doch«, sagte Josie, die noch keinen Bissen gegessen hatte.

»Und was hast du heute Nachmittag vor?«, wollte Berit wissen.

»Nichts Besonderes. Vielleicht geh ich nachher mal bei meiner Mutter vorbei und schau nach, was Juppi macht.«

Berit kicherte. Als Josie ihr die Geschichte von Hannas neuem Haustier erzählt hatte, wäre sie vor Lachen fast vom Stuhl gefallen.

Nach dem Essen hatte Josie keine Lust, nach Hause

zu gehen. Sie hatte Angst davor, Ben über den Weg zu laufen. Solange sie nicht in seiner Nähe war, konnte sie ganz gut den Gedanken an ihn verdrängen. Doch sobald er ihr Auge in Auge gegenüberstand, wurde es schwierig. Dann schossen ihr sofort die Bilder von letzter Nacht durch den Kopf. Und das war das Letzte, woran sie momentan denken wollte.

Stattdessen ging sie wie angekündigt zu ihrer Mutter, von der sie seit gestern nichts mehr gehört hatte. Unterwegs wälzte sie pausenlos ihr neuestes Problem im Kopf herum. Zwischen Erik und Berit war noch nichts passiert. Genau genommen hatte er das auch gar nicht behauptet. Im Chat hatte er lediglich erzählt, dass er mit ihr *zusammen* gewesen war. Sie selbst war diejenige gewesen, die mehr in diese Äußerung hineininterpretiert hatte, als dahintergesteckt hatte.

So weit, so gut. Aber wie konnte er sich nur eine Stunde nach ihrer Verabredung mit einer anderen treffen wollen?

Als unbeteiligte Außenstehende hätte Josie keine Sekunde mit der Antwort gezögert: Ganz klar, er trieb ein doppeltes Spiel. Er wollte sich mehrere Optionen warm halten. Wie alle Männer fand er es toll, mindestens zwei Eisen im Feuer zu haben.

Doch Josie weigerte sich, ihm dergleichen zu unterstellen. Nicht nach dem letzten Chat! So gemein war *kurz* auf keinen Fall! Nein, wenn er Berit gleich nach der Verabredung mit *herzlos* treffen wollte, dann höchstens, um ihr persönlich mitzuteilen, dass er bereits anderweitig vergeben war!

Als Josie ihr ehemaliges Zuhause betrat, herrschte

das übliche Chaos. Immerhin konnte man sich jetzt wieder frei bewegen, weil einige der Kisten und überzähligen Möbel verschwunden waren. Josie erkannte auch sofort den Grund dafür. Karlheinz war sozusagen mit Sack und Pack in ihr altes Zimmer gezogen. Josie musste schlucken, als sie das sah. Aber was hatte sie anderes erwartet? Hier hatten ja alle mehr oder weniger nur darauf gelauert, dass sie verschwand. Hinterher ging es nur noch darum, wer am schnellsten ihren Platz einnahm. Anscheinend hatte Karlheinz das Rennen gemacht.

Hanna und Karlheinz waren in der Küche und bereiteten sich ein verspätetes Mittagessen zu. Diesmal gab Karlheinz den Koch. Er hatte sich eine Schürze umgebunden, um sein Designeroutfit nicht zu beflecken. In einer großen Pfanne brutzelten Frikadellen. Hanna saß am Tisch und blätterte in einem bunten Magazin. Josie wandte schaudernd den Blick ab, als sie die vielen Ketten und Lederriemen sah, mit denen das männliche Model auf der Titelseite verschnürt war.

»Hallo ihr beiden. Ich wollte nur mal kurz guten Tag sagen. Wo ist Tobi?«

Hanna zuckte die Achseln. »Er ist noch nicht von der Schule nach Hause gekommen.«

»Und sonst? Gibt's was Neues?«

Hanna lächelte. »Ja, das kann man wohl sagen. Nimm dir eine Tasse Kaffee und setz dich, Liebes.«

Bitte, lieber Gott, lass es nicht eine geschäftliche Teilhaberschaft im 4you2 oder irgendwas in dieser Art sein, betete Josie im Stillen, während sie sich Kaffee einschenkte.

»Ich bin eine Woche drüber«, erklärte Hanna mit glücklichem Leuchten in den Augen. »Und du weißt, wie pünktlich ich sonst immer bin!«

Die Kaffeetasse rutschte Josie aus der Hand und knallte auf den Boden. Eigenartigerweise blieb sie ganz, doch der Kaffee spritzte hoch und versaute ihre Jeans von oben bis unten.

»Soll das heißen, du … Ich meine, gehst du davon aus, dass du …«

Hanna nickte begeistert. Karlheinz setzte sich zu ihr, und die beiden rieben die Nasen aneinander wie die Eskimos.

»Entschuldigt mich bitte, ich habe noch dringende Termine«, stieß Josie hervor.

Ein paar Sekunden später war sie im Treppenhaus.

Vollkommen verstört eilte sie zur Bushaltestelle. Sie war so durcheinander, dass sie den kurz darauf eintreffenden Bus nicht bemerkte und auf den nächsten warten musste. Die ganze Zeit über konnte sie nur daran denken, dass ihre Mutter noch einmal Mutter wurde. Mit zweiundvierzig!

Josie bestieg den nächsten Bus und fuhr drei Stationen weit, bis sie an der Haltestelle in der Nähe von Bens Haus ausstieg. Während sie den restlichen Weg zu Fuß zurücklegte, dachte sie daran, dass auch andere Frauen mit zweiundvierzig noch Mutter wurden. Zum Beispiel Caroline von Monaco. Manche Frauen kriegten sogar mit zweiundfünfzig noch ein Kind. Etwa die weltberühmte Fotografin Annie Leibowitz. Aber bei denen waren die Verhältnisse anders. Sie jobbten nicht in einem Swingerclub und lebten nicht mit einem Zuhälter zusammen. Und sie hatten keine Riesenschlange als Haustier.

Als Josie kurz darauf die Haustür aufschloss, war sie so in Gedanken versunken, dass sie um ein Haar in Ben hineingerannt wäre. Er hatte sie gehört und war aus seinem Arbeitszimmer gekommen, um sie abzufangen.

Josie blickte zu ihm auf, als er plötzlich wie aus dem Boden gewachsen vor ihr stand. Wenn er so dicht vor ihr stand wie jetzt, musste sie den Kopf in den Nacken legen, um sein Gesicht sehen zu können.

»Gut, dass du da bist«, sagte er.

Josie ärgerte sich, weil ihr Herz auf einmal so heftig klopfte. »Warum?«

»Du hast Besuch. Er ist oben.«

Er? Mit einem Mal klopfte Josies Herz nicht nur schneller, es raste förmlich. Sie konnte sich nur einen *Er* vorstellen, der sie besuchen kam! *Er* wie Erik beziehungsweise *kurz*! Aber woher wusste er, dass Josie *herzlos* war? Hatte er es irgendwie rausgekriegt?

»Hat er irgendwas gesagt?«, wollte Josie mit zittriger Stimme von Ben wissen.

Der zuckte die Achseln. »Nicht viel. Aber er hatte einen ziemlich vollen Rucksack, eine Isomatte und einen Schlafsack dabei. Würde mich nicht wundern, wenn er ein paar Nächte bei dir pennen will.«

Josie hätte sich gern irgendwo festgehalten. Am liebsten an Ben, zumal sich das angeboten hätte, da er so dicht vor ihr stand. Doch das war natürlich Unfug. Sie wollte nur einen Mann festhalten, und das war Erik.

Ohne einen weiteren Blick auf Ben zu verschwenden, ging sie mit gemessenen Schritten die Treppe hinauf und in ihr Wohnzimmer. Dort stolperte sie über einen Rucksack, der ihr bekannt vorkam. Nachdem sie sich wieder hochgerappelt hatte, sah sie ihren Besucher vor dem PC lümmeln. Er drehte sich zu ihr um. »Oh, hi, da bist du ja endlich.«

»Was machst du denn hier?«, wollte Josie entgeistert wissen.

In diesem Moment ging das Telefon. Es war Hanna. Ihre Stimme klang ziemlich besorgt. »Josie, so langsam mache ich mir echt Gedanken wegen Tobi. Er ist noch immer nicht von der Schule nach Hause gekommen. Und vorhin habe ich bemerkt, dass sein Schlafsack und die Isomatte nicht da sind. Falls du ihn siehst, sagst du bitte sofort Bescheid, ja?«

Diesen Gefallen konnte Josie ihrer Mutter ohne weiteres tun.

»Bescheid«, sagte sie.

»Du glaubst doch nicht ernsthaft, dass ich mit einem Baby in einer Wohnung leben will!«, entrüstete sich Tobi. Sie saßen zu dritt in der Küche. Tobi hatte sich eine gigantische Portion Pizza einverleibt, die Ben aus seinem Gefrierschrank geholt und binnen zehn Minuten auf den Tisch gezaubert hatte.

Dumpf überlegte Josie, dass sie wohl irgendwann daran gehen musste, ebenfalls etwas zum Essen zu besorgen. Komisch. Um derlei Dinge hatte sie sich bei Hanna nie kümmern müssen. Wenn sie Hunger hatte, war immer etwas im Kühlschrank gewesen. Und fast jeden Tag hatte es warme Mahlzeiten gegeben. Bei Ben schien es ähnlich zu funktionieren. Aber natürlich war er nicht ihr Küchensklave, sondern ihr Vermieter. (Und außerdem ihr Ex-One-Night-Stand-Lover, aber das spielte überhaupt keine Rolle!)

Morgen, dachte sie. Morgen würde sie losziehen und einen umfangreichen Einkauf tätigen, damit für den Rest der Woche genug zum Essen und Trinken im Haus war. Und die Pizza, die ihr Bruder soeben binnen drei Minuten verschlungen hatte, würde sie selbstverständlich ersetzen.

Aber bis dahin ... Josie warf einen Blick auf die Uhr. Höchste Zeit, sich für ihr Blind Date zurechtzumachen.

»Ich muss gleich weg, ich habe noch einen Termin«, sagte sie zu Tobi. »Mit dir unterhalte ich mich später noch.«

»Ich kann doch bei dir wohnen, oder?«

Das kam natürlich nicht infrage, doch Josie hatte keine Lust, jetzt darüber mit ihm zu diskutieren.

»Das besprechen wir dann.« Josie stand auf und sagte zu Ben: »Danke für die Pizza.«

»Ja, von mir auch«, erklärte Tobi.

»Ich muss dann nachher auch noch weg«, meinte Ben.

»Auf mich braucht keiner mehr aufzupassen«, verkündete Tobi. »Ich bin ja alt genug.«

Daran hatte Josie so ihre Zweifel. Ihr Bruder war ein großes Kind, das konnte man schon allein daran sehen, dass er fluchtartig abgehauen war, nachdem er erfahren hatte, dass schon wieder mit Familienzuwachs zu rechnen war.

Andererseits – sie hatte dasselbe getan, nicht wahr?

Na schön, in ihrem Fall waren es eine Riesenschlange und ein Typ im Raubiertanga gewesen, die sie aus ihrem Zuhause vertrieben hatten. Aber im Prinzip war es kein großer Unterschied.

Womit sich sogleich die Frage erhob, ob sie selbst tatsächlich so viel erwachsener war als ihr Bruder. Im Moment fühlte sie sich jedenfalls lächerlich jung und unbedarft. Während sie sich oben in ihrem Badezimmer für ihre Verabredung aufbrezelte, konnte sie nur daran denken, ob *kurz* sie wohl auch hübsch genug finden würde. Wie sie wohl auf ihn wirken würde?

Ob sie die Haare hochstecken sollte? Vielleicht sah sie damit ein wenig größer und schlanker aus. Und ob es schlampig wirkte, wenn sie ein schlabberiges Oberteil trug? Oder, im umgekehrten Fall: Würde es einen sehr obszönen Eindruck machen, falls sie sich doch für ein figurbetontes Top entschied? Entnervt stand sie vor dem Spiegel und probierte abwechselnd eine der beiden Varianten aus, ohne sich entscheiden zu können. Erst mit Verspätung fiel ihr schließlich ein, dass Erik sie ja schon oft genug gesehen hatte, und zwar in verschiedenen Outfits. Sie ließ das enge T-Shirt an, das sie zuletzt probiert hatte, und ging nach unten.

Ben war noch da. Er war in seinem Badezimmer und hatte anscheinend geduscht. Josie konnte sein Deo und sein Aftershave durch die geschlossene Tür riechen. Was er wohl vorhatte? Diese Frage setzte sich nagend in Josie fest und ließ sie den ganzen Weg zum Schlosspark über nicht los. Wozu musste er mitten am Tag duschen und sich rasieren? Er hatte beides heute Morgen schon erledigt, das war ihr nicht entgangen, als sie zum Frühstück heruntergekommen war.

Josie hatte den Ort ihres Blind Dates erreicht. Es war genau fünf Minuten vor fünf. Jetzt wurde es spannend! Sie hockte sich auf die Brunneneinfassung und wartete. Die Szenerie war nicht ganz so romantisch wie in ihrem Traum. Vögel gab es in Mengen. Allerdings waren es keine niedlichen kleinen Piepmatze, sondern Tauben. Anstatt lieblich zu tschilpen, pickten sie bloß um die Wette und gaben sich in allen Ecken und Enden des Parks den Freuden der Verdauung hin. Kindergeschrei war ebenfalls zu hören, doch es stammte von ein paar halbwüchsigen Rowdys, die sich drüben beim Klettergerüst um eine Packung Zigaretten balgten. Und was den nachmittäglichen Sonnenschein betraf, so war davon im Moment nicht viel zu spüren, da dicke Wolken aufgezogen waren.

Zwei Minuten vor fünf. Josie begann sich bange zu fragen, ob er pünktlich sein würde. Vielleicht hatte er einkalkuliert, dass sie selbst eine Viertelstunde später kam? Heutzutage war es hip, ein bisschen später zu kommen. Fünfzehn Minuten waren das Wenigste. Wer um eins zum Essen verabredet war und auf die Minute genau eintraf, ging das Risiko ein, sofort als Spießer und Erbsenzähler gebrandmarkt zu sein. Jemand, der hundertprozentig genau zur vereinbarten Zeit auftauchte, geriet sofort in den Verdacht, penibel und rechthaberisch zu sein. Richtete man sich dagegen nach dem akademischen Viertel, stellte man damit unter Beweis, dass man locker und cool war.

Eben lässig genug, um nicht seine freie Zeit damit zu verplempern, auf Leute zu warten, die zu spät kamen. Auf andere warten – das taten nur die, die nichts Besseres zu tun hatten.

Als die Kirchturmuhr in der Nähe fünf Uhr schlug, überlegte Josie voller Panik, rasch noch eine Runde durch den Park zu drehen und in einer Viertelstunde wiederzukommen.

Doch dann war es zu spät dazu.

14. Kapitel

Ein Mann war im Torbogen des Parkeingangs aufgetaucht und hielt mit raschen Schritten auf sie zu. Josie blinzelte erstaunt, als sie ihren Vermieter erkannte. Was tat Ben denn hier? Dann erschrak sie. Möglicherweise hatte Erik ihn geschickt, um ihr mitteilen zu lassen, dass er später kam. Oder dass er überhaupt nicht kommen konnte. Oder nicht wollte. Josie hatte das Gefühl, dass das Herz ihr bis in die Schuhe rutschte. Er hatte seinen Freund geschickt, um das Date abzusagen!

Doch diese anfangs so einleuchtende These bekam sofort Risse, denn Ben schaute über die Maßen verdattert drein, als er Josie sah.

»Hallo, was machst du denn hier?«, wollte er wissen.

»Dasselbe könnte ich dich auch fragen«, antwortete sie mit gedehnter Stimme. Mit einem Mal keimte in ihr ein ungeheuerlicher Verdacht.

Keine Frage, Ben dachte in diesem Moment dasselbe. Der überraschte Ausdruck auf seinem Gesicht wich einem waschechten, undurchsichtigen Pokerface. Seiner Miene war nicht mehr die geringste Gemütsregung anzusehen, als er sagte: »Du bist *herzlos*.«

»Dann bist du ja wohl *kurz*.«

Er machte sich nicht die Mühe, es abzustreiten. Josie starrte ihn mit flammenden Augen an. Dieser Schuft! Er hatte sie reingelegt! *So* einer war das! Zuerst legte er die eine flach, dann traf er die andere im Chat und tat verliebt wie ein Schuljunge! Sie hätte ihm die Augen auskratzen können!

»So eine bist du also«, meinte Ben mit ätzender Stimme. Plötzlich wirkte sein Gesicht nicht mehr unbewegt, sondern sehr wütend. »Zuerst springst du mit dem einen Typen ins Bett, und dann triffst du den anderen im Chat und tust verliebt wie ein Schulmädel!«

»Was?!«, schrie Josie wutentbrannt. »Das sagst du mir? Ausgerechnet *du*?! Wer hat denn mit der Knutscherei angefangen? Wer hat mir denn den bisher einzigen Orgasmus meines Lebens in Gegenwart eines Mannes verschafft und eine Minute später gesagt, dass es ihm Leid tut? Wer hat sich denn anschließend sofort in den Chat eingeloggt und stundenlang mit 'ner anderen Frau rumgesülzt? Wer hat denn dreist gelogen, der Chef von einem Fitnessclub zu sein, obwohl er da nur so 'ne Art bessere Putzfrau und Installateur ist? Du … du … Betrüger! Du Mistkerl! Du … *Flachwichser*!!!« Das war das schlimmste Schimpfwort, das sie kannte. Sie selbst hatte es noch nie ausgesprochen, aber es tat sehr gut, den Ausdruck aus ihrem eigenen Mund zu hören. Und besonders gut tat es, dabei zu sehen, wie sich Bens Gesichtsausdruck veränderte. Die Wut verflog binnen Sekunden und machte grenzenloser Verblüffung Platz. Doch sie hielt sich nicht damit auf, seine Gefühle näher zu analysieren. Dazu war sie viel zu wütend. Am liebsten hätte sie mit ihrer Handtasche ausgeholt und sie in hohem Bogen auf seinem Kopf landen lassen. Stattdessen tat sie das einzig Vernünftige. Sie drehte sich auf dem Absatz um und ging.

Sie kam nicht weit. Er folgte ihr und hatte sie nach ein paar Schritten eingeholt. »Warte. Lass uns reden.«

»Mit *dir* rede ich kein einziges Wort mehr«, erklärte Josie. Ihre Stimme bebte vor glühendem Zorn. Dann fuhr sie zu ihm herum. »Oder willst du mir etwa sagen, dass ich meine Siebensachen packen und aus deinem Haus abhauen soll?«

Ben prallte betroffen zurück. »Du liebe Zeit, nein! Auf gar keinen Fall! Vergiss das sofort wieder!«

»Keine Sorge, das tue ich bestimmt nicht. Sobald ich was anderes gefunden habe, bist du mich wieder los.«

»Um Himmels willen, Jo, lass uns die ganze Sache doch wie zwei erwachsene, vernünftige Menschen besprechen!«

»Fick dich ins Knie.« Josie erschrak über ihre eigene Unflätigkeit, doch ihr schlechtes Gewissen deswegen hielt sich stark in Grenzen, denn die Befriedigung, die ihr dieser Ausspruch verschaffte, übertraf den *Flachwichser* noch bei weitem.

»War es wirklich der erste Orgasmus?«

Das hätte er nicht fragen sollen. Jetzt holte Josie doch mit ihrer Handtasche aus. Doch sie traf ihr Ziel nicht, denn Ben wich geschickt aus, ohne langsamer zu werden. Da er sehr viel längere Beine hatte als sie, fiel es ihm sowieso nicht schwer, Schritt zu halten.

»Wie war das mit der besseren Putzfrau?«, wollte

er wissen. »Das musst du mir erklären. Ich habe nie behauptet, da nur zu putzen.«

»Du hast gesagt, dass du Mädchen für alles bist«, fauchte Josie ihn an.

Ben dachte nach. Man hörte förmlich in seinem Kopf die Zahnräder ineinander greifen.

»Das stimmt«, sagte er langsam. »Im weitesten Sinne bin ich das ja auch. Weil ich eben für alles zuständig bin. Und wenn es irgendwo was zu tun gibt, packe ich halt mit an.«

Josie eilte stumm weiter, während Ben mühelos an ihrer Seite blieb.

»Warte mal«, sagte er plötzlich argwöhnisch, »im Chat habe ich dir erzählt, dass ich Geschäftsführer von diesem Studio bin.«

»Ja, weil du ein notorischer Lügner bist!«, keuchte Josie, atemlos vom Laufen. »Weil du nicht ertragen kannst, dass dein bester Freund Inhaber des Studios ist! Du gönnst ihm ja nicht mal sein Auto!«

Ben zog die Brauen so hoch, dass sie fast seinen Haaransatz berührten. »Sekunde mal. Das ist *mein* Auto. Und *mein* Fitnessstudio. Das heißt, mir gehören achtzig Prozent der Geschäftsanteile. Erik hält die restlichen zwanzig. Hat er etwa was anderes behauptet?«

Josie kam aus dem Tritt und stolperte. Sie wäre gefallen, wenn Ben sie nicht aufgefangen hätte.

»Jo …«

»Lass mich los, du …« Diesmal fiel ihr nichts Adäquates ein. Stattdessen stieß sie ihn von sich und rannte weiter. Doch so sehr sie auch ihr Tempo steigerte, sie schaffte es nicht, Ben abzuhängen. Er blieb ihr unbeirrt auf den Fersen und zeigte dabei nicht das geringste Anzeichen von Ermüdung.

»Allmählich komme ich der Sache näher«, sagte Ben nachdenklich. »Du hast die ganze Zeit gedacht, Erik wäre der Alleininhaber des Studios. Gleichzeitig bist du aufgrund der Infos, die du von mir im Chat erhalten hast, davon ausgegangen, dass Erik *kurz* ist.«

Er streckte sie Hand aus und hielt Josie an der Schulter fest.

»Vorhin am Brunnen hast du Erik erwartet!«, rief er mit umwölkter Miene aus.

»Elementar, mein lieber Watson!« Es sollte bissig klingen, doch da Josie mittlerweile vom schnellen Laufen kaum noch richtig Luft kriegte, kam es nur als atemloses Schnauben heraus.

»Was findest du an ihm?«, wollte Ben erzürnt wissen. »Sind es seine Muskeln?«

Endlich waren sie zu Hause angekommen. Ben hatte als Erster seinen Schlüssel gezogen und öffnete die Haustür, was Josie die Gelegenheit verschaffte, die Treppe hochzuflitzen und ihm so zu entkommen.

»Ich hoffe, du respektierst wenigstens hier im Haus meine Privatsphäre«, rief sie über die Schulter zurück.

Wie alle Männer musste er das letzte Wort behalten. Mit düsterem Blick stand er in der Halle und blickte ihr nach. »Keine Sorge. Wir sprechen uns noch.«

Tobi saß am PC und trieb Josies Telefonkosten in vermutlich astronomische Höhen.

»Warst du etwa die ganze Zeit online?«, wollte sie verärgert wissen.

»Du hast wohl schlechte Laune, oder?«

»Das geht dich nichts an. Außerdem – welche Laune soll ich denn wohl sonst haben, wenn du auf einmal hier aufkreuzt und auf meine Kosten im Internet surfst?«

»Ben hat gesagt, das ginge klar. Er hat eine Flatrate mit hausinternem Netzwerk, da kannst du rund um die Uhr online bleiben, es macht keinen Unterschied.«

Aha. Wahrscheinlich waren das die Zubehörteile gewesen, die er besorgt hatte. Jetzt sah sie auch die zusätzlichen Kabel unter dem Schreibtisch. Wieder ein Punkt mehr auf der Liste seiner Gefälligkeiten. Er dachte aber auch wirklich an alles!

Doch Josie verdrängte sofort diesen Anflug von Wärme. Den Teufel würde sie tun, diesem Mistkerl auch noch dankbar zu sein!

»Der Typ hat echt 'ne geile Hütte hier«, meinte Tobi. »Und einen coolen Wagen fährt er auch.« Er räusperte sich, dann fragte er beiläufig: »Seid ihr eigentlich schon lange zusammen?«

Hatte seine Stimme etwa gerade einen berechnenden Unterton gehabt?

»Wir sind überhaupt nicht zusammen«, sagte Josie verärgert.

»Echt? Hätte ich aber drauf schwören können, so, wie ihr euch anguckt.«

»Da hast du dich eben getäuscht.«

»Vielleicht kriegst du ihn ja noch rum«, tröstete Tobi. »An deiner Stelle würd ich echt am Ball bleiben bei dem Typ. Der fährt mit dem Programm garantiert noch jede Menge Kohle ein.«

»Was für ein Programm?«

»Ach, das weißt du gar nicht? Der hat so ein Virenschutzprogramm für Computer entwickelt.«

»Woher weißt du das?«

Tobi zuckte die Achseln. »Na, weil ich ihn gefragt habe. Ich wollte doch wissen, woher er die Kohle für so ein Haus und so ein Auto hat.«

»Und da hat er's dir so einfach erzählt?«

Wieder ein Achselzucken. »Klar. Wieso auch nicht? Ist doch kein Geheimnis.«

Natürlich nicht, dachte Josie verdrossen. Mit sechzehn hatte man noch keine übertriebenen Vorstellungen von Pietät und Diskretion, wenn man irgendetwas erfahren wollte.

»Er kriegt übrigens jedes Jahr Lizenzgebühren für das Ding«, erläuterte Tobi. »Das bringt auch noch mal 'ne Menge Geld.«

»Und außerdem gehören ihm achtzig Prozent von dem Fitnesscenter.« Josies Stimme triefte vor Sarkasmus, doch das entging ihrem Bruder völlig. Seine Augen wurden rund vor Begeisterung. »Ehrlich? Wow! Cool, Mann!« Dann warf er Josie einen schrägen Blick zu. »Meinst du, es geht klar, dass ich erst mal hier bei dir bleibe?«

Josie wollte das schon kategorisch verneinen, doch im letzten Moment verkniff sie sich die Antwort. Es konnte nicht schaden, wenn Tobi hier blieb. Natürlich nur für ein paar Tage. Nur solange, bis sie eine andere Wohnung gefunden hatte. Solange ihr Bruder dabei war, würde Ben es nicht wagen, sie mit seinen blöden Fragen und Bemerkungen zu triezen.

Sobald sie hier ausgezogen war, würde Tobi selbstverständlich wieder nach Hause zurückkehren müssen.

»Meinetwegen. Aber nicht länger als eine Woche oder so. Und denk dran, Mama anzurufen. Sag ihr, ich hätte es erlaubt. Sonst kannst du dir das sowieso abschminken.«

»Die sind bestimmt ganz froh, wenn sie mich mal los sind.«

Josie betrachtete ihn mitleidig, dann fragte sie unvermittelt: »Was findest du eigentlich so schlimm daran, noch einen kleinen Bruder oder eine kleine Schwester zu bekommen?«

Er schnitt eine ärgerliche Grimasse. »Na, dreimal darfst du raten. Was glaubst du denn, wer auf den kleinen Schreihals aufpassen darf, wenn Mama und Karlheinz weg sind?«

»Ja, aber das ist doch erst in neun Monaten akut. Wieso bist du jetzt schon abgehauen? Das musst du mir mal näher erklären.«

»Ach, das war sowieso in letzter Zeit alles so nervig mit denen«, meinte er vage.

Das brauchte er seiner Schwester nicht näher zu erklären.

Als sie wenig später zur Arbeit ging, wurde sie an der Haustür von Ben abgefangen, obwohl sie fest davon überzeugt war, beim Hinuntergehen nicht das leiseste Geräusch verursacht zu haben. Trotzdem stand er auf einmal da. Als Josie an ihm vorbei zur Haustür gehen wollte, trat er ihr in den Weg.

»Ich muss zur Arbeit.«

»Ich weiß. Schließlich bin ich dein Chef.«

Darüber hatte sie noch nicht nachgedacht. Aber natürlich stimmte es. Er war nicht nur ihr Vermieter, sondern auch ihr Arbeitgeber. Nichts anderes als *das* hatte er gemeint, als er von einem Abhängigkeitsverhältnis gesprochen hatte, das war Josie jetzt klar.

»Hiermit gebe ich dir eine Stunde frei. Eine bezahlte Stunde, wohlgemerkt.«

»Die kannst du dir sonstwohin stecken. Ich kündige.«

In einer Geste der Verzweiflung hob Ben beide Hände. »Josie, bitte, lass uns wenigstens versuchen, über alles zu reden!«

Bitterböse schaute sie ihm ins Gesicht. »Ich wüsste nicht, was wir noch zu besprechen hätten. Es ist alles gesagt. Du hast mir ja schon haarklein erklärt, wie abhängig ich von dir bin. Und wie Leid es dir tut, dass du mit mir geschlafen hast.«

»Das hast du völlig falsch verstanden«, behauptete er.

»Ich habe nicht nur einen hervorragenden Geruchssinn, sondern auch ein ausgezeichnetes Gehör«, sagte Josie kühl. »Würdest du mich jetzt bitte vorbeilassen? Da ich jetzt arbeitslos bin, werde ich mir eine Zeitung kaufen und mich nach einer neuen Stelle umschauen. Und bei der Gelegenheit auch gleich eine andere Wohnung suchen.«

»Deine Kündigung nehme ich nicht an. Weder die für die Wohnung noch die fürs Studio.« Er machte eine gewichtige Pause, dann sagte er: »*Pacta sunt servanda.*«

»Mit deinem Küchenlatein kannst du mich nicht beeindrucken«, erklärte Josie mit schneidender Stimme. »Wenn ich ausziehen *will*, dann tue ich es, wetten?«

Ben versuchte es anders. »Als ich sagte, dass es mir Leid tut, meinte ich damit lediglich, dass ich so über dich hergefallen bin. So … so … gefühllos, so rabiat!«

Josie starrte ihn verdutzt an. Auf die Schnelle wollte ihr dazu keine Erwiderung einfallen. Ben nutzte den Augenblick ihres Schweigens.

»Schau, es hat mich einfach übermannt. So hätte es nicht laufen dürfen. Das ist nicht meine Art, wirklich nicht. Aber du hast etwas an dir … Es hat mich einfach übermannt.«

»Das hast du schon mal gesagt.«

»Ja, wie gesagt …«

»Es hat dich übermannt.«

»Genau. Ich fand dich schon vorher wahnsinnig attraktiv, die ganze Zeit schon …«

»Hast du mir deswegen die Wohnung gegeben?«, wollte Josie argwöhnisch wissen. »Um mich so schnell wie möglich flachlegen zu können?«

Ben merkte, dass er im Begriff war, einen neuen Fehler zu begehen. »Nein, wo denkst du hin!«

»Also so attraktiv fandest du mich auch wieder nicht, wie?«

Ben raufte sich die Haare. »Du drehst mir das Wort im Mund herum! Ich fand dich attraktiv genug, um mit dir schlafen zu wollen, das musst du doch bemerkt haben!«

»Nein. Woran auch? Etwa daran, dass du mir die Wohnung angeboten hast?«

»Ich bin nicht bereit, mich in diesem Stil mit dir zu unterhalten!«

»Gut«, sagte Josie. »Weil ich ja sowieso nicht mit dir

reden will. Wenn du unbedingt reden willst – wieso suchst du dir nicht 'ne tolle Frau aus dem Chat? Darin bist du ja ganz groß!«

»Ist es das, was dir querliegt? Dass ich mich noch für eine andere Frau interessiert habe?«

Ben warf die Arme hoch. »Mensch, begreif das doch: *Du* warst diese Frau! Will das nicht in deinen Kopf oder was?«

Hinter ihm tauchte Tobi auf. Er hatte die Hände tief in den Hosentaschen vergraben und wiegte bedächtig den Kopf. »Frauen haben manchmal Probleme mit der Logik«, sagte er. »Die ticken halt irgendwie anders.« Er räusperte sich, dann warf er einen verstohlenen Blick zur Küche hinüber. »Äh ... meinst du, ob vielleicht noch ein Stück von dieser Pizza da ist?«

Ben war für einen Moment von Josie abgelenkt. Diesmal gelang es ihr, an ihm vorbeizuschlüpfen. Sie riss die Haustür auf und war im Nu draußen. Aufgebracht marschierte sie davon, ohne einen Blick zurückzuwerfen.

»Du – bist – *herzlos*!«, schrie Ben ihr nach. »Kapier doch: Du bist sie, und sie ist du! Du kannst unmöglich auf dich selbst eifersüchtig sein!« Er brüllte noch lauter, damit Josie auch den Rest verstehen konnte. »Wenn jemand Grund zur Eifersucht hätte, dann doch wohl höchstens ich! Was soll ich denn davon halten, dass du auf diese blond gefärbte Muckimaschine abfährst?«

Den ganzen Weg über grübelte Josie über diesen unübersichtlichen Wust an Problemen nach, die sich mit einem Mal um Schlag fünf Uhr vor ihr aufgetan hatten. Ben war *kurz*, und *kurz* war Ben. Erik war ... einfach nur Erik.

Zu ihrer großen Überraschung war er bereits da, als sie kurz darauf ins Fitnesscenter kam. Er stand am Drehkreuz und reparierte mal wieder an der Elektronik herum. Sicherheitshalber verglich sie ihre eigene Uhrzeit mit derjenigen, die von der großen Uhr in der Halle angezeigt wurde. Es war kurz nach sieben.

»Hi«, sagte er, als sie an ihm vorbeikam.

»Hi«, erwiderte sie höflich, wobei sie inständig hoffte, dass ihr die Neugier nicht allzu deutlich ins Gesicht geschrieben stand. Was war aus seinem Sechs-Uhr-Date geworden? Josie juckte es in den Fingern, auf der Stelle Berit anzurufen, doch das war natürlich völlig ausgeschlossen.

Sie blieb ein paar Sekunden stehen und unterzog Erik einer gründlichen Musterung. Dabei horchte sie gründlich in sich hinein und empfand – nichts. Gut, er sah umwerfend aus, und zwar in solchem Maße, dass es ihr anfangs sogar ein wenig Herzklopfen verursacht hatte. Aber so erging es vermutlich jeder Frau, die er charmant anlächelte. Berit war dafür das beste Beispiel. Sie hatte ja sogar trotz ihrer Penisphobie sofort mit ihm schlafen wollen!

Ob er sich wirklich die Haare färbte? Josie machte Stielaugen, um seinen Haaransatz genauer erkennen zu können.

»Ist was?« Anscheinend war seine Laune heute nicht die beste. Er schaute reichlich griesgrämig drein. »Du bist heute ziemlich spät dran.«

»Ach, das habe ich schon mit Ben abgeklärt. Er hat

noch was mit mir besprochen, das hat mich etwas aufgehalten.«

Erik akzeptierte es mit einem Schulterzucken. Falls Josie noch irgendwelche Zweifel gehabt hätte, ob Ben wirklich der Haupteigner dieses Studios war, so wären diese spätestens jetzt ausgeräumt gewesen. Und noch etwas wurde ihr mit einem Mal klar: Erik war nicht nur der sonnig lächelnde Wikingergott. Er konnte auch mal richtig miese Laune haben, so wie alle Männer. Ob seine Verstimmung mit Berit zusammenhing?

Nachdenklich machte sie sich an die Arbeit. Sie beeilte sich, damit sie früher aufhören konnte. Die Neugier ließ ihr keine Ruhe. Wenn sie nicht bald erfuhr, was sich zwischen Berit und Erik zugetragen hatte, würde sie noch wahnsinnig werden. Doch diesmal war keine Eifersucht im Spiel. Sie wollte nur wissen, wie es Berit ging.

Ihr erster Weg nach dem Verlassen des Studios führte sie zur nächsten Telefonzelle.

Diesmal ging Berit zu Josies Erleichterung sofort an den Apparat.

»Was war los?«, fragte Josie.

»Ach, nix«, meinte Berit.

»Was meinst du mit nix?«

»Nada. Niente. Rien. Nothing.«

»Vielleicht ist er doch schwul«, überlegte Josie.

»Nein, das ist es nicht.« Berit räusperte sich bezeichnend, und bei Josie fiel der Groschen.

»Du bist nicht allein. Deine Mutter hört zu.«

»Genau.«

»Hast du heute Abend noch Zeit?«

»Morgen früh ist praktische Anatomie, schon vergessen?«

Josie rieb sich die Nase. »Shit. Daran habe ich gar nicht mehr gedacht.«

»Kommst du überhaupt?«

»Ja«, sagte Josie zögernd, plötzlich alles andere als überzeugt, dass sie sich das unbedingt noch einmal antun musste. Doch sie würde wohl oder übel hingehen müssen. Klaus wollte schließlich auch kommen. Er war wild entschlossen, Josie diesmal hilfreich zur Seite zu stehen.

»Ach, so'n Mist«, sagte Berit plötzlich, »das habe ich ja ganz vergessen.«

»Was denn?«

»Ich sollte dir von Klaus noch eine Broschüre geben. Etwas über Meditationsübungen.«

»Bringt das denn was?«

»Keine Ahnung. Mir hat er auch mal so ein Ding gegeben. Ich hab's sogar ein paarmal ausprobiert. Aber ob's in der Praxis wirkt – *que sera* …«

»Du könntest es mir noch vorbeibringen und mir bei der Gelegenheit erzählen, was mit Erik los war.«

»Ich weiß nicht. Es ist schon so spät.«

»Ich hätte da auch was zu erzählen«, sagte Josie. »Über einen Typ …«

Den Rest des Satzes ließ sie absichtlich in der Luft hängen.

»Ich bin in zehn Minuten bei dir«, sagte Berit.

Josie trödelte vor dem Haus herum, bis Berits Fahrrad um die Ecke gebogen kam.

»Wieso wartest du hier draußen?«, wollte sie wissen.

»Ach, das ist 'ne längere Geschichte.«

»Erzähl sie mir.«

»Zuerst will ich deine hören. Komm, gehen wir rein.«

Josie schloss die Haustür auf und lugte vorsichtig in die Halle. Tatsächlich, Ben hatte nur darauf gewartet, dass sie heimkam. Er erschien in der offenen Tür seines Arbeitszimmers. Er hatte Freddy in der hohlen Faust und streichelte ihn vorsichtig mit dem Zeigefinger.

»Hallo«, sagte er. Als er sah, dass Josie nicht allein kam, machte er sich gar nicht erst die Mühe, seine Enttäuschung zu verbergen. »Du hast ja Besuch mitgebracht.«

»Hi«, sagte Berit. Ihrer Stimme und ihrem Gesichtsausdruck war anzumerken, dass sie angenehm überrascht war. »Ich bin Berit.«

»Ben«, sagte er.

Zu ihrem Ärger spürte Josie, wie ihr Pulsschlag sich bei seinem Anblick beschleunigte. Ihre Hände zuckten in dem plötzlichen Bedürfnis, ihn zu berühren. Was war los mit ihr? Gehörte sie etwa zu den Frauen, die es antörnte, von Männern verarscht zu werden?

»Nettes Haus«, sagte Berit.

»Danke«, sagte Ben.

Josie war schon auf der Treppe. »Kommst du?«, sagte sie zu Berit.

Mit sichtlichem Widerstreben folgte Berit ihr nach oben. »Wieso konnten wir nicht noch ein bisschen mit dem Typ quatschen?«, zischte sie. »Mensch, der ist ja total süß! Du hast mir ja gar nicht erzählt, dass dein

Vermieter so ein niedlicher Bursche ist!« Sie dachte kurz nach. »Hat er schon 'ne Freundin?«

Josie öffnete die Tür zu ihrem Wohnzimmer und seufzte, als sie ihren Bruder vor dem PC sitzen sah. Sie hatte völlig vergessen, dass Tobi auch noch hier war. Wie sollte sie jetzt mit Berit über Erik reden, geschweige denn über Ben?

Doch dann bemerkte sie, dass Tobi Kopfhörer trug. Er spielte mal wieder eines seiner blutrünstigen Internet-Wargames und hatte gar nicht mitbekommen, dass er nicht mehr allein im Zimmer war.

Josie forderte Berit wortlos auf, mit ihr rüber ins Schlafzimmer zu gehen. Sie selbst setzte sich aufs Bett, und Berit flegelte sich in den Korbsessel.

»Wieso ist dein Bruder hier?«

»Aus demselben Grund wie ich. Dicke Luft daheim.« Josie erzählte von der neuesten Entwicklung in ihrer Familie, und Berit pfiff durch die Zähne. »Ich werde verrückt! Deine Mutter und ein Baby! Das ist der Hammer!«

»Ja ja«, meinte Josie ungeduldig »Jetzt sag schon, wie war's mit Erik?«

»Gleich.« Berit kramte eine psychologische Broschüre aus der Handtasche. »Hier, bevor ich's vergesse. Klaus hat gesagt, du sollst es dir vor der nächsten Anatomiestunde mal anschauen.«

»Ich lese es vor dem Einschlafen«, versprach Josie. »Jetzt erzähl.«

Berit seufzte. »Ach, da gibt's nicht viel zu sagen. Wir haben uns um sechs bei ihm zu Hause getroffen.«

»Warst du pünktlich?«

Berit dachte nach. »Nein, ich bin 'ne Viertelstunde

später gekommen. Ich glaube, die Leute, die so superpünktlich sind, haben meist einen ziemlich akribischen Charakter. Findest du nicht?«

»Keine Ahnung«, behauptete Josie. »Und weiter? Was ist dann passiert?«

»Dann bin ich ziemlich schnell wieder abgehauen.«

Josie schluckte, dann fragte sie teilnahmsvoll: »Ist dir übel geworden?«

Berit verzog das Gesicht. »Das kann man wohl sagen.«

»O Gott, war es sehr schlimm? War er zu groß für dich?«

Berit grinste. »Dazu sind wir gar nicht gekommen. Nein, auf *die* Art ist mir diesmal nicht übel geworden. Es lag eher an all den Spiegeln.«

»Spiegel?«, echote Josie verständnislos.

Berit nickte. »Er hat eine Dreizimmerwohnung, so weit ganz nett und normal. Wenn nicht all die Spiegel wären. Er hat überall welche. Schon wenn du reinkommst, ist das wie in einem Spiegelkabinett. Im Flur hat er eine ganze Wand verspiegelt. Im Badezimmer sogar die Decke. Wie findest du das?«

»Äh ... ungewöhnlich«, sagte Josie vorsichtig.

»Das fand ich zuerst auch«, meinte Berit augenzwinkernd. »Ich dachte: Wow! Das ist aber mal ein geiler Typ! Der muss es ja echt draufhaben! Aber dann habe ich gemerkt, wozu die Spiegel wirklich da waren. Nämlich dazu, damit Erik vor jedem Einzelnen davon stehen bleiben und seinen Alabasterkörper bewundern kann. Er hat das sogar gemacht, als ich daneben stand. Hat gleich nach der Begrüßung im

Flur seinen Ärmel hochgezogen und seinen Bizeps wackeln lassen. Und bei alledem hat er nur Augen für eins gehabt: für Erik.« Sie schüttelte den Kopf. »Im Fitnessstudio hat er das auch schon andauernd getan, aber da ist es mir nicht aufgefallen. Ich meine, da sind ja auch überall Spiegel, man kann ja gar nicht anders als da reinzugucken. Die Wand hinter den Hantelbänken ist verspiegelt. Die Wand hinter den Stretchinggeräten. Die Wand in der Aerobic-Halle. Die Wand hinter der Empfangstheke. All diese Spiegel – du kannst sie gar nicht zählen.«

»Ich schon«, sagte Josie. »Ich muss die alle putzen. Es sind hunderte von Quadratmetern.«

»Na ja, da hast du mir was voraus. Ich hab's überhaupt nicht bewusst registriert. Oder falls doch, dann habe ich höchstens gedacht, dass es dazugehört. Damit jeder auch sehen kann, ob er seine Übungen richtig macht. Oder ob die Aerobic-Hose richtig sitzt oder so was.« Berit breitete ergeben die Hände aus. »Was soll ich sagen – er ist ein Narziss. Für ihn muss ich eine völlig neue Männerkategorie erfinden. So einer ist mir vorher noch nicht untergekommen. Außerdem hat er ständig über dasselbe geredet wie im Fitnesscenter.«

»Worüber?«

»Muskelaufbau.« Berit grinste schief. »Beim ersten Mal ist es ja noch interessant. Beim zweiten Mal wird es dann schon weniger spannend. Beim dritten Mal hast du das Gefühl, einer Schlaftablette zuzuhören.«

Josie kicherte.

Berit nahm es ihr nicht übel. »Ich hab's mir fünf Minuten angehört, während er uns Tee gekocht hat.

In dieser Zeit hat er dreimal vor seinem großen Küchenspiegel die Muskeln spielen lassen. Einmal hat er sogar gecheckt, ob seine Bauchmuskeln noch okay sind. Er hat sein Hemd gelüpft und seinen Waschbrettbauch geprüft. Und weißt du was?« Berit schaute entrüstet drein, als wäre das von allem das Schlimmste. »Ich glaube, er färbt sich die Haare.«

»Und wie war das neulich noch mit der Erektion?«, zog Josie sie auf.

»Kann schon sein, dass er eine hatte. Aber wenn, dann höchstens, weil er scharf auf sich selber war.« Berit seufzte. »Jedenfalls habe ich Migräne vorgeschützt und bin abgehauen, bevor der Tee fertig war. Tja, das war's dann wohl. Damit ist für mich das Thema Erik abgehakt.«

»Dann wirst du ja wohl auch nicht mehr ins Fitnesscenter kommen, oder?«

Berit blähte die Nasenflügel. »Och, das will ich nicht sagen«, meinte sie gedehnt. »Dieser Typ da unten – Ben – der kommt doch auch regelmäßig da hin, oder? Was macht der eigentlich dort genau?«

Josie versteifte sich. »Ihm gehören achtzig Prozent von dem Laden«, sagte sie reserviert.

Berit riss die Augen auf. »Echt?« Dann beugte sie sich interessiert vor. »Ich finde ihn übrigens sehr sexy. Erinnerst du dich noch, wie ich dich danach gefragt habe? Du konntest mir darauf keine Antwort geben.«

Anstelle einer Antwort zuckte Josie nur die Achseln.

Für Berit war das Thema noch nicht abgeschlossen. »Ist er schon vergeben?«

»Soweit ich weiß – nein.«

Berit musterte sie scharf. »Du stehst auf ihn.«

»Nein«, rief Josie entrüstet aus. »Das tu ich nicht!«

»Wirklich nicht?«

»Ich würde ihn nicht mal mit der Kneifzange anfassen!«, versicherte Josie leidenschaftlich.

»Also hättest du nichts dagegen, wenn ich ihn mir mal ein bisschen genauer anschauen würde?«, vergewisserte sich Berit.

Josie hob mit unbewegter Miene die Schultern. »Tu, was du nicht lassen kannst.«

»Fein. Und jetzt bist du dran. Erzähl mir von diesem Typ, den du heute getroffen hast.«

»Ach, heute nicht mehr. Es ist schon elf Uhr, und mein Bruder muss dringend ins Bett.«

»He, erst spannst du mich auf die Folter, und dann erzählst du mir gar nichts!«

»Morgen.« Josie schaffte es irgendwie, Berit ohne nähere Informationen hinauszukomplimentieren und anschließend Tobi ins Bett zu verfrachten. Sie selbst schlief auf dem Sofa in ihrem Wohnzimmer. Das heißt, sie versuchte es. Doch obwohl sie nach diesem langen, ereignisreichen Tag mehr als müde war, wollte sich der Schlaf wie schon so oft in der letzten Zeit nicht einstellen. Ruhelos wälzte sie sich hin und her. Nach einer Weile gab sie es auf und setzte sich an den PC, um sich noch ein bisschen mit Surfen die Zeit zu vertreiben. Sie wusste selbst nicht, welcher Teufel sie ritt, als sie den Chat anwählte. Und tatsächlich, *kurz* war da. Was ihn wohl heute Nacht hierher trieb? Er konnte unmöglich glauben, dass sie nach allem, was inzwischen vorgefallen war, noch einmal mit ihm chatten würde! Also versuchte er vermutlich, mit anderen anzubandeln, dieser Teufel! Klar, warum auch nicht. Die Auswahl war ja riesengroß. Tagtäglich wurden irgendwelche Frauen von ihren treulosen Typen verlassen.

Dennoch war die Versuchung, den Chatroom zu betreten und ihm die Meinung zu sagen, fast unwiderstehlich. Doch diesmal blieb die Vernunft stärker. Josie wählte die Seite ihres Servers an und schaute in ihre Mailbox. Sie erstarrte, als sie sah, dass sie eine Nachricht von *kurz* erhalten hatte. Eingegangen war sie bereits in der vergangenen Nacht, unmittelbar nach ihrem letzten Chat. Richtig, er hatte ja angekündigt, ihr noch einmal mailen zu wollen, bevor sie sich trafen.

Josie spielte mit dem Gedanken, die Nachricht ungelesen zu löschen, doch natürlich brachte sie das nicht fertig. Hastig klickte sie die Betreffzeile an – wie bei der ersten E-Mail lautete sie *kurz und herzlos* – und wartete, bis die Mitteilung erschien.

meine liebe chatfreundin,

ich glaube, es ist zeit für ein paar wahrheiten, bevor wir uns treffen. die unterhaltungen mit dir haben etwas in meinem tiefsten inneren angerührt. ich fühle mich auf seltene art mit dir verbunden, so sehr, dass es schon fast beängstigend ist. doch ich bringe es nicht fertig, dich unter vorspiegelung falscher tatsachen zu treffen. die frau aus dem fitnesscenter, von der ich dir erzählt habe - sie war die erste seit meiner gescheiterten beziehung. ich fühlte mich schon von anfang an stark zu ihr hingezogen. da sie gerade dringend eine wohnung suchte, habe ich ihr einige zimmer in meinem haus untervermietet. da hatte ich schon den beweggrund, ihr näher zu kommen. ich habe es so dargestellt, als hätte ich bereits vorher untervermietet, aber so war es nicht, denn ich habe dort vorher mit einer anderen frau zusammengelebt; ich hatte das ja im chat schon erwähnt. sie hat sich im urlaub in einen typ aus hamburg verliebt und ist knall auf fall zu ihm gezogen. auf diese art bin ich dann im singlechat gelandet und habe später dort *dich* kennen gelernt.

so ziemlich zur selben zeit war im real life auf einmal dieses mädchen da … ich habe den kopf verloren und bin mit ihr ins Bett gegangen, davon hatte ich dir ja schon erzählt. allerdings hat es ihr nicht das geringste bedeutet. für sie war es nur ein unverbindlicher one-night-stand, nichts weiter. es war ihr so gleichgültig, dass sie nicht einmal mehr darüber reden wollte und jeden diesbezüglichen versuch von meiner seite abgeblockt hat. ich muss das wohl akzeptieren, auch wenn es mir schwer fällt, da ich mich immer noch sehr zu ihr hingezogen fühle – jetzt mehr denn je. das also ist der stand der dinge.

all das solltest du der fairness halber wissen, bevor wir uns treffen. ich möchte diese wunderbare freundschaft, die mich mit dir verbindet, nicht aufs spiel setzen. aber ich möchte auch nicht vorgeben, ein freier mann zu sein. vielleicht können wir einfach freunde sein und bleiben, kurz und herzlos, so wie im chat - zwei menschen, die über alles reden können, die sich blind verstehen? vielleicht können wir das im real life fortsetzen. ein mann und eine frau, die etwas wertvolles verbindet, vielleicht das wertvollste, was es gibt: freundschaft.

liebe herzlos, ich freue mich, dich endlich persönlich kennen zu lernen! ich hoffe, dass du nach dieser mail überhaupt zu unserem treffen erscheinst, aber ich würde es auch verstehen, wenn du unter diesen voraussetzungen einen rückzieher machst. wie auch immer - ich werde da sein und auf dich warten.

dein kurz

ps. falls du mal wieder probleme mit der praktischen anatomie haben solltest - ich hätte da vielleicht einen sehr guten tipp für dich!

Josie konnte die letzten Worte kaum lesen, weil ihr die Tränen übers Gesicht liefen.

Niedergeschmettert überlegte sie, dass sie vermutlich von einer Art Schizophrenie befallen war. Ben hatte gesagt, sie könne nicht auf sich selbst eifersüchtig sein. Aber das konnte sie durchaus. Auf der einen Seite gab es Josie, mit der Ben – immer noch – ins Bett wollte. Und auf der anderen befand sich *herzlos*, seine Seelengefährtin und Herzensfreundin.

Sex oder Liebe, so ließ es sich wohl auf den Punkt bringen. Leider nicht auf denselben Nenner. Jedenfalls nicht für Ben. Von Josie hatte er Sex gewollt, von *herzlos* Liebe.

Natürlich gab es in Wahrheit nur *eine* Frau, in dem Punkt hatte er völlig Recht.

Aber das wusste er ja erst seit heute Nachmittag!

Josie las die Mail mehrmals hintereinander aufmerksam durch und kam immer wieder darauf zurück, dass Ben nur das eine von ihr gewollt hatte, während er die wahre Liebe bei seiner Angebeteten im Chat gesucht hatte. Am Ende war sie so weit, dass sie dieses Miststück *herzlos* hätte töten können.

Der Rest war im Grunde ganz einfach, zumal Josie nicht länger versuchte, sich selbst etwas vorzumachen.

Scheiße, dachte sie, ich liebe ihn!

Und das hatte sie schon die ganze Zeit getan, wie sie als Nächstes erkannte. Sie hatte es nur nicht wahrhaben wollen, weil sie so von Eriks blauen Augen geblendet gewesen war. Und von den wunderbaren Chats mit *kurz*, von dem sie ja angenommen hatte, dass er Erik sei …

Himmel, es war alles so vertrackt!

Todmüde und unglücklich drückte sie schließlich den *Logout*-Button, fuhr den Computer herunter und krabbelte wieder ins Bett. Wenigstens konnte sie diesmal gleich einschlafen.

15. Kapitel

Am nächsten Morgen wurde sie pünktlich wach, weil sie daran gedacht hatte, den Wecker zu stellen – schließlich musste sie dafür sorgen, dass Tobi rechtzeitig in die Schule kam. Die bevorstehende Anatomiestunde erfüllte sie mit Grauen, doch noch schlimmer war die Aussicht, Ben gleich beim Frühstück gegenübertreten zu müssen. Sie duschte und machte sich mit besonderer Sorgfalt zurecht, bevor sie hinunterging. Ihr Bruder hatte weniger Wert auf seine Morgentoilette gelegt. Er saß bereits bei Ben in der Küche und führte sich eine Riesenportion Cornflakes mit Banane zu Gemüte.

Ben stand sofort auf, als Josie hereinkam. »Guten Morgen. Kaffee?«

Sie nickte mit abgewandtem Gesicht. »Gerne. Danke.«

Er bedachte sie mit überraschten Seitenblicken. Anscheinend hatte er sich auf die üblichen kratzbürstigen Antworten eingestellt. Wortlos stellte er ihr eine Tasse Kaffee hin und reichte ihr einen Teil der Zeitung.

Sie versuchte, die Nachrichten zu lesen, doch nicht einmal die Schlagzeilen blieben hängen. Die Versuchung, Ben anzusehen, war übermächtig, und schließlich tat sie es. Nun war es an ihr, überrascht zu sein, denn der Ausdruck sehnsüchtiger Begierde in seinen Augen war unverkennbar. Er fing ihren Blick ein und hielt ihn fest. Es zog Josie den Boden unter den Füßen weg. Wenn sie nicht schon gesessen hätte, wären ihr mit Sicherheit die Knie eingeknickt.

Um sich abzulenken, trank sie rasch einen Schluck Kaffee, doch die Hand, mit der sie die Tasse zum Mund führte, zitterte heftig. Abermals musste sie Ben anschauen. In seinen Augen funkelte es unmissverständlich. Er wollte sie, daran gab es nicht den geringsten Zweifel. Diesmal wurde ihr heiß. So heiß, das sie das Brennen körperlich spürte. Vielleicht lag es auch daran, dass ihr beim Abstellen der Tasse etwas von dem heißen Kaffee überschwappte und zwischen die Schenkel tropfte. Aber in erster Linie war es Bens Schuld, davon war Josie überzeugt. Wenn Tobi nicht neben ihnen am Tisch gesessen und in seiner knabenhaften Unschuld seine Cornflakes gelöffelt hätte, wäre mit Sicherheit etwas geschehen. Etwas, das weder mit Frühstücken noch mit Zeitunglesen zu tun hatte.

Es ist nur Sex, ermahnte Josie sich. Purer, geiler, heißer Sex. Er will nur mit mir schlafen. Sonst will er nicht das Geringste von mir. Vergiss das nicht, hörst du!

Mit gesenkten Blicken stand sie auf. »Ich muss los.«

Ben musterte sie. »Du bist blass. Geht's dir nicht gut?«

»Habe heute wieder Anatomie«, murmelte sie. »Mir ist jetzt schon ganz übel.«

Außerdem juckte ihre Nase schon seit dem Aufstehen, und sie wusste nicht, was sie dagegen tun sollte.

»Gut, dass du mich noch dran erinnerst«, meinte Ben. »Ich hätte da einen Vorschlag.«

Doch Josie war in Eile. Sie war spät dran. Abgesehen davon war sie überzeugt, dass es sowieso sinnlos war. Heute würde sie ihr endgültiges Waterloo erleben, Klaus hin oder her. Sie hatte vorhin nach dem Zähneputzen noch einen Blick in die Broschüre geworfen, und was sie darin zum Thema Entspannungsübungen hatte lesen können, war nicht dazu geeignet, sie zuversichtlicher zu stimmen. Wie sollte sie während einer Anatomieübung *tief, leicht und frei atmen,* wenn bei jedem Luftholen dieses faulige Aroma in ihre Nase drang?

Ben drückte ihr einen Zettel in die Hand. »Hier, nimm das mit.«

Josie betrachtete die Ziffern, die er darauf gekritzelt hatte. »Was ist das?«

»Meine Handynummer. Ruf mich an, wenn du's doch noch wissen willst.«

Sie nickte, dann nahm sie ihre Tasche und ihre Jacke und ging zur Haustür.

»Jo?«

Sie blieb stehen und drehte sich zu ihm um. »Ja?«

»Reden wir heute Abend? Nur wir beide?«

Sie nickte, und als sie das glückliche Leuchten auf seinem Gesicht sah, hatte sie sogar einen Moment lang den Eindruck, er könne womöglich mehr von ihr wollen als nur eine nette Nummer. Doch diesen Gedanken sollte sie sich wohl besser gleich aus dem Kopf schlagen. Das waren reine Wunschträume. Die Erfahrung hatte sie gelehrt, dass Männer und Frauen sich in diesem Bereich grundsätzlich unterschieden –

wie Geräte der Unterhaltungselektronik. Frauen waren wie ein kompliziertes Mischpult, mit unzähligen verschiedenen Reglern und Skalen. Männer dagegen ähnelten eher einem uralten Kassettenrekorder. Es gab nur zwei Tasten. *Ein/aus* und *eject.* Na ja, vielleicht noch eine dritte, für *volume*, und eine vierte für *vorwärts/rückwärts.* Aber das war's dann auch schon.

Auf dem Weg zur Anatomie nahm Josie sich vor, später einmal die alten Fahrräder im Keller zu untersuchen. Vielleicht war eines davon ja noch brauchbar, dann müsste sie nicht ständig zu Fuß laufen oder den Bus nehmen.

Ihr fiel ein, dass sie gestern noch fest entschlossen gewesen war, sich eine andere Wohnung und einen anderen Job zu suchen, doch dieses Vorhaben erschien ihr mit einem Mal ein wenig kurzsichtig. Eine günstigere Wohnung würde sie in weitem Umkreis sowieso nicht so schnell finden. Und gegen den Job gab es nicht das Geringste einzuwenden. Er war gut bezahlt, und die Arbeitszeiten lagen so, dass sie nicht mit ihren Vorlesungen kollidierten. Während sie noch überlegte, wieso sie überhaupt auf diese unangemessene Idee gekommen war, schob sie die Hand in die Jackentasche und fühlte dort den Zettel mit Bens Telefonnummer. Welchen Vorschlag er ihr wohl hatte machen wollen?

Dann wurden ihre Gedanken abgelenkt, denn hinter ihr ertönte eine Fahrradklingel. Es war Berit. Sie stieg vom Rad und drückte Josie einen kurzen Kuss auf die Wange. »Hi, Süße. Wie bist du drauf? Willst du kämpfen?«

»Keine Ahnung«, sagte Josie. Sie wusste es wirklich nicht. Am liebsten wäre es ihr gewesen, wenn sie das Ganze schon hinter sich gehabt hätte. Dann würde sie sich endlich daran machen können, ihr Leben neu zu ordnen. Sich eventuell für ein anderes Studium einzuschreiben. Sie hatte zwar keine Ahnung, was für sie außer Medizin infrage kam, aber bis jetzt hatte sie sich mit diesem Thema ja auch noch nicht näher befasst. Nach dem heutigen Morgen würde sich das zwangsläufig ändern.

»Rat mal, wen ich vorhin auf dem Weg hierher getroffen habe«, sagte Berit.

»Keine Ahnung.«

»Daisy.«

»Und?«

»Wir haben uns ein bisschen unterhalten. Wusstest du, dass sie tagsüber in einer Boutique arbeitet?«

Josie schüttelte den Kopf.

»Sie hat zwei Jobs, weil sie ihre kranke Mutter unterstützt. Die hat multiple Sklerose und ist ein Pflegefall. Die Mutter, meine ich. Sie kriegen Pflegegeld, aber das reicht hinten und vorne nicht.«

Josie war betroffen. »Das habe ich nicht gewusst.«

»Übrigens ist sie sehr nett, wenn man sich mal so privat mit ihr unterhält. Außerdem gefällt mir die Art, wie sie ihr Haar trägt. Und ist dir schon aufgefallen, dass sie wirklich superschöne Zähne hat?« Berit hob die Hand und winkte. »Schau mal, da drüben ist Klaus. Der ist wirklich immer extrem pünktlich. Aber als Therapeut muss man das wahrscheinlich sein. Da sind fünfundvierzig Minuten noch echte fünfundvierzig Minuten, keine mehr und keine weniger.«

Klaus drückte ihnen beiden die Hand. Er wirkte ein wenig fahrig, wie Josie auf dem Weg ins Untergeschoss fand. Außerdem war er mindestens so blass wie beim letzten Mal. Wenn nicht sogar noch blasser.

Als sie sich im Umkleideraum Kittel und Handschuhe überstreiften, meinte er: »Diesmal wird alles gut. Haben Sie die Übungen gemacht?«

»Äh … ja«, log Josie. Sein aufgeräumter Tonfall stand in deutlichem Gegensatz zu dem Gemurmel, das er wenig später auf dem Weg zum Anatomiesaal von sich gab. Es klang wie ein Mantra. Vielleicht war es das sogar, und er dachte, dass niemand es hören könne außer ihm selbst. Einmal glaubte Josie, ein Wort zu verstehen, das wie *Soleier* klang, doch darauf wollte sie sich nicht festlegen. Was auch immer es war – es machte Josie erst recht nervös.

Als sich die Tür zum Anatomieraum vor ihr öffnete und sie einen ersten Atemzug von dem übel riechenden Dunst einatmete, hätte sie sich am liebsten auf dem Absatz umgedreht und wäre gegangen. Doch drüben bei den Tischen wartete schon Professor Wiedelmann und winkte ihr aufmunternd zu. »Kommen Sie, es kann gleich losgehen!«

Steifbeinig stakste Josie auf ihn zu. Sie kam sich vor wie Marie Antoinette auf dem Gang zum Schafott. Während sie den Blick starr geradeaus auf die ihr zugedachte Leiche gerichtet hielt, brach hinter ihr ein kleiner Tumult los. Sie drehte sich um – und stöhnte laut auf. Klaus war schon wieder umgekippt! Wie beim letzten Mal kümmerten sich einige Studenten um ihn, und wie beim letzten Mal sprang er wie ein

Kastenteufel in die Höhe, als einer der Anatomiediener eine Bahre heranrollte.

»Es geht schon«, stammelte er, »es geht schon!« Dann klammerte er sich schwankend an der Wand fest.

»Tja, ich denke, das war's dann wohl«, meinte Josie resigniert.

»Ist das Ihr Ernst?« Professor Wiedelmann war zu ihr getreten und schaute sie ernst an. »Sie wissen, dass das Ihre letzte Chance ist, nicht wahr?«

Josie starrte ihn an. Sie spürte, wie aufsteigende Tränen ihren Blick trübten. Ich möchte Ärztin werden, dachte sie mit plötzlicher Wut. Verdammt, ich will es doch! Warum kann ich es dann nicht?

Weil du es nicht wirklich versucht hast, zischte eine böse kleine Stimme in ihrem Kopf. Weil du ein Feigling bist!

»Nein, ich bin nicht feige!«, sagte Josie zornig und so laut, dass alle Anwesenden im Raum sich zu ihr umdrehten. Zu Professor Wiedelmann sagte sie: »Ich bin gleich wieder da. Eine Minute.«

Sie ging zu Klaus, fasste ihn unter und schleppte ihn hinaus auf den Gang.

»Es tut mir Leid«, ächzte er. »Ich habe vorher viel meditiert und fühlte mich stark. Aber dann … Ich werde Ihnen diese Sitzung selbstverständlich nicht in Rechnung stellen.«

»Das hätten Sie sowieso nicht getan, weil wir ausgemacht hatten, dass ich an Ihrer Studie teilnehme«, erinnerte Josie ihn. »Haben Sie ein Handy?«

Er starrte sie verdattert an. »Was?«

»Ein Handy. Haben Sie eins dabei?«

Er öffnete den Leihkittel und kramte eines aus der

Hosentasche. Josie riss es ihm aus der Hand und rannte zum Umkleideraum, wo sie den Zettel mit Bens Nummer aus ihrer Jackentasche holte. Er hob sofort nach dem ersten Klingeln ab.

Josie hielt sich nicht mit langen Vorreden auf. »Ich will's jetzt wissen«, sagte sie. »Schnell.«

»Schau in deiner Tasche nach. Ich habe dir was reingesteckt. Vielleicht hilft es dir. Ich drück dir die Daumen.«

»Danke.« Sie wühlte in ihrer Tasche und fand tatsächlich einen Gegenstand, der nicht dorthin gehörte. Zuerst zog sie die Brauen hoch, dann breitete sich ein Grinsen auf ihrem Gesicht aus.

Eine Minute später stand sie wieder im Anatomiesaal. Klaus, der diesmal draußen wartete, hatte ihr versichert, dass er sie mental unterstützen werde.

»Kann's losgehen?«, fragte Professor Wiedelmann.

Josie nickte stumm und nahm das Skalpell zur Hand. Dann fing sie an. Zuerst zitterten ihre Hände, doch dann wurde sie ruhig. Präzise und Schnitt für Schnitt präparierte sie das vor ihr liegende Arbeitsfeld. Ihre Bewegungen waren geschickt und sicher.

Wie bei einem Testat bezeichnete sie der Reihe nach alle Gewebsschichten, Gefäße und Nervenbahnen. Sie wusste, dass Berit und der Professor neben ihr standen und jeden einzelnen Handgriff aufmerksam verfolgten. Nach einer Weile legte der Professor seine Hand auf Josies Schulter. »Gratuliere, Frau Kollegin«, sagte er leise. Dann schlenderte er davon, zu den anderen Tischen.

Josie schossen vor Glück und Stolz die Tränen in die Augen.

»Mensch, du hast es geschafft«, flüsterte Berit aufgeregt. »Du hast es *geschafft*! Bei einem Testat hättest du eine glatte Eins gekriegt! Du wusstest *alles*! Das habe ich ja noch nie gesehen! Hör mal, weißt du, was das bedeutet? Den Kurs hast du bestanden! Du kriegst den Schein!«

Josie nickte nur. Am liebsten hätte sie laut geschrien vor Freude!

»Was war anders? Wie hast du es hingekriegt? Ist es der Mundschutz?«

»Du lieber Himmel, nein. Diese Dinger haben doch höchstens einen psychologischen Effekt, wir operieren ja hier schließlich niemanden.« Josie zog den Mundschutz vom Gesicht. »Nein, es war was ganz anderes. Etwas, worauf ich schon längst selbst hätte kommen können.« Und dann pulte sie die Wachsstöpsel aus ihrer Nase.

Berit staunte. »He, deswegen hast du so genäselt. Was ist das denn für Zeug?«

»Gutes, altes Ohropax. Passt außerdem in jedes Nasenloch.« Josie lächelte zittrig. »Es waren gar nicht die Leichen, die mir Angst gemacht haben, weißt du. Es war der Geruch.«

»Und wer hat dich auf diese Idee gebracht?«

»Ein Freund«, sagte Josie schlicht. »Ein wirklich guter Freund.«

Wie auf Wolken schwebte sie nach der Übungsstunde nach Hause. Sie war enttäuscht, als sie feststellte, dass Ben weg war. Sein Wagen stand draußen, aber er selbst war nicht da. Erst verspätet fiel ihr ein, dass er ja ebenfalls studierte und folgerichtig auch mal irgendwann zur Uni musste. Da er gerade an seiner Diplomarbeit schrieb, musste er vermutlich nicht mehr so häufig dorthin wie früher, geschweige denn so oft wie Josie (sie hatte von Montag bis Freitag jeden Tag Vorlesungen, manchmal auch an den Nachmittagen), doch hin und wieder würde er sich schon dort blicken lassen müssen.

Spontan beschloss sie, etwas zur gemeinsamen Haushaltsführung beizutragen. Es fehlte noch, dass sie und jetzt auch Tobi sich ständig auf Bens Kosten hier durchfutterten. Höchste Zeit, dass sie selbst auch einmal den Kühlschrank auffüllte! Sie entstaubte eines der alten Räder im Keller und pumpte die Reifen auf, danach fuhr sie probehalber ein paar Runden um den Block. Der Drahtesel war zwar nicht das neueste Modell und etwas klapprig, doch ansonsten noch tadellos in Schuss. Wen störte es schon, dass die Räder bei jeder Drehung erbärmlich quietschten und beim Bremsen Geräusche von sich gaben wie eine nervöse Katze? Sie fuhr wieder zurück zum Haus, um Geld und Einkaufstaschen zu holen. Dabei fand sie in der Küche einen Zettel mit einer Nachricht von Ben. Sie war in Kleinbuchstaben geschrieben, genau wie beim Chatten oder Mailen.

hi jo,

ich hoffe, es hat geklappt. habe dir fest die daumen gedrückt! bin heute den ganzen tag an der uni und später im studio. freu mich aber, dich danach zu sehen.

ps. du hast heute abend frei!

pps. nimm den wagen, falls du einkaufen möchtest. schlüssel liegt auf dem dielenschrank.

kuss

Ben

Josie holte tief Luft. Dort stand *kuss*. Klein und deutlich. Und vor allem eindeutig. Er schickte ihr per Brief einen Kuss! Das hatte er bei *herzlos* nie getan!

Doch mitten in ihre überschäumende Freude hinein sagte die böse kleine Stimme, die Josie in letzter Zeit bereits häufiger gepiesackt hatte: Klar schickt er dir einen Kuss. Weil er dich vögeln will, du Schlampe! Das ist doch alles, was ihn und die anderen neunzig Prozent aller Männer interessiert! Und, *by the way*, die restlichen zehn Prozent sind schwul oder impotent, also bilde dir keine Schwachheiten ein, von wegen Liebe oder so!

Josie nahm zähneknirschend zur Kenntnis, dass diese Stimme vermutlich – wie immer – Recht hatte. Zumindest hatte sie jetzt eine ungefähre Vorstellung, woher der Ausdruck *innerer Schweinehund* stammte.

Andererseits – es war nicht von der Hand zu weisen, dass Ben ihr seinen Wagen borgen wollte, oder? Was ihre Autos betraf, so waren Männer darin äußerst eigen. Wenn sie es hergeben mussten, kam das einer Amputation gleich. Bevor sie es verliehen, hackten sie sich lieber ein Bein ab. Vor allem, wenn der potenzielle Entleiher weiblichen Geschlechts war.

Josie ignorierte die hässliche kleine Stimme und beschloss, Bens Angebot als Zeichen seiner Zuneigung zu werten.

Außerdem wurde ihr nicht jeden Tag die Gelegenheit geboten, so einen Wagen zu steuern. Bevor sie losfuhr, machte sie sich sorgfältig mit allen Anzeigen auf dem Armaturenbrett vertraut. Zumindest mit denen, die sie auf Anhieb zuordnen konnte. Der Rest würde sich schon beim Fahren ergeben. Die entscheidenden Funktionen waren schließlich nicht anders als bei ihrem alten Panda: Lenker, Winker, Gänge, Bremse, Gashebel, Kupplung.

Josie wollte gerade den Wagen anlassen, als jemand ans Fenster klopfte.

»Marius«, sagte sie verdutzt. Mit ihm hatte sie in diesem Moment am allerwenigsten gerechnet!

Sie ließ die Scheibe herabsurren und war stolz, ohne zu fummeln sofort den richtigen Schalter gefunden zu haben.

»Hallo«, sagte sie.

»Hallo. Was machst du denn hier?«

»Wonach sieht es denn für dich aus?«, fragte sie zurück.

»Was ist das für ein Wagen?«

»Ein Siebener BMW.«

Er verzog das Gesicht. »Ich meine – wem gehört er?«

»Meinem Freund«, sagte Josie, wobei sie die Worte auf der Zunge zergehen ließ. Sie hätte schwören können, dass Marius bei dieser Information ein betretenes Gesicht machte. Sie hatte *niemals* seinen Porsche fahren dürfen! Jetzt ärgerte er sich bestimmt, weil ein anderer Mann ihr auf diese Weise Aufmerksamkeit schenkte!

Erst bei seinem nächsten Satz erkannte Josie den wirklichen Grund für seine gedrückte Stimmung.

»Mein Auto ist immer noch in Reparatur.«

»So schlimm war der Schaden auch wieder nicht«, protestierte Josie.

»Der Wagen war so gut wie hinüber.«

»Na hör mal ...«

»Es war fast ein Totalschaden. Agnes ist voll in eine Leitplanke gerauscht. Da war hinterher kaum noch ein Teil ganz.«

Josie konnte es nicht fassen. Agnes hatte seinen kostbaren Porsche fahren dürfen! Das konnte nicht wahr sein!

Trübsinnig starrte Josie durch die Windschutzscheibe. Wieder einmal hatte das Leben ihr anhand eines praktischen Beispiels bewiesen, dass alles relativ war. Die Liebe von Männern zu ihren Autos, zu ihren Frauen ... Am Ende würde Marius gar anfangen, seine Wohnung selbst zu putzen. Oder Sex zu praktizieren, der länger als drei Minuten dauerte.

Alles war möglich. Es war lediglich eine Frage der Kompatibilität. Mit dem richtigen Menschen konnte man alles besser machen. Josie begriff in diesem Moment, dass sie und Marius zu keinem Zeitpunkt die Richtigen füreinander gewesen waren. Es war keine Erkenntnis, die ihr weh tat, sondern einfach ein schlichtes, ruhiges Wissen.

»Ja, dann will ich mal weiter«, sagte Marius. »Wiedersehen.«

Er schlenderte los und bog kurz darauf um die nächste Straßenecke. Josie strich ihn, den Porsche und Agnes endgültig aus ihren Gedanken und fuhr zum Einkaufen.

Josie gab einen beträchtlichen Teil des Geldes, das sie für ihren Wagen erlöst hatte, für Nahrungsmittel und Getränke aus. Einen weiteren, noch größeren Teil investierte sie in ein hübsches Sommerkleid nebst den dazu passenden Schuhen. Beim Kauf der Schuhe dachte sie flüchtig daran, ob sie wohl auch ihrer Mutter stehen würden, doch dann erinnerte sie sich, dass Hanna ja nun keine Möglichkeit mehr hatte, mal eben an den Kleiderschrank ihrer Tochter zu gehen.

Mittags bereitete Josie einen Auflauf mit Hackfleisch, Nudeln und Gemüse zu und fütterte ihren Bruder ab, als er aus der Schule kam. Er schlug sich den Bauch voll und eröffnete Josie anschließend, dass er eine Vier minus in der Englischarbeit hatte. Dabei strahlte er sie an, als hätte er im Lotto gewonnen. Josie war von der Note bei weitem nicht so begeistert wie ihr Bruder, aber wenigstens war es keine Fünf, womit sich für ihn die wacklige Chance eröffnete, das Schuljahr doch noch zu packen. Nur so gerade eben, aber immerhin.

Abends rief sie bei Berit an, um ein bisschen zu plauschen und so die Wartezeit bis zu Bens Heimkehr zu überbrücken. Von Berits Mutter erfuhr sie, dass Berit im Fitnessstudio sei, eine Information, die Josie sofort in höchste Alarmbereitschaft versetzte. Sie rief augenblicklich im Fitnesscenter an, wo Maren sich meldete und auf Josies Frage hin erklärte, dass Berit vorhin in die Sauna gegangen sei. Josie starrte niedergeschmettert den Hörer an. Sie wagte kaum die nächste Frage zu stellen. »Hast du gesehen, wer mit ihr gegangen ist?«

»Doch, klar habe ich's gesehen. Die beiden haben ja schon die ganze Zeit vorher zusammen trainiert. Die sind fast wie Pech und Schwefel. Ich glaube, die verstehen sich total klasse.«

Mehr musste Josie nicht wissen. Sie legte auf. Holte ihre Jacke und ihre Tasche. Rannte zur Haustür. Riss sie auf.

Und knallte voll gegen Ben, der gerade nach Hause kam.

»He«, sagte er lachend, während er Josie bei den Schultern festhielt, »das ist ja eine stürmische Begrüßung! Wolltest du so spät noch mal weg?«

»Du bist gar nicht in der Sauna«, stieß Josie zusammenhanglos hervor.

»Nein, warum sollte ich?« Er kniff ein Auge zu und hielt Josie etwas fester. »Wenn ich ins Schwitzen kommen will, kann ich mir nettere Methoden vorstellen.«

Da. Das war genau der Punkt, den *der innere Schweinhund* heute Mittag gemeint hatte!

Ein wenig hölzern machte Josie sich von ihm los. »Hast du Berit vorhin im Studio gesehen?«

Ben nickte. »Ja, klar. Sie hat übrigens einen neuen Trainer. Scheint gut zu klappen mit den beiden.«

»Wer ist es denn?«

»Daisy.«

Josie war mehr als erstaunt. Doch dann fiel ihr wieder ein, wie Berit über Daisy gesprochen hatte. *Die Art, wie sie ihr Haar trägt ... Sie könnte jeden haben ... superschöne Zähne ...* Du liebe Zeit, Berit würde doch nicht ... Berit und Daisy???

Alles ist möglich, zwitscherte die kleine Stimme in ihrem Kopf spöttisch, um dann fröhlich hinzuzufügen: Immerhin hat Daisy keinen Penis, oder etwa doch?

»Du hast sicher Hunger«, sagte Josie hastig zu Ben. »Ich habe was gekocht. Komm mit in die Küche.«

»Warte. Eins musst du mir vorher noch sagen: Wie lief es heute Morgen?«

»Oh, das.« Sie strahlte ihn an. »Danke, Ben! Das war eine super Idee von dir! Es hat geklappt. Ich habe es geschafft. Jetzt mache ich auf jeden Fall weiter.«

»Yep«, rief er triumphierend aus, während er schwungvoll die Faust in seine offene Handfläche klatschen ließ. Dann wurde er unvermittelt ernst und streckte die Hand nach ihr aus. »Jo ...«

Doch er fand keine Gelegenheit, den angefangenen Satz zu Ende zu bringen, geschweige denn, sie zu berühren, denn in diesem Moment erschien Tobi auf der Bildfläche. »Ist vielleicht noch was vom Mittagessen da?«

An diesem Abend bewies Tobi Sitzfleisch. Das lag vermutlich daran, dass die Verbindung zum Internet unterbrochen war; es gab Einwahlschwierigkeiten beim örtlichen Server, sodass Tobi ausnahmsweise nicht seiner Lieblingsbeschäftigung frönen konnte. Da er wenig Lust hatte, alleine herumzusitzen, erwies er sich als äußerst anhänglich und trottete seiner Schwester und Ben auf Schritt und Tritt hinterher. Am Ende saßen sie zu dritt in Bens Wohnzimmer und sahen fern. Es war fast halb elf, als Tobi sich endlich ins Bett bequemte.

»Kommst du nicht mit hoch?«, wollte er von Josie wissen.

»Geh schon vor, ich komme auch gleich«, sagte Josie. Sie hatte den ganzen Abend über wie auf heißen Kohlen gesessen und fieberte dem Moment entgegen, in dem sie endlich mit Ben allein war. Ben schien es ebenso zu ergehen. Immer, wenn er sicher sein konnte, dass Tobi gerade nicht hinschaute, hatte er Josie mit begehrlichen Blicken bedacht.

Josie horchte nach oben, bis sie eine Tür zuklappen hörte.

»Jetzt«, sagte Ben. Anscheinend hatte er ebenso gute Ohren wie sie. Mit zwei großen Schritten war er bei Josie und zog sie in seine Arme. Sie wollte nichts sehnlicher, als sich in seiner Umarmung zu verlieren, doch vorher musste sie ihm noch etwas sagen.

Sie hob die Hand. »Warte.«

»Worauf?« Er fing ihre Hand ein und küsste ihre Fingerspitzen. Eine nach der anderen, bis er zum kleinen Finger kam. Den nahm er in den Mund und saugte spielerisch daran.

Josie keuchte laut auf. Plötzlich hatte sie vergessen, was sie hatte sagen wollen.

Er beugte den Kopf und ließ seine Lippen über ihren Hals gleiten. Josie fing an zu zittern. Hatte sie überhaupt irgendwas sagen wollen? Sie dachte fieberhaft nach, bis es ihr wieder einfiel.

»Komm«, flüsterte Ben lockend, »wir gehen rüber ins Schlafzimmer, da können wir absperren.«

»Ich muss noch mit dir reden.«

»Du redest, und ich tue solange das hier.«

Josie schnappte nach Luft. *Das hier* war fast mehr, als sie ertragen konnte.

»Dieses Kleid steht dir gut«, murmelte Ben an ihrem Ohr. »Und es ist wirklich praktisch. Kein Reißverschluss. Kein Gürtel.«

»Ben.«

»Ach ja, richtig. Du willst reden.« Widerstrebend ließ er sie los. »Schieß los.«

Josie rang nach Luft und versuchte, ihr Anliegen in die richtigen Worte zu fassen. Es fiel ihr schwer, weil sie nur daran denken konnte, endlich mit ihm *in medias res* zu gehen.

»Ich weiß, dass du ausschließlich Sex mit mir willst«, sagte sie schließlich. Tapfer hob sie den Kopf und schaute Ben an. »Für mich war es zuerst nicht so ganz einfach, das zu akzeptieren, weil ich nämlich viel mehr als das für dich fühle. Aber ich habe mich den Tatsachen gestellt.«

Er setzte an, etwas zu sagen, doch sie schüttelte den Kopf und fiel ihm eilig ins Wort. »Lass mich zuerst ausreden. Also … Noch mal von vorne. Ich nehme es dir nicht übel, dass du nur Sex mit mir willst. Männer sind so, das weiß ich. Und in diesem speziellen Fall ist es so, dass ich … nun ja, dass ich …« Sie hielt inne, dann platzte sie heraus: »Ich will es auch.«

Nachdem sie dieses Geständnis hervorgestoßen hatte, flocht sie nervös ihre Finger ineinander. »Unsere gemeinsame Basis wäre also Sex. Vielleicht … Ich meine, wenn wir daran arbeiten … Eventuell entwickelt sich ja bei dir auch ein wenig mehr. Du kannst ja nichts dafür, dass du ein Kassettenrekorder bist … ähm, dass du … dass du so bist, wie du bist, und ich bin … na ja …«

Sie verstummte und warf ihm einen Hilfe suchenden Blick zu. Himmel, was für einen Unfug sie daherfaselte! Dämlicher ging's kaum noch!

»Lass mich das zusammenfassen«, meinte Ben. In seinen Augen irrlichterte es verdächtig.

»Ich will Sex, und du willst Sex. Ist das so weit richtig?«

»Wehe, du lachst jetzt«, warnte sie ihn.

Er grinste. »Ich? Lachen? Worüber denn? Vielleicht darüber, dass du ständig über Sex redest?«

Erbost boxte sie ihn gegen die Brust. »Du gemeiner Kerl!«

Er hielt ihre Fäuste fest, neigte lächelnd den Kopf und küsste sie sanft auf die Lippen. »Da wir beide exakt dasselbe wollen, sehe ich im Augenblick keinen Grund zum Diskutieren. Ich habe dir einiges zu sagen, aber das hat Zeit bis hinterher.«

Und dann waren seine Hände unter ihrem Kleid und zerrten an ihrer Wäsche. »Habe ich dir schon gesagt, dass du den süßesten Hintern der Welt hast?« Er fand die Knöpfe in ihrem Nacken, und einen Augenblick später landete das Kleid raschelnd zu ihren Füßen.

Josie stöhnte und bohrte ihre Nase in seine Halsgrube. Gott, wie gut dieser Mann roch! Plötzlich verspürte sie rasende Gier nach seinem Körper. Sie wollte ihn schmecken, ihn fühlen. Seine nackte Haut, seine Lippen, seine Hände, sein ... na ja, das erst recht!

Sie hörte das Geräusch von berstendem Stoff und hob irritiert den Kopf.

»He, du hast mir das Hemd zerrissen«, sagte Ben ehrfürchtig.

»Quatsch nicht so viel und zieh es aus«, befahl Josie heiser.

Er gehorchte und zog es sich mit einer einzigen fließenden Bewegung über den Kopf. Josie dachte bei sich, dass sie sicherlich in ihrem ganzen Leben niemals müde werden würde, ihm bei so einer profanen Verrichtung wie dem Ausziehen eines Hemdes zuzusehen. Das musste Liebe sein! Dagegen konnte ihr jeder Chat gestohlen bleiben! Das hier, und *nur* das war das *Real Life*!

Sie nahm ihn bei der Hand und zerrte ihn in Richtung Schlafzimmer.

Und prallte gegen ihren Bruder, der mitten in der Halle stand und mit verstörtem Gesichtsausdruck das Telefon umklammert hielt.

»Es hat die ganze Zeit geläutet, und da bin ich dran gegangen, weil ich dachte, es wär vielleicht wichtig …«

»Ich hoffe für dich, dass es *sehr* wichtig ist«, fuhr Josie ihren Bruder an.

Tobi zog den Kopf an. »Ich glaub schon. Es war Mama. Sie hat gesagt, es wär gut, wenn du sofort in den Club kommen könntest. Juppi hat einen von den Gästen erwürgt.«

Während der Fahrt wandte Josie sich zur Rückbank um.

»Du wartest auf jeden Fall im Wagen, wenn Ben und ich gleich da reingehen.«

»Kommt nicht infrage«, protestierte Tobi. »Warum soll ich nicht mit reingehen?«

»Weil … Weil du noch nie 'ne Leiche gesehen hast.«

»Das ist nicht wahr«, gab er prompt zurück. »Ich sage nur: Daniels Opa!«

»Du tust, was ich sage, sonst kannst du gleich hier aussteigen und zu Fuß zurückgehen.«

Er schwieg schmollend. Josie fragte sich erbittert, wie es überhaupt dazu hatte kommen können, dass er mit eingestiegen war. Sie hätte das verhindern müssen. Doch dazu war sie zu durcheinander gewesen.

»Was hat Mama noch gesagt?«

»Nur das, was ich dir eben gesagt habe. Mehr weiß ich auch nicht. Sie war total aufgeregt.«

Josie stöhnte. Im Geiste sah sie schon die morgigen Schlagzeilen. *Riesenschlange erwürgt Swinger.* Und als Unterzeile: *Skandal im Sexclub.*

Ben zählte die Hausnummern ab. »Eins, drei, fünf … Hier ist es.« Er hielt an und stieg aus.

Josie folgte ihm. Sie blickte sich zweifelnd um. »Bist du sicher, dass das die richtige Straße ist?«

»Es ist die Adresse, die du mir gesagt hast.«

Josie war immer noch nicht recht davon überzeugt. Dies hier war eine ganz normale Wohngegend. Sie standen vor einem völlig normalen, gänzlich unscheinbaren Einfamilienhaus, bei dem keine äußeren Anzeichen darauf hinwiesen, dass es sich hier um eine Stätte der Unzucht handelte.

»Ich will mit rein«, sagte Tobi durch das offene Seitenfenster.

»Ein Schritt aus dem Wagen und du bist morgen wieder in deinem alten Zimmer«, drohte Josie. Zögernd ging sie auf das Haus zu.

»Was ist das eigentlich für ein Club?«, fragte Ben.

Sie schaute ihn verzweifelt von der Seite an. Jetzt würde sie Farbe bekennen müssen! Sie war dagegen gewesen, dass er überhaupt mitkam, doch er hatte keine Diskussion darüber zugelassen. Also hatte sie sich gefügt. Was hätte sie auch tun sollen? Es war schließlich sein Wagen.

Josie räusperte sich. »Es ist … Ja, also, wie soll ich sagen …« Fieberhaft suchte sie nach einem Ausdruck für diese Art von Etablissement, der das Ganze möglichst wenig verrufen klingen ließ.

Doch Ben hatte bereits die Namensaufschrift auf dem Klingelschild entdeckt.

»Ach, das *4you2*«, meinte er. »Hab ich neulich was drüber in der Zeitung gelesen. Kommt gut an bei den Leuten, heißt es.«

Josie wartete geknickt auf die nächste – diesmal vernichtende – Bemerkung, nach dem Motto: Und *deine* Mutter arbeitet in so einem Laden???

Aber er sagte nichts, sondern klingelte bloß. Es dauerte eine Weile, bis geöffnet wurde. Hanna stand vor ihnen. Sie trug ein elegantes rotes Kleid und dazu passende Pumps. Mit dem hoch gesteckten Haar, dem perfekten Make-up und den zierlichen Kreolen in den Ohrläppchen sah sie atemberaubend aus, wie Josie sofort registrierte. Sie hätte sogar wie eine echte Dame gewirkt, wenn sie nicht Juppi um den Hals liegen gehabt hätte.

Hanna drückte Josie einen Kuss auf die Wange, dann reichte sie Ben die Hand.

»Willst du mich nicht vorstellen, Schatz?«

»Das ist Ben«, sagte Josie mit dünner Stimme. »Ben, das ist Hanna.«

»Josies Mutti«, ergänzte Hanna fröhlich. »Kommt rein.«

Zögernd folgte Josie ihrer Mutter nach drinnen und lugte unter gesenkten Lidern nach links und rechts. Zu ihrer Überraschung waren nirgends irgendwelche Details auszumachen, die auf eine Lasterhöhle hindeuteten. Hanna führte sie in ein gutbürgerlich eingerichtetes Wohnzimmer, das sich von anderen Räumen dieser Art lediglich dadurch unterschied, dass hier eine gediegene Hausbar die Länge einer Wand einnahm. An der gegenüberliegenden Wand war ein Büfett mit Käsehäppchen, Brot und verschiedenen Salaten aufgebaut. Josie musste zugeben, dass dieses Ambiente ganz und gar nicht dekadent wirkte. Doch sie war natürlich nicht so naiv, zu glauben, dass es im ganzen Haus so aussah. Irgendwo musste es natürlich entsprechende Spielwiesen und Gemächer für ausgefallene Geschmäcker geben. Trotzdem erleichterte es sie, dass hier alles so *normal* wirkte.

Andererseits hätte sie es schon interessant gefunden, auch die anderen Bereiche des Hauses zu sehen. Wo sie nun schon einmal hier war.

Dann rief sie sich zur Ordnung, bevor sie noch völlig den Grund ihres Hierseins vergaß.

»Wo ist der Tote?«, wollte sie wissen. »Und warum ist die Polizei noch nicht hier? Oder, mit anderen Worten: Was soll *ich* überhaupt hier?«

Hanna runzelte die Stirn. »Die Polizei? Warum das denn?«

»Tobi hat gesagt, dass Juppi einen von euren Kunden erwürgt hat.«

»Ach du liebe Zeit«, sagte Hanna erschrocken. »Hat er das verstanden? Meine Güte, nicht doch! Juppi hat ihm nur ein bisschen die Luft abgedrückt. Na ja, zuerst kriegten wir es schon mit der Angst zu tun. Er wurde ganz blau, und ich wollte einen Arzt rufen. Doch das hat er sofort verboten, er hat gesagt, wenn ich das mache, verklagt er mich.« Hanna zuckte die Achseln. »Und da habe ich gleich an dich gedacht. Du bist ja quasi eine Ärztin, zumindest fast. Erste Hilfe kannst du auf jeden Fall. Außerdem kennst du ihn, da bleibt es sozusagen in der Familie.«

»Ich kenne ihn? Wen denn? Und wo ist er überhaupt?«

»Er geht sich gerade ein bisschen frisch machen.«

Hanna umfasste Josies Erscheinung mit vergnügtem Lächeln. »Du siehst gut aus, Liebes. Neues Kleid? Übrigens meint der Arzt, dass alles in Ordnung ist mit meiner Schwangerschaft. Wenn es ein Mädchen wird, wollen wir es Karla nennen. Bei einem Jungen sind wir uns noch nicht einig, ob er Heinz oder Heinrich heißen soll. Obwohl – ist ja im Prinzip dasselbe. Ach ja, und dann habe ich noch eine gute Nachricht für dich: Wir ziehen um. Die Wohnung wird uns jetzt langsam doch zu klein.«

»Wohin denn?«

Hanna machte eine ausholende Geste. »Na, hierher.«

Als Josie entsetzt die Augen schloss, winkte Hanna lächelnd ab. »Nicht doch, den Clubbetrieb stellen wir natürlich vorher ein. Ich muss schließlich an das Baby denken. Ich will ja für das Kleine da sein. Und auch wieder ein vernünftiges Familienleben mit Tobi führen. Wenn ich arbeite, dann nur noch tagsüber.«

»Du ahnst gar nicht, wie mich das freut«, sagte Josie inbrünstig.

»Wir haben sogar schon ein neues Geschäft im Auge«, meinte Hanna. »Kennt ihr diesen alten Matratzenladen in der Goethestraße? Der wird demnächst frei.«

»Ihr wollt Matratzen verkaufen?«, fragte Josie verdattert.

»Nicht doch«, sagte Hanna, während sie Juppi den schuppigen Kopf tätschelte. »Wir beantragen eine Beate-Uhse-Lizenz und machen einen Sexshop auf. Ach, da kommt ja Justus wieder. Justus, wie geht es dir? Kannst du wieder richtig atmen?«

Josie griff nach Bens Hand. »Ich glaube, wir können jetzt wieder gehen«, sagte sie eilig.

»Guten Abend, Herr Doktor Seckbach«, sagte sie im Vorbeigehen zu dem Mann, der soeben das Zimmer betreten hatte. »Und schönen Gruß an Ihre Frau.«

Zu Hanna sagte sie: »Wiedersehen, Mama. Und schönen Gruß an Karlheinz.«

Sie zerrte Ben in Richtung Ausgang. Und dann waren sie Gott sei Dank wieder draußen.

»Gerade jetzt, wo es spannend wurde«, beschwerte sich Ben. »Woher kanntest du diesen Typen?«

»Sei bloß still«, bat ihn Josie.

Er grinste und legte den Arm um sie. »Weißt du was? Du hast eine ziemlich interessante Familie. Ein bisschen verrückt, aber sehr interessant.«

»Ich bin ganz anders«, versicherte Josie ihm sofort.

»Wirklich?« Ben gab ihr einen Kuss auf die Schläfe. »Das fände ich ziemlich schade.« Er machte eine bezeichnende Pause. »Ich bin nämlich auch verrückt. Verrückt nach dir.«

Und dann drückte er sie gegen seinen BMW und stellte Dinge mit ihr an, die sie um den Verstand brachten.

Als sie wieder zu sich kam, sagte sie entsetzt: »Lieber Himmel, mein Bruder! Er sieht doch alles!«

»Der ist nicht im Wagen.«

Josie fuhr entsetzt zum Club herum. »Mein Gott, er ist da reingegangen!«

»Du bist nicht seine Mutter, Jo. Und außerdem wird er bald siebzehn.«

»Das ist viel zu jung«, widersprach sie.

»Um bestimmte Dinge zu tun: ja. Um etwas über diese Dinge zu wissen: sicher nicht. Überlass es Hanna, die Situation zu klären. Ich bin sicher, sie macht es richtig.«

»Das kannst du nicht ernsthaft glauben«, jammerte Josie.

»Doch. Und weißt du auch, wieso? Weil sie bei *dir* alles richtig gemacht hat.« Ben öffnete die Autotür und deutete auf den Fahrersitz. »Soll ich fahren oder möchtest du?«

Josie musste nicht überlegen. Sie glitt sofort hinters Lenkrad. »Weißt du, ich find's echt toll von dir, dass du Frauen ans Steuer lässt. Das ist für einen Mann eine ziemlich ungewöhnliche Einstellung. Männer lassen Frauen sonst nur fahren, wenn sie blau sind.«

»Ich lasse keine *Frauen* ans Steuer«, berichtigte Ben sie. »Nur eine Frau. Eine ganz bestimmte. Und zwar aus einem bestimmten Grund.« Er hielt inne. »Nein«, verbesserte er sich dann, »genau genommen gibt es zwei Gründe.«

»Sag mir den ersten«, verlangte Josie.

»Der erste Grund ist der, aus dem ich dich heute Mittag den Wagen habe fahren lassen.«

Josie musste an einer roten Ampel halten, was ihr Gelegenheit gab, sich zu ihm umzudrehen und ihn anzusehen. »Was ist das für ein Grund?«

»Du weißt es.«

Sie wusste es tatsächlich, denn sie erkannte es in seinen Augen. Sie war beides für ihn. Die Frau aus dem Chat und die aus dem *Real Life*. Niemand stand zwischen ihnen. Wenn es je eine Mauer gegeben hatte, so war sie längst eingerissen. Vor lauter Erleichterung hätte Josie am liebsten geweint. »Sag es mir. Ich will es hören.«

»Ich wollte es dir heute Nacht im Bett sagen«, protestierte er. »*Dabei.*«

»Ich gehöre zu den Frauen, denen man es auch vorher sagen kann.«

»Hoffentlich verlangst du nicht von mir, dass ich es auch hinterher noch mal sage«, klagte Ben.

Sie grinsten beide. Dann wurde Ben unvermittelt wieder ernst. »Na gut. Ich habe das noch nicht besonders oft gesagt, mir fehlt die Übung. Deshalb mache ich's kurz. Ich liebe dich.«

»Oh«, seufzte Josie.

»Und?«, fragte er mit hochgezogenen Brauen.

»Und was?«, tat sie scheinheilig. Dann grinste sie. »Ich dich auch, du verrückter Kerl.«

»Na schön, das hätten wir also. Dann kann ich dir ja jetzt den zweiten Grund verraten, warum ein Mann eine Frau ans Steuer seines Luxusschlittens lässt. Oder kommst du vielleicht sogar selbst drauf?«

»Jetzt sag schon«, forderte Josie ihn ungeduldig auf.

Ben beugte sich zu ihr herüber, so nah, dass sie jede einzelne Sommersprosse auf seiner Nase sehen konnte. Er lächelte sie anzüglich an. »Damit er beide Hände für seine Herzdame frei hat.«

Ende

Danksagung

Besonderen Dank schulde ich meinem lieben Freund Arno, der mir geduldig all meine Fragen zur praktischen Anatomie beantwortet hat. Fühl dich gedrückt, Arno! Wenn ich trotzdem mal danebengehauen haben sollte, liegt das auf keinen Fall an deinen Tipps, sondern an meiner Unfähigkeit!

Die Autorin, im Dezember 2001

Mitreißender Schicksalsroman aus der Toskana

Als die attraktive Designerin Chiara den gut aussehenden Grafen Paolo kennenlernt, ist es für beide die große Liebe. Chiara folgt Paolo als seine Frau auf sein Weingut in den toskanischen Hügeln. Doch dort findet sie nicht das erwartete Glück, denn Paolos Familie scheint nicht angetan von der Schwiegertochter. Bald überschatten Feindseligkeiten und Intrigen die junge Ehe. Dann lernt Chiara den undurchsichtigen Fabio kennen, einen Mann, der verstörend leidenschaftliche Gefühle in ihr auslöst. Wenig später geschieht ein schreckliches Unglück ...

ISBN 3-404-14891-6

Ein wunderbar leichter Chat-Roman, der zeigt:
Lügen machen lange Beine.

»Niemand pfeift zwei wandelnden Litfasssäulen hinterher«, sagt Hanna und denkt dabei an ihre Beine. Dass sie mit einer eher pummeligen Figur ausgestattet ist, hat die sechsundzwanzigjährige Frohnatur bisher wenig gestört. Schließlich war sie zu sehr damit beschäftigt, ihren Traumjob zu ergattern und ihren Freundinnen, die ständig in Schwierigkeiten stecken, zu helfen. Für Männer hat sie sich bisher nicht die Bohne interessiert. Das wird schlagartig anders, als sie beim Chatten im Internet »Boris« kennenlernt, den Mann, der all das zu haben scheint, was Hanna sich wünscht. Nur hat Hanna leider nicht das, was »Boris« vorschwebt – zum Beispiel die Figur von Julia Roberts ... Zum Glück kann man sich beim Chatten aber schnell mal eine solche Figur andichten. Dabei ahnt sie natürlich nicht, dass sie für »Boris« längst keine Unbekannte mehr ist ...

ISBN 3-404-16236-6

BASTEI LÜBBE